SHANNON KIRK

〔美〕香农·柯克　著

曹水皮　译

第 20个 目标

VIEBURY GROVE

北京联合出版公司

Beijing United Publishing Co., Ltd.

图书在版编目（CIP）数据

第 20 个目标 / （美）香农·柯克著；曹水皮译. --
北京：北京联合出版公司，2023.7

ISBN 978-7-5596-6860-8

Ⅰ.①第… Ⅱ.①香… ②曹… Ⅲ.①长篇小说—美
国—现代 Ⅳ.① I712.45

中国国家版本馆 CIP 数据核字 (2023) 第 088202 号

北京市版权局著作权合同登记 图字：01-2023-0447

第 20 个目标

作　　者：〔美〕香农·柯克
译　　者：曹水皮
出 品 人：赵红仕
责任编辑：管　文
封面设计：吴黛君

北京联合出版公司出版
（北京市西城区德外大街83号楼9层 100088）
北京新华先锋出版科技有限公司发行
大厂回族自治县德诚印务有限公司印刷　新华书店经销
字数238千字　620毫米×889毫米　1/16　17印张
2023年7月第1版　2023年7月第1次印刷
ISBN　978-7-5596-6860-8
定价：59.00元

献给所有无畏前行的科学家

你不知我心之恐惧

对原始与未知之恐惧

存于我心

我转身

背对真相

那感官之真相，不，我会用暗语来诉说

那压抑的触感、狭窄的视野

那局限的听觉、寡淡的味觉

惘然不顾——

这空间之真空

无物之黑洞

无情与复仇之恐惧

与价值不再之永恒

受于我身

——香农·C. 柯克

目 录

CONTENTS

CONTENTS

第 20 个 目 标

第一章

新情况

在这一瞬间，我不再清楚自己是谁，似是立着，似是飞着，似是跟跑着。我可能什么也不是，可能只是一束光或者一个声音。我的身体还留在地面上，而意识则已经飘浮在空中，与我的身体分离。但这无法解释为什么我的意识能够感受到我正抱着她。我试着集中精力，试着从震惊的情绪中抽离出来。

她的血从我的指间流下，织出了一张张鲜红色的网。我将手从她身下的血泊中拿开——子弹从她的背部穿出，血流了一地。

这个时节，各色树叶在地上铺开一张巨大的地毯：红色、焦糖色、橙色、黄色交织在一起，和树冠上依旧茂盛的叶子一一对应。秋意正浓，这是一个属于赏叶爱好者的季节，然而周遭的空气却像印度的夏天一样炎热，也有可能这是因为当时我们正在慢跑的途中——直到一辆转过弯来的 SUV 挡住我们的去路。那是一辆在这个马萨诸塞州的海边小村庄随处可见的 SUV。

我在脑海中重演着刚刚过去的这一分钟，试图回忆起每一个细节。我看到那辆黑色的 SUV 从哈勃巷拐到海滨大道这边来，它有着黑色的防窥车窗，司机这一侧后排的车窗降了下来。随后，我看到我的跑步伙伴——那个一分钟之前还在慢跑，还在点击她苹果手机上的一个音乐播放列表的人，倒在了地上。正是在转过头去看她，目光落在她苹果手机的屏幕上时，我漏看了从 SUV 车窗里悄悄地伸出来的枪口。那枪口对准了她，紧接着，没有任何征兆，没有任何声音，她的身体向后倒下了，就像一只突然死去的长颈鹿。SUV 迅速逃离了现场，她的手机滚到旁边一丛过了花期的绣球花下面，它们的叶子此时正刮擦着我的脚踝。这部手机是我上一个圣诞节时送她的，当时我把自动锁定时间设置为三分钟。这意味着，如果三分钟之内没人操作，再次打开她的手机就需要密码了。如果我在震惊之余的感觉依旧正确，距离她最后一次点击手机屏幕已经过去了两分钟。

我要拿到她的手机。不能把手机交给即将到来的警察，也不能交给其他任何人。

糟糕，忘记记下犯人的车牌号了。真是一个无法原谅的错误。不过他们会愚蠢到用一个可以被追踪到的车牌号吗？也许我并没有错过什么线索。

她身体的正面看不出任何子弹的痕迹，子弹穿出后留下的开放性伤口在她的后背上。仅仅两分钟之前，我跪倒在她身边，摇摇晃晃地抱住她，试图将她翻过来，我看到跑道上的碎石嵌进了她的伤口。过于急促的呼吸使我进入了极度混乱的状态，似乎我所有的感官都未经我的允许自行打开了开关。是谁在那里叫喊？我想那应该是我自己。

在我们身后那繁忙的港口，船只依然络绎不绝。正值退潮时分，入海口水湾里的鸭子们摇摇摆摆地走进盐沼地上那茂盛的草丛里。世界似乎一切如常，所有人都照旧忙碌着，仿佛地狱的化身从未降临，从未在我身上落下恐怖、邪恶、无情的审判之雨。我垂死的妈妈躺在地上，碎石扎进她的血肉中，肮脏的泥土粘在她爆裂开的脊柱上。我必须关闭自己所有的情绪，强迫自己的头脑重新运作。我必须控制现在的局面。

我似乎听到了警笛声。我隐约看到一个原本正在慢跑的女人急急忙忙冲向我，她穿着粉色的网球裙。现在她来到了我面前，弯下身，我的眼里满是她那头白发和白色帽檐上写着的"萨利奥乡村俱乐部"几个字。她对着我大喊"放——松！"，这一点儿用也没有，反而让我感到愤怒。不论她再怎么大声喊叫，我怀里浑身瘫软的妈妈也不会复活了。"放——松。"她又说了一遍，"放——松，放——松，放——松。"她说话的方式、她的波士顿口音和那个被无限拉长的"放"字，让我的眼睑开始放松，鼻孔开始外扩。她那印着"萨利奥乡村俱乐部"字样的帽檐遮住了一副黑色墨镜。萨利奥要求会员都穿白色衣服，而她却一身粉色。

萨利奥乡村俱乐部距离我们现在的位置有大约十分钟的路程，而它距离我们慢跑的目的地弗莱岩海滩则很远。萨利奥是一个聚集了各种 CEO、企业高管、法官、政要和马屁精的地方，他们喜欢在这里打高尔夫，顺便统治世界。这是妈妈对它的评价，她会极尽嘲讽之能事地斥责他们，像她平时批评事情的时候一样。曾经那样。

我要集中精神。我现在最不需要的就是想起她已经不在了的事实。我需要关闭情绪。现在我要做的是把她放下，并且在没有人看到的情况下拿到她的手机。

不少车辆急刹停下，挡住了我的左侧：一辆老式梅赛德斯、一辆新款宝马、几辆沃尔沃。其中的一辆老款奥迪让我想起了我的儿子凡泰吉奥。凡泰现在正在遥远的普林斯顿上大学一年级，他和保镖萨吉在一起很安全。凡泰自己的奥迪现在肯定还停在大学的停车场。

我得打个电话给凡泰，不，我得打给莱尼，让他去看看我们的儿子，我们的凡泰。

离我们不远的婚礼公园里，石粉铺就的跑道边绿树成荫。公园里还有一个棒球场、一幢白色圆形建筑和供儿童攀爬的铁架，它们环绕在我身后右侧的港口周围。不久前保姆们还坐在长椅上闲聊八卦，而孩子们则挤着要滑滑梯，来此慢跑的时尚先锋和一个瑜伽教室的全部学员都聚集在那边。噪声、低语、尖叫和飘落的五彩树叶混杂在一起，成了模糊我感官的万花筒。

我试着把目光集中在天空中的一朵云上。我经历过创伤，我知道该怎么做。我能冷静下来的。冷静。我数起了天上的云朵：十一块凸起的积云，没有暗色的斑点，没有雨云。我可以在纸上画出这朵云：先画出一个鼓鼓的肚子，然后用白色和最浅的灰色勾勒轮廓，也许可以再轻轻加上一抹不易察觉的蓝色。我将注意力放在身边那些明亮的色彩上，这使我慢慢有了力量对抗自己身上每一个自行打开的开关。恐惧，推开；愤怒，堵上；仇恨、难过、悲伤、怀疑，全部关掉。我进入了麻木的状态。我的心也关上了。现在的我感觉不到悲伤。

这一切都不应该发生。这一切都不在我的计划之中。这一切都已经脱离了原本的轨道。

妈妈突然扯了扯我的运动服上的绳子，我弯下腰，尽量把耳朵贴近她的嘴。她洁白的牙齿已经染上了血渍。我可以听到她喉咙里发出的"咯咯"声，她的生命不断消散，几乎说不出话。

"拉斯珀法官。"妈妈在喘息的间隙拼命挤出了这句话。

"什么？谁？"我这样问道，即使她的话在我脑海中清晰得像是我自己说出来的一样。我必须确认，因为此时我越来越感到这个新情况至关重要。我意识到我的计划需要重新调整，它将被赋予全新的内容和含义。我计划找出十八年前导致那个事件发生在我身上的罪魁祸首，这个计划已经暗中实施了十八年。我现在确定我的妈妈暗中知晓了我的计划，她被我编织的复仇之网缠住了，并因此而死。

"拉斯珀法官，"妈妈说，"与你的绑架案有关。"话音刚落，她的眼睛向上翻，头也跌落到我的手臂上。走了。她真的走了，一场情绪的风暴再次席卷了我。我的眼前只剩一片白色，我呼吸不到任何氧气，喉咙和肺部像受到灼烧般痛了起来。我必须战胜自己，不能让自己晕倒。我又一次将注意力放到云朵上面。那朵云，那朵云就是在风暴中平稳我情感之船的锚。我再一次试着关闭所有情感开关。再一次。我用尽全力来控制那个最难摆脱的情绪：内疚，关闭。她的死都是我的错。情绪全部关闭。

我将她轻轻放回地上。

我趁没人注意把她的手机拿了回来。

粉红裙女士目不转睛地观察着我把手机塞进运动服内袋的动作。

第二章

疯　狂

　　这些年，我研究过成千个关于自卫的视频，有一个保镖曾经说："如果你发现有人在跟踪你，那就装疯。"他建议假装眼神迷离，自言自语，乱撞东西，或者假装用一条看不见的绳遛一只看不见的小猫，只要能看起来疯疯癫癫的就行。这个保镖还说过："疯子是不想和其他疯子有任何关系的。"由于我从小就不喜欢打开我的情绪开关，我很难真正理解一些事物的细微差别。当时我让奶奶给我解释这句话的意思，奶奶是这样说的："装疯就是把你的言行和你身边人的言行区分开来。"奶奶的解释让我恍然大悟。这正是我现在马上要付诸行动的方法。我要是装疯，身边这些看热闹的人和那位粉红裙女士应该就会离我远一些。

　　我轻轻抚摩了一下妈妈的脸颊。我一次只挪动一块肌肉或是一个关节，机械僵硬地站了起来，就像电影《终结者》[1]里面那个毫无感情的金属外星机器人在"我"这个容器里复活了一般。越来越多的旁观者围过来，跑道上的各种脚步声变得越来越重，妈妈的头滑落到地上。她的脸颊，她更上相的那半边脸，陷入碎石当中。

---

[1]《终结者》，詹姆斯·卡梅隆等执导、阿诺·施瓦辛格主演的美国著名科幻电影系列。1984年上映。获《电影周刊》"20世纪最值得收藏的一部电影评选"第一名。——译者注（若无特殊说明，均为译者查注。）

闭上眼睛，深深地吸一口气。

关闭一切。

我又变回了自己。

因为沾到了妈妈的血，一片飘落的红色的树叶粘在了我右脚那只耐克跑鞋加固过的鞋尖上，我的两个假脚趾藏在下面。粉红裙女士往我身上靠过来。也许她是一名护士，因为在渐渐聚拢过来的人群当中，她是唯一一个不畏缩、不哭泣、不尖叫也不猛戳手机屏幕打"911"的人。

"亲爱的，我现在需要你跟我一起走。到这里来，吸气。"粉红裙女士这样说道。她用一种医护人员常用的方式紧紧握住我的前臂，仿佛在说"我会为你治疗"，同时，"我也控制着你"。但是我不会被她控制。

尽管十秒钟之前刚刚唤醒了妈妈的手机，我仍不放心地在运动衫口袋里拼命点着手机屏幕。我意识到我必须尽快黑进她的手机检查她的电子邮件。我需要闯进她在家里的办公室，找到她的律师笔记上所有关于拉斯珀法官的信息，搞清楚他是如何与我妈妈的谋杀案扯上关系的，在我十六岁的时候又到底发生了什么事。

粉红裙女士握得实在太紧，我难以挣脱她的控制。我开始观察起她的脸：她左边的太阳穴上有一颗痣，白色的头发，发际线比大多数同龄女性更靠前，发量也更多。也许是一项白色假发？很难说，她的头发被帽檐遮住了。她看起来将近五十岁，有着皱皱的鼻子。通过二头肌和肱三头肌的状况可以判断一个人平时是不是真的打网球，而她手臂上相应的位置则堆积着一团团橘皮组织，就像奶奶用木勺舀出来的红糖软糖。她的网球服很专业，但看起来很新。她在用一只手握住我的右臂的同时将球拍放在地上，还不忘用脚尖小心地踢了下手柄，使手柄末端朝着我这边。妈妈还躺在我身后的地面上。

我扭动身体挣脱粉红裙女士的手，扯散我的发髻，而后甩动起我那长及尾椎、辅以人造毛发编织的浓密头发，把人群的注意力吸引到我身上。我同时甩动着我的真假头发，仿佛整个事件的目的就是让我在港口附近一展我的秀发。当然这并不是我使用假发的原因。

我没有与任何人进行目光交流，而是用空洞的眼神凝视着尖叫的人群当中的空隙，然后用平静的语调说道："有没有人能帮妈妈清理下伤口，给她贴个创可贴，然后送她回家？"我努力睁大眼睛看着天上那朵不是乌云的云，同时开始向后移动，试图跑出人群，远离妈妈的尸体。"拜托，妈妈最讨厌身上乱糟糟的了！我们来帮她清理干净！"

检查妈妈手机上的电子邮件。去她在家里的办公室拿笔记。

尽管我浑身还都是血，两个穿着高尔夫球衫的男人仍然上前试图抓住我的手臂，不让我离开。我甩开了他们的手。装疯卖傻用了我太多精力，在我因为这两个男人分心的时候，粉红裙女士成功偷袭了我，把我拽到一边。就在我愣住的那一瞬间，她紧紧地抓住了我，将我抵在一棵老树的宽大树干上。

"赶紧叫救护车，她受惊了，我会抓住她的！"她向人群喊道。

打起精神来！控制好自己，别再误算情势了。现在可没时间悲伤。

她伸直手臂，握住我的手腕将我压在树干上。粗糙的橡树皮透过运动服摩擦着我的皮肤。她把全身的重量压在我身上，控制住我。要反抗必须攻击她的头部，我猜她应该接受过制服他人的训练，因为她把我的双手锁得死死的，让我无法动弹。

我直直盯住她的眼睛。我们互相瞪着对方，她笑了。没有旁人能看到她脸上的冷笑，她在我耳边小声说："把你妈妈的手机给我，丽莎，告诉我她的笔记在哪里，这样我们就不会伤害凡泰。"

我下定了决心。我一定会要她好看。

她低头看向我运动衫的口袋，低声威胁道："给我！"

她指的是我妈妈的手机。但是她必须放开我的手腕才能去拿手机，或者得让我把手机交给她。我看到她正打量着我，犹豫着该怎么做。

警笛声从远处传来。

光用蛮力来挣脱她抓着我的手是没有用的，我用膝盖顶她的胯部，让她失去平衡。她的臀部被我顶得往后凸起，手肘也没法绷直了。我趁机转动手臂，挣脱了她的拇指，这是她力量最薄弱的地方。双手挣脱控制，我猛地拍掉了她的墨镜和帽子，接着用手掌猛击她的两颊，用拇指抠她的眼睛，其他手指则狠抓她两只耳朵的硬软骨，指甲扎进她的皮肤里。

现在我占了上风。我的拇指抠在她的眼睛上，因此我可以随意扭动她的头。我把她的头用力扭到一边，紧接着猛推了她一把，她向后跌倒在地上。

我迅速逃离现场。

现在我离妈妈遇害的地方已有好几码[1]远，我朝着山上她别墅的方向跑去。

为了即将在马萨诸塞州实行的计划，我曾接受过多项武术训练，但尽管如此，我还是想起了当年我逃脱后妈妈曾坚持让我观看的有关自卫方法的视频。我产前教育的内容不同寻常，充斥着在生活中应该要避免什么、要对抗什么，什么才是丑陋的，如何制订计划以及效率至上原则这些内容。现在看来，这些都是很有价值的课程。

很有用的课程。

谢谢你，妈妈。

我在公园对面的山顶上停了下来，回头看到粉红裙女士爬到她的球拍边上，以及她一边遮住嘴一边打电话的样子。她把拍面部分塞在自己的手臂下，然后用手柄部分对准了我所在的方向。

人们转头看着我的方向，看看她，然后又看看我。粉红裙女士一定是在她爬起来的时候又把墨镜戴上了，现在她正透过墨镜望着我的方向。她更加明确地把手柄指向了我所在的地方，就好像她知道我要去哪里似的。我拿出妈妈的苹果手机，打开相机，放大，按下快门。站在高地上，透过人群，越过港口，我看到红蓝色的警灯正在警察局旁边闪烁着。警察马上就会来了。

得走了。马上。得赶快拿到妈妈的笔记。

---

[1] 1 码约等于 0.914 米。

第三章

妈妈的笔记

毫无疑问，如果奶奶在的话，她一定会阻止我，还会告诉我刚刚发生的事会令正常人受到多么严重的情感冲击。我已经三十四岁了，并且已经当了这么久她的学生，我当然能理解她说的那些话的含义。但是我现在没有时间来复习她那悲天悯人的情怀。女孩儿们的生命已经危在旦夕。我的计划有着严格的时间要求。如果我们还想解救那一屋子遭受了常人无法想象的酷刑折磨的人口贩卖受害者，还想抓住那些绑架犯和他们那些有权有势的客户，我们必须在接下来的两天内执行我的计划。这个圈子里那些怪兽般的恶人的确与当时绑架我的那几个蠢货有着千丝万缕的联系。自从当年从绑架我的人那里逃出来，这十八年间我一直没有放弃这条联系的丝线，顺着这一条线，现在我来到了这里。我花了十八年的时间寻找线索——到底是谁，他们的背后是什么，又在何时何地做了这些事情。我花了十八年的时间来准备一切需要的东西，就是为了将他们当场抓获，我不会给他们任何否认的机会，也不会给他们留下任何辩护的余地。至于妈妈怎么陷入其中，她又如何找到这位与事件有关的拉斯珀法官，我无从得知。

没有什么能够阻挡我。不管是妈妈被杀还是我的情感，没有任何东西能够阻挡我。错过这一次，以后我们就不会再有机会了。

我冲进一条林荫小道。越往妈妈别墅的方向走，道路两旁的树林就越发稀疏。我的爸爸已经不在那儿了，他一年前变成了"亲爱的逝者"。想到这里，混乱的情感又开始在我的脑袋里沸腾，我感到天旋地转，头骨下仿佛只有只蜜蜂"嗡嗡"地不停拍打着翅膀。我尽力不去理会所有我脑袋里这些剧烈碰撞的能量，加快了脚步。

妈妈的奥迪就停在门前的车道上。该死，她的车牌号要是没那么好记就好了，为什么偏偏是 SHARKK[1]。不论是谁都可以通过追踪这个车牌找到她，很可能上周我开她的车时就已经被人看见了。我把我的真假头发松松地盘成一团，小心翼翼地避免拉扯到我脖子下方较粗的那些假发，然后重新夹好。我皱起眉头，看着妈妈的车牌。

妈妈住的房子是用花岗岩造的，厨房的天花板就像教堂的房顶，她的办公室在塔楼里。我现在来到了她的房子深处，一只手摸着方才重新盘好的头发。我试着不去想我身上沾到血迹的部分：运动衫的胸口、耐克跑鞋加固过的鞋尖、我小腿的上半部分……那是妈妈的血，不是我的。

这里是妈妈生活的地方。曾经生活的地方。她和她的女仆兼厨师芭芭拉一起住在这里。芭芭拉年近四十，来自波兰。我绕着妈妈的房子沿车道走向她的后院，往别墅后门厅的方向走去。我瞥见了房子后方车库旁边的马车房，那是芭芭拉的宿舍。咸腥的空气飘荡在山间，这空气仿佛跟随着我，让我想起了近在咫尺的大海。

我看见了芭芭拉的尸体，有人朝她开了一枪，子弹从她的肩胛骨穿出，穿透了心脏那一侧的胸腔。她倒在后门廊的台阶上，手臂举过头顶。很显然，她是被人以行刑的姿势枪决的。虽然我从港口逃走时也预想到事态可能这样发展，但仍曾怀抱一点儿微小的希望，希望他们至少能放过芭芭拉。但很显然他们并没有。我逼着自己把注意力转移到灰黑色的花岗岩地砖、那些一尘不染的角落以及门厅里光与影重叠交会的角度上，逼着自己不去看芭芭拉的尸体。

---

[1] 形似英文中的鲨鱼（shark），仅多了一个 K。

继续执行你的计划。当年你没能救多萝西，这一次绝对不能失败。

后门敞开着。我从芭芭拉的尸体上跨了过去。房屋的警报没有触发，闯进来的人一定是用枪威胁芭芭拉输入了密码。

妈妈的猫凡妮莎正弓着背，朝厨房通往右翼地下室的旋转楼梯方向发出"嘶嘶"的警告声，杀死芭芭拉的凶手现在还在这里。我注意到地上有一枚脚印，比我、我妈妈和芭芭拉的都要大。一小块阳光照在大厅的花岗岩地板上，在阳光的照射下这枚脚印令人难以察觉。是刚刚印上的，也许只过了几分钟。男码 11 号，应该是只靴子，可能是黑色的。

我现在没有时间去对付这个杀手，他来这儿的目的显然和我一样，他是来找妈妈发现的线索的。无论妈妈偶然间发现了什么，这些怪物都不想让地球上的任何人知道。他们杀死了妈妈，现在还试图抢走她的手机、她的笔记，试图抹去一切可能令他们暴露的线索。我必须在警察介入并毁掉证据前找到她的笔记，因为我并不清楚有哪些执法部门的内鬼也牵扯在这个我们正试图揭露的阴谋中。我们知道其中有一部分人和他们有联系，但现在我们还没搞清楚这些人的身份。我们，指的是我和我的小小团队。

我悄悄闪进门厅旁边那间没有装门的杂物房，里面是我去年坚持要求妈妈安装的一排排监视器。这些屏幕上显示着这里每个房间的实时情况，我查看了所有的屏幕，找到了那个把自己困住的凶手，他正躲在妈妈的地下洗衣房里。我看到他正屏息凝神，好像在听周围的动静，他应该已经听到我进来了。我按下了别墅广播的按钮。

"放下武器，这里已经被包围了！不许动！"

他好像咕哝了几句，但监视器没有传出声音。他垂下手臂，枪重重地摔在他的大腿上。太蠢了。

随着时间流逝，警报声越来越响。

"马上把你那该死的枪给我放到干衣机上，浑蛋！"我对着麦克风大喊。

他照我说的做了，双手举在空中，开始慢慢地倒退。

"站住。一动都不要动！"

我向外望去，芭芭拉依旧毫无生气地躺在地上。我现在已经没有时间去抓住并惩罚杀死她的凶手了，尽管我应该这么做。他仍然没有动。他还是以为他被困在了洗衣房里。我估计我有四分钟的时间来找到我想要的东西。警察马上就会弄清妈妈的身份，查到她住在哪儿，他们马上就会知道我把粉红裙女士的头扭向一边后逃到了这里。刚才我应该把她的脖子给扭断的。

在去妈妈塔楼办公室的路上，我脱下了身上沾血的衣服和鞋子。我的假脚趾目前还很稳固，但我能感到它们已经开始松动了。我顺手从芭芭拉的洗衣篮里拿起一件印着"没门儿"三个字的灰色 T 恤（如果芭芭拉还活着，她一定会把它放在咖啡桌上）、我的七牌[1]牛仔裤和一条毛巾。我擦掉腿上的血迹，把毛巾扔到一个角落里，一边走一边换上干净的衣服。妈妈做园艺时会穿的科迪斯[2]帆布鞋现在归我了。我蹬上鞋，系好鞋带，然后走上楼梯。

妈妈的办公室一片狼藉。那个现在还在洗衣房里的浑蛋最先搜查了这里，但他并没有找到想要的东西。他当然找不到，他不可能想到妈妈曾设计了一系列外表看起来和旧书一样的笔记本用来记录她的想法和发现。妈妈的办公室里有一排顶天立地的书架立在墙边，上面的书表面上看起来是一本本英国历史法典，但实际上，妈妈将她多年的笔记隐藏在了这些真实的书籍之中，她特意如此设计。她曾说过："我所做的工作要求高度的保密性，有时候甚至对我自己也需要如此。因此，我把客户的信誉和我的想法都隐藏在这些书本之中，隐藏在众目之下，并且同时也能保证它们永远在我的目之所及。还有，丽莎，如果你想碰这些文件，我劝你想都不要想。律师对客户的保密义务是优

---

[1] SEVEN7，欧洲著名牛仔裤品牌。

[2] Keds，美国著名运动品牌，其帆布鞋最为知名。

先于一切的。"

有时妈妈会这样严厉地对待我。但是她现在已经不在了，不必再遵循她的那些原则，对我来说尤其如此。

那个愚蠢的浑蛋只从书架上拿了几本用来掩护的书，当他发现上面只有一些用古奥的字体写就的法律条款，而没有妈妈的笔迹时，他便放弃了在书架上继续寻找。

按照妈妈一贯的做法，她会在每本新笔记的书脊上用白色花体字以加密方式标注好日期。我找出了最近的那三本。一本薄薄的皮面笔记本从其中一本里面掉了出来。我快速浏览了里面她最近几周的记录，笔记上"维拉达"这个名字以及"玛丽安娜教堂""拉斯珀法官"和"牙医"这些字眼出现了很多次，这四个词的简称还经常出现在同一页笔记上。我没有时间一条一条地细细查看，但上面的信息我也知道得差不多了。和我的复仇计划相关的"维拉达"和"玛丽安娜教堂"字样也出现在妈妈的笔记上，这说明她已经捅到了那个马蜂窝。不过"拉斯珀法官"倒是新信息，不知道她笔下的"牙医"又是指什么。

我会从内部开始调查然后搞清楚这个拉斯珀法官和牙医到底是什么人。按原计划执行。不要节外生枝。我们的计划从今天开始。马上。从内部控制他们。

房子另外一侧厨房前面那间卧室的保险柜锁着我自己的苹果手机。我拿起妈妈办公桌上的无线电话，拨通了那位十八年前帮助我逃离魔爪、目前在我的咨询公司工作的前联邦调查局特工——刘罗杰探长的电话。电话还没打通，我看到了一张贴在妈妈电脑上的贴纸，上面写着她所有的密码。

"我是刘。"他接了电话。如果他现在是在印第安纳州我们的办公室里，他则会说"这里是15/33公司"。

"听我说。"我一边撕下那张写满密码的贴纸一边说，"我妈妈知道维拉达了。她被人射杀了。她的笔记上提到了玛丽安娜教堂。还提到了拉斯珀法官和一个牙医……"

楼梯上响起了沉重的脚步声，于是我不再出声。我的身体随着这间老旧房间的震动而抖动着。我把无线电话放回桌上，把妈妈的皮面笔记本放在那把舒适的转椅上，做好正面冲突的准备。妈妈的苹果手机现在正待在我牛仔裤的后兜里。

我抬起头，看着那个浑蛋爬上楼梯朝我走来。

我转动椅子，将放着笔记本的坐垫部分朝着自己，椅背朝着门的方向。那个浑蛋站在门口，挡住了我的去路。我身后是一扇关着的窗户，离地有二十英尺 [1]，如果从窗户跳出去，我很有可能会受重伤或者直接死掉，我脚上的科迪斯帆布鞋没有减震的功能，墙壁外面也没有任何物体可以让我借力安全着陆。那个浑蛋比我高出了一英尺半。

刘的声音从电话里传出来，我听到他焦急的呼喊："丽莎，发生什么事了？丽莎……妈的……丽莎……"

"把笔记给我！"那个浑蛋吼着，走进办公室。他经过门口做引体向上用的杆子下方，朝着椅子和我的方向走来。他举着手臂小心翼翼地靠近，随时准备和我战斗。来之前他一定已经从雇主那里听说过我的情况，那些幕后凶手打算明天再次绑架我，想要让我变成他们变态恐怖的魔窟里又一个人口贩卖受害者。我相信他们一定不知道我早已知晓了他们的计划，并且还设好了陷阱准备将他们一网打尽。

我观察着他的步态。他的惯用脚是左脚，距椅子还有四步远。

我转动扶手椅，把放着笔记的那面朝向他。

"喏，在这儿！"我喊道。

他被我突然的举动吓了一跳，顿了一下。

"来呀，你来拿呀！"

他弯腰取笔记，我又把椅子猛地转回来，抓起笔记本塞进我的牛仔裤兜。我一下跳到椅子上，然后又一次起跳骑到他脖子上，用两条

---

[1] 1 英尺约合 0.3048 米。

腿夹住他的头。我一边利用我刚才那一次猛跳爆发出的力量让他的身体失去平衡，一边用大腿死死卡住他的脖子。他的戒备姿势被我打乱了，我不过用了些简单的物理知识。他向后倒下时，我伸手抓住门口的杆子，挂在上面；他刚好摔倒在我身下，一半身子倒在楼梯间里，另一半身子在妈妈的办公室里。我用脚对准他的脸，然后纵身一跃，一百一十七磅[1]重的身体砸在他的鼻子、眼睛和嘴巴上。没有恋战，我从他身上跳下来往楼梯方向跑去。

我低估了他。我以为他会像粉红裙女士一样因为脸部受到重击而无暇顾及其他，但他没有畏缩，甚至没有去碰他断掉的鼻子和流血的嘴唇。他完全不顾自己的伤口，就像那伤口不存在一样。他依靠腹肌的力量一个打挺儿从地上弹了起来，黑色靴子砸在地板上的脚步声和地板"嘎吱、嘎吱"的呻吟声回荡在这个墙壁被涂成蓝色的敞开式楼梯间里。我没能逃走，他以迅雷不及掩耳之势抓住了我，然后拔出枪用枪托猛击我的太阳穴。现在我成了躺在地板上的人，我脑袋里响起各种尖锐的声音，眼前直冒金星。我感到一阵天旋地转，在扭曲的视野里隐约看到他正在抬起穿靴子的脚，要在他刚刚用枪托击打的地方再踩一脚。虽然我本能地想要护住自己的伤口，蜷成一团，从而缓解自己脉搏的狂跳，但这时我突然想起了萨吉曾教我的最重要的一课：你的痛苦就是对手的财富。不要让对手得逞。萨吉第三次打断我的鼻梁时，我学会了不再畏缩。现在我也不会畏缩，不会试着让自己好过一点儿，而是滚动身体。

外面四起的警报声响彻了楼梯间。我听到楼下有喊叫声和奔跑的脚步声。我滚到了下楼的第一节台阶旁边，那个浑蛋正举着枪冲过来，眼看就要再次抓住我。

"不许动！"有人在楼下喊道，"放下武器！"

我知道如果我现在逃跑，这个警察就不会知道到底发生了什么，

---

[1] 1 磅约合 0.4535924 千克。

所以我也没动。

　　我们的计划已经脱离了轨道。一股愤怒之情正在升腾，我努力将其抑制住。赶紧把这事处理好。不能像当年多萝西的事情一样失败了。绝对不可以。

第四章

在警察局

东汉森警察局坐落于当地的市政厅大楼内，这里虽然是整个城镇的行政中心，但看起来一点儿都不像是政府机关或者执法部门会在的地方。这是一幢白色砖块砌成的矩形建筑，有着白色的柱子和宏伟的门廊，挂钩上吊着一丛丛肥美茂盛的蕨类植物，它让我想起了奶奶在萨凡纳市的种植园。这里的停车场是镇里公用的，前往附近船坞的人也会把车子停在这儿。船坞的下面连接着入海口，里面停泊着成排的钓鱼船和快艇。越过入海口，再经过一条船运航道就可以看见港口，船运航道上方建有供往返列车通行的铁道桥，港口里边则停泊着一艘艘价值上百万美元的游艇和帆船。

妈妈的遗体仍躺在港口附近的那个公园里。我想现在应该已经有人帮她盖上了一块白布。我现在坐在警察局长的办公室里，一面等待着她看完面前那沓刚被打印出来、通过网络搜索得到的文件，一面透过办公室敞开的窗户，凝望着妈妈所在的方向。

以一个人类的视力，我的目光无法越过入海口，穿越桥下的航运通道，也无法最终穿透港口里帆船的那一叶叶船帆，并看穿公园里的树丛。我从这里看不见妈妈所处的地方，但她盖着白布的尸体却浮现在我眼前。

"丽莎……"

我想象着，她脚趾附近的布上起了一丝褶皱。

"丽莎……"

随着我想象中的视线不断移动，我注意到这块白布没有任何动静，它不会随着她的呼吸有任何起伏。她再也不能呼吸了。

"咳，咳，丽莎……"

她假装咳嗽了几声，我这才注意到这位名叫卡斯蒂尔的警察局长。我转过身面对她，她抿起了嘴唇。

"很抱歉，丽莎，我知道你一定很难受。"卡斯蒂尔局长说道。

这是一座富裕的小镇，连警察局都在这样一栋大型海边种植园般的建筑里。这里没有密不透风的审讯室，因为那完全没有必要。这里的唯一一间牢房关押着那个刚才杀死了芭芭拉的浑蛋，但平时那里基本上就是给这里的员工玩儿牌用的。这些信息是我从办公室门口走过的警察嘴里听到的。刚才卡斯蒂尔局长看那些她手下用谷歌搜索出来的关于我的资料时，其他警察就在她办公室外面吵吵嚷嚷地谈论着这些事。卡斯蒂尔的大部分手下以及州警察们都还在妈妈遇害的地方和港口附近排查和处理现场。卡斯蒂尔局长则提出要负责与我的谈话，因为我不仅是这个案件的主要证人，还是唯一一个还活着的受害者。

开始了。"局长提问和答案欠奉"环节。

她看着我，而我则在思考她作为一名在东汉森海滨区域工作的警察能有多少调查凶杀案的经验。尽管我几乎能断言，在她平淡且安宁的职业生涯中，她的工作基本上也就是处理处理那些游客擅闯私人海滩的报案，但没有确凿的证据证明我可以信任她或者其他那些可以接触到她工作文件的人，因此我不会对她透露任何相关的事实。

办公室里氤氲着一股海水退潮的咸腥味儿。一只灰白色的海鸥落在卡斯蒂尔的窗台上，与那些在入海口里捕食的同类相比，它看起来笨笨的。这只海鸥似乎瞄准了卡斯蒂尔那块奇怪的三明治，那里面夹了一英寸[1]厚的生菜和两英寸厚的肉。卡斯蒂尔站起来把海鸥赶走，而后关上了窗户。

"它太贪婪了，"她笑着对我说，"总是想抢我的午饭吃。"

我看着卡斯蒂尔身后的柜子，妈妈的苹果手机就锁在那里面，它被警察密封在一个证据袋里。在我和那个浑蛋搏斗时，妈妈的手机从我的口袋里掉了出来，掉在了二楼的平台上。手机后面贴着妈妈的名字和办公室的电话号码，因此我也没法儿谎称它属于我。幸好妈妈那本薄薄的笔记本还好好地待在我的裤兜里，就在我的"没门儿"T恤下面。我必须把手机拿回来。那部手机。就在刚才卡斯蒂尔陪着我走进来并让我在她对面的椅子上坐下时，我看到了她输入的密码：8933。

在警察把妈妈的别墅作为犯罪现场封锁起来之前，电话另一端的刘停止了大喊大叫，我知道他在留心听着这边的情况。在警察逮捕那个浑蛋并把妈妈的手机作为证物收好的过程中，我一直在向他们说明我是受害者。当然，由于警察并不清楚实际到底发生了什么，粉红裙女士在案发后也迅速逃离了现场，所以他们并不知道我袭击她的事实。他们没有逮捕我，仅仅要求我跟他们回警局回答一些问题。有时候还是得循规蹈矩一些，以免节外生枝。

"波士顿那边回电话了没？得赶紧把这手机送到专业人士那里做取证，得快点儿！"卡斯蒂尔坐在椅子上朝办公室外面的人大声喊道。

"还没有呢，局长。"办公室外面一个女人回喊道。

"其实你们不需要对这部手机取证的。"我说道。

"你说什么？"

"调查这部手机也查不出什么的。没必要。"

卡斯蒂尔回过身靠在桌子上，用手托着下巴看向我。她眼睛周围的皮肤较白，脸上其他部位的皮肤则晒得黝黑。她全身都十分健硕、肌肉发达，她的脸部也是如此。她身后的墙壁上挂满了各种证书和学

---

[1] 1 英寸约合 2.54 厘米。

历证明，还有一块三英尺长的橘黄色冲浪板，在墙的正中间是一块冬季两项的奖杯，那上面写着她在比赛中得了第一名。旁边的书柜上摆满了各种相框，里面是同一个男孩儿在做不同运动时的照片：踢足球、冲浪、滑雪、打篮球。有几张照片是她和男孩儿的合照，照片里她会把手搭在他肩膀上。每张照片里男孩儿的运动服上面都印着"33号"的字样。照片里的他们穿着各种各样的制服和运动装，服装丰富的色彩让彩虹都黯然失色。卡斯蒂尔和她的儿子让我想起了我和凡泰，不过她儿子那双有些呆呆的淡褐色眼睛远不如凡泰蓝水晶般的双眸明亮。卡斯蒂尔的配枪绑在她胸前。

我坐在她对面的一把硬木椅子上，两只手端正地放在双腿上。

"对啊！对呀，对呀，对呀！你是专家嘛，确实是这样的，鉴定方面你应该什么都懂。你知道这不是嘲讽，丽莎。你的实验室的确是国内最著名的私人鉴定实验室之一。"说着，卡斯蒂尔拿起了她刚才一直在看的那些关于我的资料。

"其实我的公司平时并不提供计算机取证的服务。我们主要为执法部门和私企提供物理和生物学方面的咨询服务，有时还会涉及冶金和化学方面。但我可以肯定的是，对那部手机进行取证是没有必要的。"

我一般不会说这么多话或者给别人提供这么多信息，但是现在我必须设法阻止她把妈妈的手机送走，我得把它留在我的视线可及之处。我知道刘马上就会来，我必须做好准备，好在他来了以后能随时带着妈妈的手机离开这里。幸好网上没有刘的照片。

"嗯……"卡斯蒂尔犹豫着，翻动着手上那堆从谷歌上查到的资料，"我们在网上找到了很多你的资料，你甚至还有一个单独的维基百科词条。上面提到你十六岁时曾在新罕布什尔州的家里被人绑架，当时你还怀着孕，最后你把绑架你的人杀了，从而得以逃脱。说实话，当时你动手的方式还挺令人震惊的。你是把他电死了，还是把他淹死了？"

两者都是。

"嗯……不过这都不是重点，对吧？我能理解你为什么那么做，毕竟他们当时不仅想要抢走你肚子里的儿子，还想把他给卖了，对吧？换成我我也有可能这样干，丽莎。"她呼出一口粗气，然后望着她儿子那堆五颜六色的照片沉思了一会儿，"是啊，我一定也会做一样的事。不管怎么样吧。"她说着转过身来对着我，"后来你带着联邦调查局的人去逮捕了那伙人的其他成员，是这样吧？"

"是的。"

她又开始翻阅我的资料。

"局长。"我说道。

"等等，这里说，当时还有另外一个叫多萝西·萨鲁奇的女孩儿没能幸存下来。

多萝西没能幸存下来，因为我没能及时救她。

"现在你不仅买下了当时囚禁你们俩的那栋房子，哇，你还把公司开在那里。你通过一次扣押财产的拍卖买下了在印第安纳州的那所废校舍，是这样吗？"

"是的。局长，我想重申一下，你没必要对我妈妈的手机进行取证。"

她放下手里的资料。"所以，如果你坚持认为这没必要，那么请你告诉我，我现在应该干吗？"

"取证调查的重点是搜查手机里那些零碎或者被删掉的非活动数据和元数据。其实你现在需要的只是手机的密码，只要有了密码就可以查看她的电子邮件和短信，还有她的通讯录。"

"你有密码吗？"

我当然有密码。

"那是我妈妈的手机，不是我的。你知道她是律师吧？波士顿的斯多克斯克雷恩律所。我敢肯定她所有的电子邮件、短信和书面笔记都应当是保密的，律师对客户有保密义务。"

"那个现在已经不适用了。她，很抱歉，丽莎，但是她已经……"

死了。

"保密条款的最终解释权在于我妈妈的客户，而不是她自己。你至少应该问一下斯多克斯克雷恩律所的意见。"希望这场关于调查合法性的辩论能为我争取一点儿时间，我只希望在接下来的两天里没有人会去查看妈妈的笔记。

"这可是一项刑事调查，丽莎。我很肯定现在这些规定已经不管用了。"

我耸了耸肩。我可以继续和她辩论，从而延长我们谈话的时间，或者打打感情牌，要求她尊重我已故的妈妈。也许我应该假装挤两滴眼泪出来。

卡斯蒂尔看着我，似乎在观察我的表情变化。"哦，对了。"她说，"果然是这样。"她抿了抿嘴唇，然后拿起资料里的其中一页浏览起来，寻找着上面与她突然想到的事情有关的内容。"确实，当时很多新闻称呼你为'恐怖少女'。不好意思，真的不好意思，但他们确实是这样报道的，不是吗？他们说你不能体会人类的感情。至少在一场听证会上，有一位心理学家曾经提供了这样的证词。"

大错特错。当时作证的是一名心理医生，而不是心理学家，并且他说的是我具有随意打开或关闭情绪的罕见能力。不能体会和选择关闭是完全不同的两件事情。我通常选择不打开我的情绪，因为情绪会降低我的能力，使我的反应变得缓慢。大多数的情绪只会导致效率低下。

"我想打两通电话。"我说道。

她转了转脑袋，金色的马尾随之摇晃起来。她抿起嘴唇，眯着眼睛看我。

"两通电话？"

"对，我现在并没有被逮捕吧？"

"对，你没有被捕。对，对。但我们想让你先在这儿回答几个问题，丽莎。毕竟刚才发生了那些事，你还没有缓过来吧？我刚刚就说应该把医护人员叫下来看看你的状况，他们就在楼上。"

"不用了。我用你办公室里的电话就行，你可以隔着玻璃门看着我打。"我朝她办公室的门点了点头，示意她离开。

卡斯蒂尔挠了挠她右眼下方。"好吧，好吧。如果你愿意留下来，打两个电话也无妨，好吧。"

她站了起来，绕过桌子走过我身边。我没有动，只是盯着电话机，直到她走出门去。我可以瞥见她正站在玻璃门外面看着我。不管这里的电话会不会被录音，这都不会对我后面几天的计划有影响。

刘一定一直拿着他的一次性手机等我的电话，因为铃声只响了一次，他就马上接了。

"你他妈的到底出什么事了？"他说。

"东汉森警察局。他们扣了妈妈的手机。这会妨碍计划。"

"该死，去他妈的计划。你妈妈都被人杀了。别管那狗屎计划了。坐稳了，我们马上就到，五分钟。"

刘说的"我们"指的是他和洛拉。

洛拉并不是真名，她是十八年前救了我的另外一名特工，幸运的是，在网上或其他任何地方都没有她的照片。她并没有退休，只是像刘一样在我的公司从事顾问工作，她目前在哪个政府执法机关任职也是机密。我们平时把她供职的机关叫作"测试"机构。

"快来。计划提前。"

我打了第二通电话。挂掉电话，我转向玻璃门的方向，示意卡斯蒂尔回到她的办公室里。

她进来的时候手里拿着一个马克杯，问道："要喝咖啡吗？我们这儿有一台咖啡机，你想喝什么都可以。榛子味？香草味？甜甜圈味？低咖啡因的？还是楠塔基特混合特调？你想喝哪种？"

"你刚才要问我什么？"

"好吧，那就不喝咖啡。"

她坐回了她的椅子上，调整了一下自己的姿势。她双手在桌面上交叉着，肩膀耸起微微前倾，一副乖巧的样子——这是一种策略，我曾经研究过肢体语言。一个女人突然推门而入。

"局长，刚才有个律师打电话过来，说什么他是斯多克斯克雷恩律所的合伙人，他说刚才有人从我们这儿给他打电话说了那个女人的手机的事情。他说在你调查那部手机之前他要跟你谈谈，不然他就要去法院申请强制令。"

卡斯蒂尔瞪着我，我瞪了回去。

"这就是你打的两通电话？"她说着咬住了下唇，那个样子就跟我的丈夫莱尼对我说我让他很"沮丧"的时候一样。

我继续瞪着她。

"局长，你最好快点儿。那个律师好像也在给其他地方打电话。"那女人正说着，突然转过头去问她身旁的另外一个人，"那是什么？"

我听见一个男人的声音，他正在卡斯蒂尔的门口对这个女人说些什么，似乎是在说什么送去波士顿的事情。

"局长不是已经跟你说过了要把证物表格找来吗？赶紧先去找表格，事情我来跟她说。"女人说完，然后又重新回过头和局长说道，"他们说要把所有东西都带到克拉伦登那边的法医实验室去。但是那个律师怎么办？"她又转了回去，"什么……这我不知道。"又转回这边，"局长，证物表格在哪儿？"

"真该死！"卡斯蒂尔捶了一下桌子，"让那个律师等一下。表格填好之前谁都不准动这部手机。该死的，表格呢……算了，丽莎，你坐在这儿等我一下，我马上就回来。"

这个女人被她那些业余的下属绊住了手脚。但这样混乱的局面正是我目前需要的。

卡斯蒂尔再次起身离开办公室。实际上我非常希望能够向她吐露一切，我希望我可以信任她，可以相信不会有人来查看她的办案文件。我甚至希望她能够帮我们抓住绑架我的那个组织的核心人物和他们那些人面兽心的客户，并帮助我解救他们手上的受害者们。

卡斯蒂尔也许无法理解或相信这些怪物们能有多疯狂，以及他们为了满足自己的变态欲望会多么不择手段地去伤害那些被抓来的女孩儿。如果我能把一切都告诉她，她也许会明白为什么我必须如此严格地对自己的计划保密，我被困在这里对那些正被囚禁的女孩儿来说又是多么危险。但现在，我不能冒险把一切都告诉她。我没有时间验证她是否与那个组织有关，抑或她是否能够保守我的秘密。

第五章

维拉达

当然，我在很久以前就已经把当年那个囚禁我和多萝西·萨鲁奇的犯人给弄进水电死了，同时还把他的双胞胎兄弟、一名无能的医生以及其他那些人渣同伙给送进了监狱。但是，在我作为证人出席那名医生审判现场的当天晚上，曾有人在法院停车场对我说过一些话。除了刘和洛拉，我从未向任何人透露过这件事。

始于十八年前的故事还有很多。

奶奶曾经对我说过："有时浩瀚的宇宙会为我们在人生之路上投下一面镜子来照映我们的身影，而我们则会为此感到惶恐。就好像这个世界、一切生灵又或是某位全能的造物主在说：'看看这另一个人影吧，这就是周遭的世界看到的你。'"我一直无法理解奶奶想表达的意思，直到我遇见了维拉达。

那是 1993 年，彼时距离我逃脱魔爪已经过去了六个月。为了将那个浑蛋人渣医生定罪，我从位于新罕布什尔州的家中回到了印第安纳州出庭作证。正值印第安纳州的冬天，天空上铁灰色的阴云密布，仿佛随时会降下阵阵冰雨。我独自一人在法院停车场的一排排汽车之间穿行，向妈妈租来的那辆宝马走去。为了处理和核对写好的证词并制订第二天的工作计划，妈妈还要和控方人员一起再待一个半小时。在法庭上接受了一天的直接询问、交叉询问和再次直接询问，我早已精疲力竭。

　　停车场的柏油地面上铺着一层融雪剂，我身后响起了一阵"嘎吱、嘎吱"的脚步声。我一直很害怕被再一次绑架，于是我向前猛冲了一段，然后才转身察看来人是谁。

　　"你别跑！"一个女孩儿喊道。

　　我没有停下，为了避免从一辆绿色面包车旁边跑过，我绕过了两排车子。印第安纳州的车牌，号码是677854。那些曾经发生在我身上的可怕事情让我学会了随时留意此类面包车的特征。

　　我停了下来，转过身，我身后是一个看起来不会对我造成任何人身威胁的人。一个身着黑色衣服的年轻女孩儿向我走来。起初我没有注意她的脚。通过观察她的头和面包车的相对位置，我估测她的净身高约五英尺，体重大约一百磅。她比那些比我小的青少年都要矮和瘦。她迈着坚定的步伐，踩着心跳一般的节奏，就像掌控了一切真相。女孩儿大约二十出头，我仔细观察着她黑色的头发、大大的蓝色眼睛和细直的手臂。她又走近了一些，我看到她手臂上满是紧实的肌肉，那让她看起来像是一只没有翅膀的蝙蝠。她紧身长袖T恤下完美的二头肌鼓起，像是要撑裂她黑色上衣的衣袖。瘦削，但肌肉发达，没有脂肪。一台紧实、高效、精瘦的机器。根据"美国生命科学网"[1]上的一篇文章所述，蝙蝠比鸟类更为高效。我应当热爱蝙蝠。我应当敬畏蝙蝠。

　　她身上有一些特别之处使我着迷。

　　我坚信我被囚禁时曾看到一只黑色蝴蝶好几次，它就在囚室里那扇高高的三角形窗户外面飞舞。在那些最脆弱的时刻，在那些被情绪压垮而无法将它们关闭的瞬间，我曾把这只蝴蝶想象成我的救世主。但是我现在可以确定，尽管那只蝴蝶是真的，但是认为它是我的救世主的想法来自我被单独囚禁时产生的错觉。这种现象有一个专门的医学术语：拘禁性精神障碍。

---

[1] LiveScience，美国的一个线上科普、科学新闻分享网站。

眼前这个蝙蝠女孩儿走起路来像是一名连环杀手，她右手的虎口位置上文着一只黑色的蝴蝶。

"你就是那个杀了罗纳德·赖斯的女孩儿，你还救出了多萝西，尽管她最后还是没活下来。"她说道。她的语调毫无起伏，情绪干涸。

"是的。"我说。我们之间还有一英尺的距离。尽管我还比她小几岁，但我比她高几英寸。我的目光在她的黑蝴蝶文身上面停留了半秒钟。

"我旁听了案子的审理。我戴着假发，坐在那些记者后面，所以你可能认不出我。"她再一次用波澜不惊的语调说道。

"认不出。"

我在脑中做出标记，修改了我的记忆。

"那些全都是你自己的主意吗？杀了赖斯，还在法庭上说出那样的证言，好让医生也伏法？"

"完全正确。"

"我知道你在法庭上说了谎。不过正是因为你这么做了，他才没法儿脱罪。"

我什么都没说，只是盯着她。蝙蝠女孩儿和我下起了棋。

"这样的话，你就是我可以信任的唯——个人。"她说道。

"大概吧。"大多数时候我没有欺骗别人的理由，也没有操纵自己情感的必要。为了某些事情，我会向家人撒谎，但那是为了确保他们的安全。可能我在法庭上宣誓以后还对医生的事情说了谎，但那是为了顾全大局。在大多数情况下，我仍然会实话实说。

这个额头上满是雀斑、手上有着黑色蝴蝶文身的瘦小蝙蝠女孩儿向左看了看，然后又扭头向右张望，确认我们周围没有其他人。"你已经惹恼了这一切事件的中心人物。他称自己为'主教'，他已经标记了你。他说过，待他下一次来美国，他就会找你复仇。我不清楚那到底会是什么时候，应该是几年后。我只知道这些，我不知道'几年'到底是多久。我会试着找出准确的时间。不仅为了你，也为了我自己。

因为你，那个偷盗贩卖金发婴儿的犯罪网被破坏了，你切断了主教的收入来源之一，因此他想要让你付出代价，你已经被他标记了。我的线人还在他们组织内部。他对我做的事令人发指。自从逃出来，我就一直计划着要揭露他的恶行，或者直接杀了他。如果我们合作，我想我们有机会干掉他。"

"你什么时候文的那只蝴蝶？"我问道。

"什么？"

"如果你一直在关注我的动向，那么你一定读过那篇文章，我提到过一只黑色蝴蝶。也许你就是因为这个才去文的，为了让我放松警惕好让我踏入你们布置的陷阱。"

"我就是单纯喜欢蝴蝶而已，不可以吗？"

"也许是这样吧。"

我思考着蝙蝠女孩儿到底有没有在文蝴蝶的原因这件事上说谎。我读过一些研究肢体语言的书籍，她没有往左上方看，这是判断对方没有编造事实的一个重要标志。她的额头没有皱起，眼睛一眨不眨地盯着我，好像在强迫我相信她似的。

"我确实读过你刚才说的那篇文章，但你在那个地方看到的并不是一只蝴蝶。这里是印第安纳州，它更可能只是一只飞蛾。"蝙蝠女孩儿说道。

她很了解生物。

"那肯定是一只蝴蝶。"我说道，因为我需要它是一只蝴蝶。我必须是正确的。我需要所有的细节都精确无误。

"好吧。是啊，你才是科学家嘛，对吧？"

"我只是一个学生。"

"听着，如果你想为主教对你的报复做好准备，如果你还想打倒处于组织中心的那批人，还想为多萝西报仇的话，我们必须合作。"她把手伸进背后的口袋，掏出了一个森林绿色的打火机和一根烟。她点燃香烟吸了一口。我认为这非常粗鲁，她应该先把话说完，而不是让我受她二手烟的摧残。吐出一口灰白的烟雾，蝙蝠女孩儿继续说道：
"你在听吗？这事很重要，我们必须合作。"

"我从来不跟人合作。"

"我他妈也从来不干这样的事，你得明白。"她停下来吐了一口烟。
我屏住了呼吸，不想吸到她嘴里吐出来的二手烟。"我敢肯定，你一定觉
得自己能一个人从他们手里逃脱很厉害吧？但是那个时候他们定时给你
饭吃，不是吗？他们也没强奸你吧？而且你只被囚禁了一个月，对吗？"

"你说得都对。"

"所以你根本不知道被关在'龙虾池'意味着什么。"

"什么？"

龙虾池，我记了下来。

"你听到我说什么了。现在我得走了。他们肯定派了人监视你，
我已经在这里待了太久了。"她扭过头看了看身后，又回头看着我，
却始终低垂着眼帘。

"绑架你的那些人不过是一些边缘人物，在中心指挥的组织规模
很小但却占有绝对的统治地位。你遇到的那些人只想做绑架怀孕金发
女孩儿的生意，那只是整个组织中一条很小的支线，他们会向中心环
支付一定的费用。中心环经营着利润丰厚无比的人口贩卖生意，还向
那些有钱的浑蛋出售'体验服务'，但他们把消息保护得滴水不漏。
那简直是噩梦。我曾经是中心环的受害者。不过在他们把我转移到龙
虾池的当晚，我就逃走了。"

说到龙虾池的时候，她的眼神转移到她的脚上，示意我也看一下。
她只穿着一双人字拖站在印第安纳州十二月的寒风中。她将一只脚抬
到一辆车的前保险杠上，向我展示了她脚上那被烧伤的皱巴巴的皮肤，
伤痕从她的脚趾开始，覆盖了她的前脚掌和脚踝。她所有脚趾的长度
都和她的大脚趾一样。

她保持着脚踩在保险杠上的姿势，继续说道："他们用我来为别人
提供'体验服务'，还让我染上了毒瘾。我曾经经历和看到的事情是

你无法想象的。我必须打倒中心环，特别是主教本人。我知道的只有主教会定期从亚洲来到这里，但我在里面时一直神志不清，因此除了一些模糊的细节，我什么都不记得了。目前只了解到这么多，所以我们现在的计划是：我会通过我手头的资源重新回到那里，然后我会见机给你传信。这个计划会用上好几年。但是，为了彻底捣毁他们的组织，我们必须得把他们当场抓获，否则一切都将功亏一篑。组织里有警察、法官，还有好些政治家和厉害的大律师，他们相互勾结，相互包庇，保证他们的人不被抓到。到时你会收到我的消息的。但是你要随时做好准备。你已经被他们标记了。一定要记得做好准备。"

我抬起下巴，在脑海里重播着她方才的话。她误以为我是在质疑她。

"你听到我说什么了吗？你得做好准备。"她又吸了一大口烟，在寒冷的空气中呼出一朵癌症之云，无数有毒的微粒悬浮在空中。我再次屏住呼吸。

粗鲁。

"喂，你会准备好的对吧？"

"准备好干吗？"

"龙虾池，你已经被标记了。你是他们的'目标20'。喂，你到底在不在听？我记不清当时的细节了。我当时简直是一摊烂泥。我只记得那个时候我的脚被烧伤了，然后以某种方式逃了出来。你要把事情调查清楚。做好准备。"

"你叫什么？"

"维拉达，你知道这个就够了。"

说着，维拉达走过两排车子，走回她的绿色面包车旁然后钻了进去。她开着车经过我身边时停了下来，她摇下车窗，然后带着嘲讽的口气说道："你看到的并不是蝴蝶，那只是一只飞蛾。做好准备。"然后她踩下油门儿，把方才抽完的香烟按熄在一个我看不见的烟灰缸里。

下次要把她的烟蒂拿去做 DNA 测试。

调查龙虾池的信息。做好万全的准备。

在庭审结束后，我们回到新罕布什尔州继续自己的生活，之后的整整两年间，我一直在与一种萦绕心头的情绪做着斗争。对于那个我未能及时救出的女孩多萝西·M.萨鲁奇，我一直感受着一种持久而令人心碎的爱意。我担心我对那只蝴蝶也有着这样的爱，那是一只甚至可能被我错误地界定了物种的生物，我担心我爱上的可能只是一片海市蜃楼。我真的看到过那只蝴蝶吗？人类的感官能够被相信吗？视觉、听觉、触觉、味觉、嗅觉，又或者我们对情绪的感知都是准确无误的吗？对多萝西的爱和对爱上那只有可能被我错认为是蝴蝶的昆虫的恐惧都令我寝食难安。在与这两件事物旷日持久的战斗和一段段剧烈冲突的插曲中，我体验到了越来越多的创伤。在之后的日子里，新罕布什尔州房子后面的那片白桦林成了我发泄和疗伤的圣地，我在那里绘出了一幅幅带有暴力色彩的印象派绘画。

我尽力克服了这些创伤，我那与生俱来的调控情绪的能力在此期间变得越发炉火纯青，也越发懂得应该只运用理性思维来看待所有的事实。一次，我正在画一棵奇怪地扭曲着、上面还有一双充满哀伤的黑色眼睛的白桦树时，我得出了一个我可以接受的结论：爱仅仅是一种幻觉。爱永不消退，它只会在你的默许之下不断增殖、长大。爱的浓度不会消减，爱会不断滋生。爱是一株丑陋且有毒的杂草。

我以为我爱那些人，但实际上那种爱只是我想象的产物。我爱的只是我自己的想象。想象的产物能够并且应当进化，它会被人为篡改，被倒序制造，被改造翻新，被重新定义，被拆解重构，甚至最终被毁灭。从那一刻起，我控制了自己对爱的想象。我意识到爱反映的是我选择如何看待周围的人，如何通过人类的感官来诠释我的世界。就像我们平时所看到、听到、尝到、触到、感到和闻到的，情绪只是大脑中一个个用于感知的模块。那只是一种我们应对和控制混乱的方式。

我开始把所有的时间都用在调查龙虾池的事情上。值得庆幸的是，两位特工刘罗杰和洛拉也配合我开始了他们的调查行动。从那以后的每一分钟，我们都在忙着收集相关的信息和线索：龙虾池到底是什么？它在什么位置？主教计划何时再次绑架我？为什么我是第二十个目标？为了不被掳去龙虾池，为了给中心环的那些人设置陷阱，并把他们和那些十恶不赦的客人一举抓获，这些年来我一直在收集各种资源和有用的装备。这就是我们的计划。这就是我们的团队。

现在，十八年之后，在马萨诸塞州的东汉森警察局，我的思绪飘回了那个时候，飘回了印第安纳州那灰暗无比的停车场。我想起了维拉达的蝴蝶文身，还有她那大到夸张、似要看穿我的蓝色眼睛，仿佛我是她的所有物一般。我思考着如果当时我拒绝了维拉达，如果我没有理会维拉达，妈妈现在又会怎么样。妈妈会用她那顽固的方式自行找到有关中心环的线索吗？她是不是无论如何都会自己去找到那些线索？她曾经说过，在我被绑架的那段时间她的生活曾摇摇欲坠，她曾赌咒发誓要铲除任何一个与我的绑架案有关的"该死的魔鬼"。除此之外，她还把她所有的志愿法律服务 [1] 时间都用在了与贩卖人口相关的案件上，甚至还包括她在本职的企业诉讼辩护工作以外的所有空闲时间。但是我一直以为她这种报复式的爆发不过是在做情绪上的无用功，我一直认为她和其他所有人一样，误以为这个犯罪团伙中的大部分人都已被绳之以法。但是她笔记中出现了"维拉达"和"玛丽安娜教堂"这两个词。我的想法不仅是错误的，而且还导致她为此付出了生命。

办公室外面，卡斯蒂尔局长正在电话里和妈妈律所的一位律师大呼小叫。我听到外面一个男人的声音说他已经找到了证物表格，然后还"撞到了头"，并且他现在马上要到这边来，从卡斯蒂尔的证物柜

---

[1] Pro bono，拉丁文单词 pro bono publico 的简写，意指为公共利益而免费工作。欧美等地的发达国家会鼓励自己国家的执业律师每年投入一定的工作时长进行志愿法律服务，为无法负担辩护费用的人们提供公益性的免费服务，同时律师可以自行挑选案件。

中取走妈妈的手机。我站了起来，透过方才那只贪婪的海鸥落脚的窗户，我看到刘和洛拉已经到了警局，他们正在给他们租来的那辆小型面包车找停车位。

我偷偷溜到卡斯蒂尔的证物柜旁边。迅速按下密码"8933"——那串我以为正确的数字。没有反应。

局里吵吵嚷嚷的声音变轻了，我环顾她的办公室。我只有大概两秒钟的时间来解锁，只够再试一次。我的身旁是那块冬季两项的奖牌，它被挂在墙壁的正中央，很明显它对她十分重要，毕竟这是她乱糟糟的墙上最显眼的一样东西。她是在1979年得到的冠军。我又看了一眼她儿子穿的那些运动服，他是33号。我按下了7933。锁开了。

我敢肯定她从未意识到自己的密码这么简单，有心人一下就能猜到。

我连着密封的证据袋一起拿起了妈妈的手机，然后朝窗户走去，路上还把卡斯蒂尔那个夸张的三明治最上层的面包片扯了下来。

我抬起窗户，踩在下面的椅子上爬了出去，然后把面包片放在窗台上。

我一边把手揣在裤兜里以防里面的笔记本不慎掉落，一边往刘和洛拉的方向跑去。我看到一辆绿色的普锐斯在他们的车子后面停了下来。两辆车都停在同一个车道中。妈妈手机的铃声响了。我撕开证据袋。

普锐斯虽然停在刘和洛拉的迷你面包车后面，但它停得有些偏，所以我可以看到车上的驾驶员。是粉红裙女士，我盯着她，她仍然穿着她那一套粉红色的衣服，但是现在她戴着一顶棕色的假发和一顶愚蠢的波士顿红袜队的棒球帽。妈妈的手机仍在响着。

刘打开了车门，一只脚伸到外面，另一只脚则留在车里，就那样站着。洛拉在副驾驶座上没动，她看着我的一举一动。我把手指放在嘴唇上，示意他们不要出声，眼睛依旧注视着粉红裙女士的方向。

我接起妈妈的电话。

刘并没有转身，不过他已经开始有些狂躁了，我看得出来，他的额头上的青筋在疯狂跳动，手指还在车顶上划来划去。洛拉则依旧在她的座位上一动不动。她的脸和身体都笼罩在一片阴影之中。

"你儿子凡泰在我手上。把笔记本交给我。"粉红裙女士在电话里威胁道。

这贱人居然敢用我的凡泰威胁我，现在我不仅要这个贱人好看，我还要让她变成残废。凡泰不可能在她手上。不可能。

挂断，随后我拨通了萨吉的电话。

"凡泰在哪儿？"他刚接起电话我就问道。

"就在我旁边呢。一切准备就绪。"

"现在把所有人都带到那个地方去。"我说道。

萨吉负责在我们执行计划的时候保护莱尼、凡泰和奶奶的安全。我现在必须相信他仍在履行他的职责，他从未让我失望。我原本计划今晚就把妈妈转移到一个安全的地方。

我再次挂断电话，妈妈的手机又一次响起，又是粉红裙女士打来的。"我会抓到凡泰的。笔记给我，马上！"

刘做了一个手势：左手比出 V，右手在上面比出切割的手势。这表示他要求中止我们的计划。我们曾商定，如果我们三个人中的任何一个做出这样的手势要求终止计划，那就说明情况已经到了十分恶劣的地步，其他两人都必须同意这个人的决定。这个手势原本应该是在事态最为严重的时候使用的。

粉红裙女士的脸此时看起来就像一只老鼠，她不断地在电话里对我说："现在，马上！"我不禁思考她平时是不是也会这样说话，也许就是对着那些被关在暗无天日的地窖里的年轻女孩儿的时候。她会用这种口吻命令她们脱掉自己的衣服，为那些付了钱的顾客提供那令人作呕的"体验服务"。我挂掉了她的电话。

还有两件重要的装备我没有拿到手，爸爸很久以前在新罕布什尔州曼彻斯特市建了一间实验室，我现在需要的两张光盘就在那里，我原本计划今晚去取，那里也是我原本打算安顿妈妈的地方。我的计划需要这些装备。忽略刘刚才做的手势当然将严重违反我们团队的规则，但也许我可以在粉红裙女士把我抓走并囚禁起来前让她把我带到爸爸的实验室去。我担心事情不会如此顺利。考虑到妈妈之前的介入程度和现在她被谋杀了的情况，中心环也许会取消他们对我的诱拐计划。我绝不能允许这样的事情发生，我绝不允许我策划了十八年的计划以失败告终。我要迫使他们把抓走我的时间提前，迫使他们提前执行计划，这样我才能赶在主教回到他在亚洲的据点之前一举毁灭他们。再说，我不能让凡泰受到一丁点儿的威胁。我现在只能选择跟粉红裙女士一起走。

刘又做了一遍刚才的手势。他的下巴正微微抬起，紧咬牙关。这么多年来，每当他克制着想要说些什么的欲望时他都会这样，我见过他这种表情好几次了。

我头顶的那棵树突然有了动静，我朝头顶看去，那只贪婪的海鸥一个俯冲降落在了局长的窗台上。它一爪抓起我留在窗台上的面包片，然后飞进了局长的办公室，想必局长还没有回来。

我看向洛拉，她刚才一定读懂了我的唇语，并且注意到了我的视线越过了他们的迷你面包车往后面张望。我看得出来，洛拉正在观察我是否决定要继续执行我们的计划。在这一刻，我看到了洛拉那坚定的眼神。她的眼睛一眨都没眨，只是咬着自己的手指，手指几乎整根都被她放进了嘴里。我凝视着她，表示我需要她的回答，我要知道她是否也同意刘停止计划的提议。

她举起右手，用两只手指比出了枪管的手势。我跑了起来。经过洛拉这一侧的车窗时，我向停车场后方的巷子点头示意并对她说道："巷子。Vanty33。打开后车厢门。"我对刘则说："确保维拉达安全。"

局长办公室里爆发了一阵骚动，所有人都在大吼大叫。局长的大嗓门和其他人的声音混杂在了一块儿，其中还有一声很明显的鸟叫声。

我绕到了迷你面包车后面，离普锐斯仅五英尺之遥。洛拉的手够到了刘驾驶位上的锁，打开了后车厢门。我把手里的东西展示给粉红裙女士看了一下，包括妈妈的手机，还有那本笔记本。紧接着我转过身，把手伸向面包车的后车厢，施展了一下我的小小魔法。当我又转身面向粉红裙女士时，我的手里已经空空如也。

我朝着她的普锐斯冲过去。

"快开车！"我边跳进她的副驾驶座边说道。

她想要起身下车，想去刚才我把那些东西变没的地方把妈妈的东西拿回来，我抓住她的手臂不让她离开。

"赶紧开车！"我说，"在他们出来看见你的车之前。马上！"

"妈的！"她大叫。

"现在马上开车！"我不给她任何喘息的时间，我希望她没有时间去思考我在她车上的事实，或者方才消失在面包车里的那些东西。

她扭过头往后面看，挂倒挡，一脚踩下油门儿，轮胎与地面摩擦发出刺耳的声音，车子向后方驶去。

"你会为此付出死亡的代价。"她喃喃道。

我打开车窗。

快速倒车转弯，我们朝着巷子的方向晃了过去，然后她又一次踩下油门儿。我指着巷子入口左侧哥伦布骑士团[1]所在建筑的屋顶，转移粉红裙女士的注意力。她大脑中充满了令人混乱的内啡肽，这导致她不知所措地选择了"逃跑"。而且我还在旁边不停添油加醋地对她喊："有狙击手！"我的注意力被一条更小的巷子吸引了，它在我们右侧的一间牙医诊所和一排柏树中间。我把手臂伸到打开的车窗外。

我们驶出了方才的区域，朝着高速公路的方向奔去。粉红裙女士注意到了我在她车里的事实，她似乎吓了一跳。我感觉到了她的恐惧，对我的恐惧，是我的存在让她感到恐惧。

"你计划把我拐走，是吧？"我说。

---

[1] 一个基地在美国康涅狄格州纽黑文的慈善组织。

她并没有做好事态发展至此的准备。所以她和那一帮原本计划明天来"突袭"并抓走我、折磨我的打手没有关系，但她绝对是中心环的成员之一。也许粉红裙女士确实不知道我在他们内部有线人。她的右耳垂上有着一些半月形的伤口，那是我在港口那边把她的双耳当作两个把手狠狠抓住的时候留下的，她揉了揉自己的耳垂。

"荡妇！"她骂道，紧咬牙关，手指颤抖着。

她用了那个荡字开头的词。

我的右眼眯起，眼皮颤抖着，仿佛我方才吃了一颗奇酸无比的糖。我全身都愤怒地颤抖起来。

她把我抵到那棵橡树上时在我耳边说的话仿佛又在我耳边响起，她打算从这个世界上抹去妈妈留下的那些思想和她写下的记录。我的脑海里又一次响起了"荡妇"这个词。我想到了多年来主教给所有那些女孩儿带来的折磨、那些正在被囚禁的女孩儿、他那变态至极的龙虾池，想到了粉红裙女士作为他们中一员的所作所为。我又想起她曾威胁要拐走我此生的挚爱，我的儿子。我想起了港口附近妈妈的尸体，盖在她身上的那块白布永远不会因她的呼吸而有任何起伏。

我打开了仇恨的开关。无论如何，仇恨都是执行计划所必需的。仇恨有时确实会使我行动缓慢，使我看不见事情的全貌，但通常情况下，它会为我提供额外的肾上腺素，毕竟在十八年前，它曾助我逃出生天。

仇恨的开关被打开时，我感到自己生机勃勃，就好像我的血液在一个刚刚好的温度下沸腾了起来，好像我的大脑被通了电，训练有素的电流在一块精密的集成电路板上穿行。我能感觉到我的感官被增强了，仿佛我的双眼变成了两道深红色的激光，而我的听觉处理中心自动过滤了所有无用的废话，只抓取那些我需要的信息。

我侧眼看了看粉红裙女士。她戴着一副廉价无比的红色墨镜，她看向我时我可以透过镜片看到她的眼睛。她怒目圆睁，斜着眼睛看着我。

你会付出代价，贱人，而我将享受你每一分钟的痛苦。

第六章

前特工刘罗杰：搭档洛拉

真他妈倒霉。我们现在位于马萨诸塞州东汉森镇一个该死的停车场里，外面还有某个警察局长正在对着我和洛拉大吼大叫。我们现在可没有时间处理这些破事。我吞下了三片兰索拉唑，喉咙仿佛在燃烧，心脏则跳得像是一座正在喷发的火山。

洛拉向丽莎比出枪管的手势，也就是让她行动的标志。该死的洛拉。现在我们犯下了妨碍公务罪，因为我们向警察声称我们并没有看清楚刚才载着丽莎离开的是一辆什么车，而且丽莎还从他们那儿偷了件很显眼的证物，把留下的空袋子就那样扔在了草地上。副局长晚到了三秒钟，不然他就会看见那个袋子了。副局长的黑色制服衬衫没有塞到裤子里，不受皮带拘束的肚子高高鼓起，挺到了皮带外面，蓬乱的头发在从入海口吹来的海风中飞扬着。局长从警局里跑出来的时候，洛拉脱口喊道："啊，刚才那应该是一辆白色的福特，或者类似的车子！这太可怕了！"考虑到我们包里现有的应急装备，现在我要假装自己是达克尔——一个年近六十的退休老男人，美越混血，平时开开优步，为了能每个月去两次拉斯维加斯攒钱。洛拉则会装作是我的乘客玛莎·坦豪斯。我知道该用哪个身份，因为该死的洛拉就是这样对拿枪指着我们的警察局长说的。

洛拉穿着直挺挺的灰色裤子直挺挺地站着，直挺挺的身子板儿上顶着一颗直挺挺的脑袋，灰色头发理成了直挺挺的发型。她根本就是一堆水泥块儿组成的。真他妈倒霉。

"局长，我们什么都不知道。我的优步司机刚刚送我到这儿，我要下车去帕氏冲浪板店里租一块板子，就在那边的拐角。"洛拉这样说着，向局长出示了她的证件，上面写着她是一名在"测试"机构官方网站工作的秘书，名叫玛莎·坦豪斯。那是一张经得起警方查验的证件。我也早就在优步的云服务器里加入了伪造的员工数据。这些细节都可以提前伪造，并巧妙地隐藏在云端庞大的数据库中。

"刚才为什么要打开后车厢门？"局长问道。

"我只是想去拿我的行李。我们刚才看到那个女人从你们那儿的窗户里跳出来，我们不知道她在做什么。太疯狂了！您可以检查整辆车。"假扮成玛莎的洛拉说道，"达克尔，让她检查一下整辆车，可以吗？"

我们站在愚蠢的面包车外，局长正往车子的后车厢走去。在她给了丽莎该死的"行动"手势，两个人决定无视我之后，洛拉帮丽莎打开了后车厢门。我没有说话，我得假装英语不好。

这位局长并不笨，她怀疑我们也是理所当然。我穿着灰色的裤子，洛拉也穿着灰色的裤子。就在丽莎拿着偷来的证物从一扇窗户里跳出来的时候，我们好巧不巧在这儿停了车。但是现在我得离开这里，得去查看丽莎所说的"巷子"到底是什么意思，以及丽莎到底被带去了哪里，又是谁带走了她。

"很可疑，而且我不相信你们中的任何一个。"局长说道。

"局长，刚才确实有一个女人从那扇窗户里跳了出来，她朝着停在我们后面的那辆车大吼了些什么。我们真的吓死了。是不是，达克尔？"洛拉说。

我点点头。

局长斜眼看着洛拉，打量着她，而我则像一个有些呆滞的蠢货一样在她们身边晃来晃去，好像我不是这个团队的资深成员似的。我的胃仿佛被打了一个死结，想象妻子桑德拉柔和的声音也不能使我喉咙里岩浆般翻滚的酸液平静下来。看看洛拉和她干的破事，这会导致丽莎被人干掉，而我们则会因为妨碍公务而被抓进监狱。局长拖住了我们，她还在查看后车厢。我把我所有的怒气集中在我的眼神里，瞪着洛拉，瞪得我的眼睛都快抽筋儿了。洛拉轻哼出声，但她的眼神却躲开了我愤怒的视线。

局长正在查看放备用轮胎的地方，我大气都不敢出。她在那里停下了脚步，用手按着轮胎。

"嗯……"局长轻哼道。

我不敢相信我们筹备了十八年的计划居然变成了现在这样。简直倒霉透顶。我看着洛拉，暗示她所有这些都是在浪费时间，如果刚才她能够让我来处理，我们现在就不会在这里被盘问，而卡斯蒂尔也会站在我们这一边为我们提供帮助。我用鼻子发出粗重的闷哼，摇着头向洛拉表达了我的所有不满。

"玛莎。你叫玛莎，是吗？"

"对。"洛拉回答道。

"你同意我查看你的行李吗？"

"没有问题，局长。不过我得提前跟您报告，里面没什么精彩的东西。"

局长打开了我们放在车子后面的黑色行李箱。那是洛拉的，她已经把警徽藏在了身上隐蔽的地方，枪也绑在腿上，从外面看不出来。我猜局长只会发现洛拉仅有的几套制服：白衬衫，灰色裤子，白袜子。天知道她的内衣是什么样子，我可不在乎。

局长突然从车后快步向我们走来。

"你住在哪儿？你证件上的地址在华盛顿特区。"她问洛拉道，"你的优步司机为什么把你送到这里？"

"我住在四季酒店，就市中心那边。我也不知道为什么我的优步司机要开到这里来。我只是想去帕氏冲浪板店租一块板。也许我的司机就是想找个地方停下车用一下卫生间？我真的不知道。"

我仍旧像一个白痴一样站着，毕竟那是我要扮演的角色。

"我不清楚这他妈的到底是怎么回事，但是我们需要你们两位都来做一下笔录。还需要你们留下在这里的住址和电话号码等信息。我需要你们到局里来一下。"

走进警局时，洛拉偷偷把提前准备好的达克尔·伦塔的身份证塞给我，上面写着他在马萨诸塞州洛厄尔市的公寓地址和座机号码。这是我们事先准备的五个假身份之一。在与洛拉搭档的数十年间，我们一直都会做这样的准备。

警察局的门正要打开，我开口说话了。我用断断续续的糟糕英语说道："女孩儿……告诉女人……开车去妈妈家。"

局长扬起一边眉毛瞪着我，愣了一下。带着一丝紧迫感和一点儿犹豫，她要求副局长带我们进去做笔录。副局长刚一接手，她就跑向了自己那辆军用级 SUV。真是一个富有的镇子。

在警局里，我和洛拉对副局长进行了轮番轰炸，洛拉撂下一堆半真半假的法律行话，说我们不想在没有搜查令的情况下交出我们自己的手机。她假装担心自己的隐私被泄露，并一直坚称我们只是两个无辜被卷进这场"莫名其妙的破事"的路人。

他妈的，这浪费了我们半个小时。

等我们终于从警察局出来，重新回到我们的迷你面包车里，我恨不得把手伸到这脏兮兮的车子另一侧把洛拉掐死。

"该死！真他妈的该死！你怎么可以这样？"我一边咒骂一边把车开出停车位并往那个巷子的方向驶去。我检查了一下后视镜，确保后面没有警车跟着。局长、她的大部分手下和州警察们仍然在别墅和港口的犯罪现场排查，副局长还在局里。

"长官，冷静一下。你也知道现在中止计划是不可能的。"洛拉说。

尽管我现在已经是私营企业的一名顾问，而洛拉仍然在为政府工作，但她依然一直称呼我为"长官"。这是从我们都在联邦调查局工作时期保留下来的一个习惯，当时我是她的上司。

　　"我刚表示要终止计划，你就给出了行动的手势？你他妈的推翻了我的决定，不是吗，洛拉？一点儿都不跟我商量，连一个眼神都不给我，直接让我们都犯下了妨碍公务罪。你就继续这样吧，你想怎么样就怎么样是吗？对吧，洛拉？"

　　"我们不会被抓的，刘。我们永远都不会因为妨碍公务罪被起诉。一完成我们的计划，我工作的那地方就会帮忙掩盖我们做过的事情。"

　　"那个机构根本不知道我们现在到底在干吗。他们根本不知道！丽莎的妈妈已经被杀了，计划必须停止。她被杀了，洛拉！"

　　"我知道，我知道。"她闭上眼睛，摇晃着脑袋叹了两口气，"长官，这说明我们现在更应该把他们扳倒。会有人罩着我们的。事情结束以后，机构就会帮我们处理好后面的事情。你就好好开车吧。把车停在巷子里，然后我们去玛丽安娜教堂，继续执行计划。我们需要确保维拉达到位。"

　　"你还是不明白，是吗？你就是拒绝接受现在的情况。我们必须终止计划，洛拉。我们不能再执行计划了，我们现在的主要任务是找到丽莎然后把她救出来。你怎么能这样……你这样会害死她的！"

　　"开车，长官。"洛拉说道。我瞥见她的手在颤抖。她把两只手压在自己屁股底下，试图挤压掉那种颤抖。

　　从十八年前救了丽莎的那一天起，我们就一直和她在一起。对我们俩来说，她就像自己的女儿一样。我们俩都害怕着，愤怒着。

　　我摇了摇头，而后驶进小巷。我慢慢停下车，洛拉猛地跳了出去，她知道要查看右侧刚才丽莎坐车经过的地方。十五秒钟之后，她带着丽莎偷走的证物回来了，丽莎妈妈的苹果手机和笔记本。

　　洛拉在手机上输入密码"vanty33"的时候，我们什么话都没有说。我踩下油门儿驾车汇入东汉森市主干道上的车流里时，曾想过要猛打一把方向盘，让洛拉失去平衡然后让她从副驾驶的车窗里甩出去。让她的头撞在地上，让她的脸被地面刮花。

　　但是我没有。我不会，也不可能这样做。

因为每当真的到了爆发的临界点，比如我曾和她有过的大概三千次争吵后，我会发现对洛拉所有的怒气都无足轻重。毕竟对我来说，洛拉比所有人都重要，甚至包括她那个经常惹人生气的自己。她不仅曾经历过那些可怕的事情，还主动参与了这项暗中策划的行动，把自己暴露在危险之中。我的灵魂属于这个女人。但有很多次，就像现在这一刻，我真想把她从行驶中的汽车上扔出去，好看着她那直挺挺、硬邦邦的身体砸到路堤上，把路面砸出个坑来。我拍打着方向盘："真该死，洛拉。真他妈该死！我们必须终止这个计划！"

她什么也没说，继续查看那部苹果手机。笔记本则平放在她的腿上。

我告诉自己，你数十年来的搭档就是一个什么规则都不会遵守的毫无人性的女巫，一个脑子不会拐弯的猎人，而不是一个为了救一个孩子愿意做任何事情的女人。我告诉自己，所有执法机构里面的人都是这样的思维模式。但是我知道事实绝对不是这样。我们一起在联邦调查局工作时我是她的上司，多年来她一直向我汇报工作，但事实上，我们之中只有她，只有洛拉，才是那个勇敢的人。看到她的手在颤抖，这非但没有让我宽心，也没有减轻我发现她也会害怕时感受到的恐惧和愤怒。她的颤抖加剧了我的恐惧，打倒了我任何曾经可能有过的将这些怪物绳之以法的破釜沉舟般的决心。

洛拉是不能颤抖的。洛拉才是我们之中最坚忍的人。

她曾经用了两年来寻找有关龙虾池的线索，并且找到了我们开始筹备计划以来的最大突破。她告诉我们她发现的真相的那一天，是我人生中第六个糟糕透顶的日子——第一个是我没能阻止自己的弟弟被绑架那天，还有三个是他在事件之后三次自杀未遂的日子，第五个是我们找到了丽莎和多萝西，并且失去了多萝西的那天——我真希望我能从自己的脑中抹去那些她找到的真相。那些有关龙虾池的影像证据足以使无罪的凡人也向神明祈求宽恕，仅仅是目睹那般场景，就让人感到自己仿佛已经犯下了滔天大罪。

第七章

前特工刘罗杰：龙虾池

十八年前，在印第安纳州法院大楼的停车场里，一名脚部有烧伤、自称维拉达的年轻女子与丽莎进行了接触，之后丽莎向洛拉和我描述了那次相遇，并将她的相貌细节告诉了联邦调查局的一名素描专家（丽莎逼我和洛拉发誓此人是值得信赖的，他是我们的计划牵涉到的唯一一个外人）。因为维拉达说自己曾变装旁听过庭审，我们还调取了法庭的监控照片，但图像并不清晰。尽管搜索了大量离家出走、绑架和卖淫案件的照片，我们最后还是无功而返，没有找到任何可能是那个女孩儿的人。一丁点儿线索都没有。我们甚至组建了一支队伍，尽管队伍的成员不知道为什么要找这个女孩儿，但他们还是带着人像素描和模糊的法庭照片四处奔波了数月。至于维拉达离开时驾驶的那辆偷来的绿色面包车，它在印第安纳州的一条河边被发现，车子当时已被烧毁。"维拉达"这个名字在我们的数据库中根本不存在。我们认为她是在与丽莎第一次见面时现编了这个名字。我们什么线索都没找到。

我曾担心丽莎是受到了创伤后应激障碍或拘禁性精神障碍的影响，担心那些症状仍然困扰着她。但我们没有放弃寻找。幸好当时没有放弃。

维拉达提到过龙虾池与她脚部的烧伤之间的联系，但我们在整个联邦调查局的所有历史档案中没有找到任何相关线索，在任何可搜索的记录里都没有发现相关信息。警方档案渐渐实现数字化，我们依旧没有放弃，还是一次又一次地试图搜寻女孩儿的真实身份以及关于龙虾池的信息。仍旧一无所获。

我们原本以为通过调查那个绑架了丽莎与多萝西的分支组织可以获得一些有用的线索，但我们也只了解到以下这些信息：罪魁祸首之一已死，而在监狱中的分支组织头目布拉德则丝毫不愿意与我们分享任何信息，甚至不愿意配合我们的调查来换得假释的机会。分支组织里的其他人就只是一些愚蠢的棋子，什么也不知道。布拉德从没告诉我们任何信息，我们在监狱里的眼线甚至说他在狱中没有向其他任何囚犯吹嘘过自己的事迹。这说明中心环的高层人士还在背后观察着，而布拉德仍命悬一线。只要他们愿意，他们可以在任何时候杀掉他。布拉德一直生活在恐惧中，这个事实令我内心潜藏的阴暗心理得到了满足。但在调查龙虾池这件事上，我们在这条线上也一无所获。

关于龙虾池的地下记录肯定存在，只是不在正式记录中而已。

鉴于维拉达曾说他们强迫她当了一名性奴，我们开始专注于性交易犯罪方面的调查。在各式各样的伪装之下，我和洛拉潜入了全国的各种俱乐部、脏兮兮的汽车旅馆、妓院、阴暗的街角和赌场。打探了六个月，一无所获。

这种状态一直持续到洛拉决定开始地下搜索的那一天。

那是 1994 年，我们像过去一样在一家小餐馆里吃早餐。那是一家在波士顿 93 号高速公路下面的经典旧式小餐馆，看起来有点儿像一辆餐车。餐馆正门口放着一匹破旧不堪的、油漆剥落的机械玩具马，它鼻子冲下，快要翻倒，在那里静静等待着愿意付出一枚二十五分硬币的孩子。餐馆里面充斥着发霉的破布和用沼泽水洗过的拖把的气味，但是等咖啡杯上升腾的雾气钻进鼻腔，人也就忘记了这些飘荡在空中的恶臭。我坐进卡座，咖啡温暖了我们的大脑，随后我点了单。我当时正在节食，所以只点了一枚荷包蛋和一份白面包片。洛拉则点了菜单上除此以外的几乎所有东西。

"长官，你这么想减肥吗？你是打算穿套比基尼出去秀身材吗？"说着，她拿出了我的钱包，掏出了一张属于我的十美元钞票，"我得去打个电话。我的一次性手机坏了，但我不能用你的打。"

"你为什么就不能用自己的钱呢？"我把钱包抢了回来，她就像是我调皮恼人的妹妹。

"因为你是我的长官。长官都是要请客的。"

洛拉站了起来，抖了抖她强壮的双腿。藏在灰色的外套下的手枪和枪套令她的外套背面微微隆起。

"你能不能帮我把钱破开？要八个二十五分硬币，剩下的要一美元的纸币。"洛拉向我们的服务员问道，向她挥着手上的纸币。我真希望洛拉去打扰别的服务员，好让她给我的咖啡续杯。洛拉拿到了她的硬币，然后把原本属于我的几张一块钱纸币都装进了口袋。

洛拉打电话大约花了十分钟。在这期间，我们点的东西来了。我的早餐大概占了一张餐垫的一半，而洛拉的则占了她那边的半张桌子。洛拉回来后滑进卡座里，没有吃东西，而是直接开始讲话，这说明她要说的话里有重要的信息。

"长官，我有一些'粉红熊'的事要跟你讲。"

"粉红熊"是我和洛拉约定的一个密语，意思是发现了奇特的证据或奇怪的巧合。我睁大了眼睛。每次我们中的任何一个用"粉红熊"这个词时，案件都会很快得到解决或者出现重大转折。我放下手中的叉子，挺直了后背，点点头让她继续。

"我刚才打的那个电话。还记得我们上个月在超级碗橄榄球赛上搜查的时候吗？为了查那些人口贩卖组织，我们一直在到处问有没有人知道龙虾池。"

"我记得，继续说。"

"好吧，我那天堵到了一个头发乱糟糟的蠢货。他负责给他们关押未成年人的房间擦地，那些受害者就被关在体育馆酒店下面的暗房里。"

"你是说塞利格组织被抓的那次？十个从柬埔寨空运来的女孩儿得救的那次？"

当时洛拉和我在超级碗比赛场地里卧底侦查，塞利格那些人没有隐藏身份，他们被抓了。

"是的。擦地的那家伙当时记下了我的一次性手机号码，刚才他给我留言让我回电话。擦地仔跟他的摇头丸卖家提到了龙虾池的事。卖家说，他听说有一个拾荒者曾经在新泽西州的一个垃圾场里发现了一些色情录像带，录像带上录了很多乱七八糟的恶心东西。他说自己以为那都是那种以色情和凶杀为卖点的三级片，还说他听说其中一卷录像带的名字叫'灼烧龙虾'。虽然不知道那卷'灼烧龙虾'录像带到底拍了些什么，但却有人不择手段地想要把它找回去。那个拾荒者最终在特拉华河里被发现的时候，已经是一堆尸块了。某个新泽西的黑帮在警察赶到之前扫荡了拾荒者的小屋，然后故事就传开了。警察到达那里的时候，那个屋子早就被弄得七零八落，他们发现唯一不见了的东西就是那卷神秘的'灼烧龙虾'录像带。那个拾荒者曾经认为'灼烧龙虾'是某种都市传说。"

"狗日的，哪个垃圾场？在新泽西哪里？擦地仔的卖家叫什么？"

每回答一个问题，洛拉都伸出一根手指："不知道。不清楚。擦地仔不会说出卖家的名字。我们进入地下世界的唯一线索，就是追查那个死掉的拾荒者。"

"该死。这次我们必须在新泽西州弄一个完美的伪装身份。"我说。

"对，我还在完善我的背景故事。"她把拇指伸到嘴边，咬着手指上的倒刺。她的手指尖看起来像铅笔屁股后面的橡皮一样。"我们需要办公室尽快批准。长官，赶紧吃完你那两口早饭吧，赶紧开始你平时那些狗屎一样的管理工作，开始制订计划。"尽管她自己已经点了两份涂了黄油的烤面包，但她还是抓起了我最后一片没有涂黄油的白面包，像一只短吻鳄一般，"嘎吱"一口咬在了面包中间。

　　我不知道洛拉为了我们的目的不得已做了什么或说了什么，又或是她必须扮演什么样的角色、说什么样的谎，为了赢得那些坏人之中的坏人的信任而做了什么样必要的伪装。我也不知道，在地下妓院里当女性保镖时她到底目睹了什么。她从来不肯说。我只知道她不时露面，向我们报告她深入的程度，她离中心越来越近。有几次露面，她曾说过要放弃，但一两个星期以后，她又一头扎进地狱里。她是个在战场上永不知疲倦的士兵。一次，在她走进一条黑暗的街道并消失在我的视野里之前，她曾这样对我说："刘，就凭我在地下看到的那些东西，我不可能放弃，也不可能停下。我看到他如何杀死了那些女孩儿的灵魂，让她们对各种毒品上瘾，然后一遍又一遍出卖她们的身体。我们要把他们这些败类整锅端了。"在那段时间里，她时不时会给我提供某些关押场所和帮派，还有一些跨州犯罪的绑架皮条客的信息，让我安排联邦调查局和当地执法部门进行联合抓捕行动。洛拉埋头在那片土壤的污水之中，一刻不间断地搜寻着，她灵敏的鼻子不会放过与龙虾池或"灼烧龙虾"有关的任何气味。

　　就这样过了两年。在维拉达向丽莎通风报信的两年半之后，洛拉打电话给我和丽莎，说她在丽莎就读的麻省理工学院附近订了一间酒店房间，她让我们去那儿见她。当时丽莎的儿子凡泰快三岁了，他那没有感情的妈妈在学校里时，他就和保姆待在新罕布什尔州的家里。丽莎每天上完当天的课就会开车回家和他一起玩耍，她做这些事的时候准时得简直像是在白金汉宫站岗的卫兵。

　　洛拉租的房间在四季酒店，而且是一间升级豪华套房，房间里挂着蓝金相间的厚重窗帘。这实在太不像她了。我猜她是当卧底太久失去了理智，所以我到那儿的时候什么也没说，想着有更合适的机会时再指出这一点，私下里。

　　如果哪天你能够躺在她的那张特大号床上，如果你望向那困于盛夏之中的波士顿公园，你会看到那像雨林一般的深绿色，其中散落着零星的花朵，仿佛杰克逊·波拉克[1]轻拂着浸润了柔和色彩的笔刷，在一簇簇大型西蓝花上作画。

多么奇怪，在人类的历史中，奢侈品总是如此可怖。

洛拉给我和丽莎开门时穿着一件白色的厚绒布浴袍，胸前还有四季酒店的标志。我的脸扭曲了，震惊得倒退了几步。这是我第一次见到她穿成这样，以往我只见过她当无聊的调查局特工时一直穿的那套灰色套装，以及在地下妓院当保镖时穿的那套难以描述的作战服。

正如我所料，她在我们进门时就宣布道："长官，这个房间的钱你来付。"我没有表示同意，因为这笔费用最终一定会被强加进调查局的报销经费里，而我才是那个需要对如此庞大的金额做出合理解释的人。她又补充道："还有这件浴袍。"

我几乎不认识眼前的这个洛拉了。她浴袍的领子过分地敞开着，仿佛她等着某个特别的人到来。这着实吓到我了。但是洛拉的这次小小的失态很快就被我们遗忘了，因为她哼了一声以后说道："赶紧进来吧。我们还有一些恶心东西要看。在亲眼看到之前你一定不会相信。"

我和洛拉还站在门口，而丽莎早就钻进了房间，还从迷你吧台上捞了一块士力架，用她空洞的眼神目不转睛地盯着我，表示她也觉得我该付钱。

"妈妈也从酒店里拿浴袍。"丽莎对洛拉说道。

"嗯，就是。"洛拉附和道。两个女人看着对方，彼此点点头，似乎达成了某种奇妙的彼此尊重。大概是对那些从酒店拿浴袍的霸气女人的尊重。

多年后的今天，我仍能回想起那一刻。因为我患有超忆症，我可以准确地回忆起彼时在那个四季酒店的房间里，那两个女人为表示对彼此的尊重沉默了多久，她们那眼神庄重严肃的眼睛旁边泛起了几条皱纹。她们相互点了四次头，一切就发生在丽莎提到她妈妈以后。那

---

[1] Jackson Pollock（1912-1956），美国抽象表现主义绘画大师。

时她们还在谈论酒店的浴袍，而丽莎的妈妈也还活着。但是当我在今时今日回想起来，那段记忆则被蒙上了丽莎妈妈谋杀案的阴影。在这一刻，过去的那个瞬间则仿佛成了在沉默中哀悼的怪诞预言。

1996 年，在那间四季酒店房间里，我被迫和我人生中遇到过的最霸气的两个女人待在一起。我想念着我亲爱的妻子桑德拉，那一刻的我无比希望她能够在我身边，同时我也想起了我即将向局里提出辞职。自从我们找到丽莎·依兰德和多萝西·萨鲁奇，我一直在做的只有未解决案件的文书工作，以及支持洛拉进行她的地下卧底计划。洛拉对着我的脸打了个响指，让我赶紧坐下来听她的报告。

"我现在知道龙虾池是什么了，你们肯定无法相信我接下来要说的事情。丽莎，那个警告你要做好准备的女孩儿……怎么说呢，我不知道你要怎么才能为这样的事情做好准备。"没有任何开始信号或是提醒，洛拉走向了位于电视机上方的那台卡带录影机，丽莎和我不得不匆忙坐下准备观看。丽莎抢到了那把绣着几只热带鸟类的舒服软垫扶手椅，而我则只得跟跄着坐到了那把硬木写字椅上。

"录像模糊得一塌糊涂。我有一个线人，他负责通过以费城港口为入口的一个地下隧道转移那些女孩儿，那条隧道里面有各式各样的通道和运河小道，可以通向纽瓦克那些阴暗的角落。他说这卷录像带是他从其中一间他不该进的房间里的电视屏幕上翻录下来的。那家伙正巧看到了这卷叫'灼烧龙虾'的录像带。对，就是这个名字。他后来找了一部摄录机，进屋把它翻录了下来。我以前从未见过这样的东西。而且长官，我知道你对这个线人、这个所谓的房间、原始录像带的主人还有磁带上的元数据会有上百万个疑问，但不论怎么追查这些我们也得不到什么有效的线索。"

洛拉抬起手，打断了我满脑子翻腾的疑问："先别急。你先看这个。这是我见过的最糟糕的东西。"

我不禁想起洛拉和我曾经见过的那些残缺、烧焦、腐烂，甚至被开肠破肚的尸体，我们也曾见过一个十六岁的女孩儿在生下一个足月婴儿后和她的孩子一同死去的情景，我坐直了身体，下意识地紧紧抓住了身下这把上了漆的硬木椅，因为我实在无法想象洛拉口中"最糟糕的东西"该有多么恐怖。

丽莎咬了一口她的士力架。

录像带突然开始播放了，模糊的屏幕上慢慢出现了一间主色调为黄色的房间。没有窗户。影片似乎是从中间开始的。洛拉按了暂停："这不是原本的开头。看到镜头里一开始是平稳的，然后突然往上升了吗？拍摄的那个人似乎把录像机在床上放了一会儿，然后又重新拿了起来。我的线人说他没有录到全部内容。"

"继续放。"我说。

丽莎点点头表示同意，于是洛拉再次按下播放键。

摄影机在房间的一堵墙边，镜头中央是一张双人床，上面铺着一条白色的床单。从录像上无法辨别床架的购买渠道。床脚这一侧墙面的角落里贴着一面巨大的方镜，旁边是房门。由于镜子在镜头的侧面，所以我们没法通过镜子看到摄影师的样子。画面静止了约十秒钟，录像带里这间空荡、泛黄的房间里悄无声息。接着，镜头开始朝上方倾斜，画面中露出了床头一侧的墙。墙壁上挂着一个制作粗糙的玻璃水箱，整个容器约六英尺高，约有两英尺宽。画面中央的水箱里站着一个裸体的女孩儿，黄皮肤。虽然在录影带上听不见，但从她张开的嘴巴可以很明显地看出她在不断地尖叫。房间的天花板很高，离地面约十五英尺。

镜头快速转移到床脚那侧的墙上，不过对准的是那扇门，因此我们仍然无法通过房间里的那面大镜子获取任何信息。两个人进入了房间。一个是身材高大的男人，他的头顶上套着一个黑色的网状面罩，脸隐约从里面露了出来，但是我们看不清楚。他推着另外一个裸体的女孩儿进入了房间。女孩儿的手臂被绑在背后，嘴巴被胶带封住了。因为男人头上的面罩，我们在画面中看不到他的脸部，但他可以看到外面。

　　洛拉按下暂停："你们不会想要看剩下的录像的。我可以给你们讲后面发生的事情。我只是想让你们看一下真正的龙虾池是什么样子。"

　　我的肩膀已经僵硬了，一阵恶心的感觉从胃部冲到了喉咙口。我知道洛拉按了暂停键，同时还试图安慰我们，她一定忍受了更多痛苦。

　　"继续放。"丽莎说着，拿着手里吃了一半的士力架指向屏幕。

　　我深吸一口气，我知道，为了做好万全的准备，我们必须看完。

　　洛拉按下了播放键。

　　那个男人转头看向墙上玻璃池里的那个女孩儿。他的嗓音含混低沉，但依稀可辨，他是从喉咙深处发声的，因呼吸沉重且疲惫，他的语速极慢，好似镜头被拉慢了一般："你。知道。规则。如果。你不看我们。池里。充满漂白剂。你看。她死。没有漂白剂。你来决定。谁得到这份礼物。谁活在。主教的光辉之中。"

　　洛拉再次按下了暂停键："我觉得后面就不用看了。"

　　"快点儿放。"丽莎催促道，她跪在地上，脸紧贴着电视机，仔细研究着那面镜子的侧面轮廓。"池子里的不是维拉达，刚才被推进来的那个裸体女孩儿也不是她。"她说道，"先明确地告诉你们。"

　　"当然，池里的那个不是维拉达，那个被推进来的女孩儿也不是。不可能是。"洛拉说道。

　　丽莎的目光投到了洛拉手中的遥控器上。

　　洛拉按下播放键："行吧。你们自己要看的，这后面的画面简直糟透了。史上最恶心的东西。"

　　把游戏规则告知池里的女孩儿之后，男人一边解开他的黑色长袍，一边把那个手被捆住、嘴被封住的女孩儿面朝下推到了床上。尽管她顽强地反抗着，男人还是侵犯了她，同时用他粗壮的手臂锁住了她的头。他裸露在外的皮肤上找不到任何文身。录像中只能看见他躯干的中下部到脚部的位置，这是我后来半帧半帧地无数次检查录像带后得出的结论。

　　随着那个戴着面罩、斗篷敞开的男人将身体扭向玻璃水箱那侧，床上的动作暂停了下来，他大喊道："你。闭了。眼睛。漂白剂！"

清澈的液体从水箱的两侧顶部如瀑布般灌入，玻璃池中的女孩儿局促不安的双脚瞬间被液体覆盖了。她试图用自己腿部的力量往上爬，但一直打滑掉回漂白剂中。

在摄像机画面之外，男人大喊："停！"漂白剂停止流入。" 一直。睁着。眼睛！"镜头移回床上，男人再次强奸了那个被封住嘴的女孩儿，再次掐住了她的脖子。他放开了她一秒钟，在女孩儿喘着粗气试图重新呼吸时，他弯腰从床底抓起一把屠刀，将刀刃对准她的脖子，再次扭身看向水箱方向。

"漂白剂！"男人喊道，松开架在女孩儿脖子上的刀。

玻璃水箱装得更满了，这次水位已经到了女孩儿的大腿位置。

"不行！睁开。你的眼睛。睁开。不然。再倒漂白剂！"

男人把那个被封住嘴的女孩儿翻了过来，她被绑住的双手和背部被压在床垫上。现在他又从正面强奸了她，她已经不再挣扎了。她的身子已经瘫软了，但她的眼睛依旧睁着，看着他。他把刀举到她的胸口上方，然后猛地扎进了她的心脏。他把刀拔出来时，鲜血溅到了房间的四壁上。

"漂白剂！"男人大叫。这次，漂白剂已经涨到了被困女孩儿的下巴处。她大部分的身体被浸在漂白剂中，皮肤逐渐变成红色。

洛拉按了暂停："我觉得这就是他们称其为'龙虾池'的原因。漂白剂会把皮肤烧红。"

"我同意你的说法。"丽莎说，"我不想再看了。我要拷贝一份。我们可以去麻省理工拷贝，我在视听部有一个盟友。"

这就是丽莎，她称对方为"盟友"。

丽莎站着，用手摩挲着下巴，而后沉思着走了一圈。她把电视画面定格在镜头对准玻璃池中间的那一帧，女孩儿被关在里面。水箱上缘只有很少的一部分能看见。丽莎用手指测量了一下上缘的长度，仿佛她的手指就是一把尺子。她几次移动手指，好像在进行某种测量。

"这个水箱不是直的。要么是挂歪了，要么是制作的时候就做歪了。"她分析道，"我会尝试进一步研究。真希望还能有一些其他清楚的画面，而不是只有水箱正中间。"她抬起头看向我，"我需要准备好逃脱方法，模拟一下。一个自制的玻璃箱子，里面都是漂白剂；全身赤裸，手里没有任何工具。在他强奸另一个女孩儿之前，我需要快速逃脱，然后还得打倒他，躲开他的刀，并带着另一个女孩儿逃出去。我们必须一次性逮捕他们，这里面所有的人都有罪，我们要保证所有人都被起诉。维拉达当时说得很清楚，位高权重的客人有很多，因此这场演出中一定是有客人在场的，而且必须在现场抓住他们。那么，这些客人在哪儿呢？"她的语气非常务实，不带丝毫恐惧，也没有任何我可能会不同意的看法。这是我第一次听到她说这么多话。

"丽莎。"我试着插话。

她举起手，不让我说话。"刘，我们必须当场抓住他们，将他们一网打尽。"她说。

我摇了摇头："我们谈谈，我们谈谈吧。"

丽莎则望向了洛拉，以此当作她对我的回答。她们俩谁都没有说话。

后来我们确实去麻省理工拷贝了录像带。我在自己脑中为这件事做出了辩解：也许丽莎看到了我们看不到的东西，也许在我解决这件事前她就会被人掳走，她必须随时准备好。开车送她去麻省理工拷贝录像带的正是我，说真心话，我想这代表着我第一次对进行这个计划表示了同意。

当然，我们不应该与一般公民分享这样的证据，尤其是一个三年前曾是绑架案受害者的大学生。但一旦事情牵扯到丽莎·依兰德，规则对洛拉和我来说就变得好似一些没有现代意义的古代文字。由于在我十三岁时发生的那场从怪物手中拯救弟弟的失败行动，再加上搜救多萝西·M.萨鲁奇和丽莎时我因为走标准程序而耽搁了诸多重要的事情，所以我一直以来都不会严格遵守官方程序。我心中一直都有一个未被满足的渴望，它一直默默滋长，让我想要不择手段地去抓住那些坏人。至于洛拉，她有自己的理由，洛拉毕竟是洛拉。

录像带的剩余部分里，水箱里的女孩儿被拖进房间，她从脚趾到下巴全部的皮肤都被灼伤了。回局里研究后，我们认为她无法生还。那个被封住嘴、被强奸，然后被刀捅了的女孩儿显然也已经死亡。我们后来一直没有找到任何可以帮我们确定男人身份的线索，也不知道是谁用胶带封住了女孩儿的嘴，又是谁在控制漂白剂的投放，毫无头绪。我们没有发现任何看得见的文身，也从未找到女孩儿们的尸体。房间里也几乎没有声音可供专家推测位置。

我们排查过所有可能的水箱制造商、水族馆和动物饲养所。我们截取了几张静止画面的图片，修掉了水箱中间的女孩儿并向制造商们展示水箱的样子，但每个人都说不是他们制作的，每个人都说这是一件奇怪的装置，很可能是有人在自己的仓库里用胶水粘起来或者焊接起来的。由于影片分辨率过低，并且拍摄角度不佳，他们无法确定玻璃的厚度，甚至无法确认它是不是用玻璃制成的。

联邦调查局总部的视频分析专家也无法在视频中找到任何有用的信息。由于录像是从播放原始录像的电视上翻录下来的，磁带也是那种在任何地方都可以买到的普通磁带，批号也被刮掉了，因此在这卷录像带上我们也没有发现任何有用的线索。甚至连录下它的地下线人也不知所终了。我们什么线索都没有，但这并没能阻止丽莎·依兰德在十几年间反复研究她那份录像拷贝件，并把里面的每一帧都翻出来检查数遍。

我和洛拉此时刚刚驶入高速公路，我们沿着128号公路向南行驶，奔向波士顿的玛丽安娜教堂。我们必须在那里"确保维拉达的安全"，并保证"维拉达就位"。鉴于丽莎现在可能在任何地方，并且没有前往我们计划中的预定地点，因此玛丽安娜教堂是我们目前唯一可以确定的目的地。洛拉正在翻看丽莎妈妈的电子邮件，嘴里喃喃地念着一些日期。

"长官，笔记本中与我们的计划有关的最早的记录开始于一周前。这一条写着'陌生人发邮件让我去医院看拉斯珀'。我去她的邮箱里搜索'拉斯珀'，最早的一封邮件是一周前的，发件人的邮箱地址是VVVVVVie@Gmail.co，上面写着：'你不认识我，但是我认识你。我知道你是一个被卷入贩卖人口案件女孩儿的无偿服务律师。你得去拉斯珀法官去过的医院看看，然后问问他为什么会有一个牙医来看他。'落款是'维'。"

"她把邮件转发给其他人过吗？"

洛拉切换到已发送。搜索。"没有任何记录，除非她删除了。"她说。

"检查一下她的邮件文件夹。"

"她没有建任何文件夹。"

"丽莎说她的妈妈认为这些东西和我们追查的事情有关，她的笔记本上还写到过玛丽安娜教堂和维拉达。到底怎么联系上的？"

"不清楚，长官。我还在找。"

"如果拉斯珀法官是中心环的客户之一，那么牙医又是谁？"

"不清楚，长官。但是我们确实需要赶紧去玛丽安娜教堂和维拉达见面谈谈。这整件事情都不对劲儿。我已经闻到阴谋的味道了。"

"哦，所以现在你承认了？你明白了吧，洛拉，我们必须停止计划。"

她摇摇头，像一头公牛一样大口喘着气。

"牙医到底他妈的是谁？他为什么要去拜访拉斯珀法官？"我问道。

"不知道，长官。你让我看完。"

第八章
牙　医

根据爱娃·海勒在《色彩效应和象征主义心理学》中的一项心理调查，每个人都讨厌粉红色。因此从心理学角度讲，爱娃·海勒一定会同意，我讨厌粉红色的表现是符合人性的。现在这个可怕的怪物正驾驶着一辆绿色普锐斯载着我，我不知道她的名字是什么，但我不在乎。我就当她叫爱娃好了。我对她仇恨的开关仍然开着，我确实对她和她的粉色衣服厌恶无比。

"你说'计划'掳走你，具体在哪儿动手？你到底知道什么？说！"爱娃用命令的口吻说道。

我不想供出维拉达，也许是不想承认维拉达对我的作用。我不是想保护她，坦白地说，我并不完全信任维拉达。但是我现在最不能做的就是承认我"以为"我有一个内部线人的事实。我需要他们以为计划仍然毫无破绽，并最终将我抓去龙虾池的所在之处。

"你到底知道什么？"爱娃大喊道。

"你不需要大喊大叫。"

爱娃像是要打我似的举起手来，但又收了回去，还下意识地摸了摸自己的耳垂。我看得出来，她一点儿都不希望我待在她的车里。

"我知道你们的计划，因为这么多年来，我一直在对你们所有人进行调查。"我说道，我加重了语气，表示强调。

"你妈妈有没有跟别人讲过拉斯珀法官的事？"

"你觉得她在拉斯珀法官身上发现了什么？"

"别装了。你明明什么都知道。"

我耸耸肩，就好像我确实知道一样。但实际上我并不清楚。"我不明白你以为我妈妈知道什么。"我说道。

"别他妈装傻。把杂物箱打开。我们什么都知道。"

我打开杂物箱，里面有一个马尼拉纸文件夹。

"打开。自己看吧。我们什么都知道。你妈妈、你上周做的事、'牙医'。你可真是个变态。你对拉斯珀做的那些事我们都知道。没有人可以撼动中心环。你妈妈不行，你也绝对不可能。"

我是"牙医"？我对拉斯珀做了某些事？

文件夹里有一些照片。第一张是一张高清照片，在医院的病床上躺着一个男人。他的眼睛紧闭，气管被切开，管子插在脖子里。他的脸肿胀着，两侧各有一个开放性伤口。而在他的额头上，有人用拼字游戏的字母拼出了"牙医"二字。

"看看拉斯珀法官。看看你对他做的好事，'牙医女士'。法官现在得了破伤风、败血症，没法儿说话，也不能吃东西。你可真是变态。"

"你们怎么会有这张照片？"

"你以为呢？"

"怎么会有？医院肯定会在气管切开后马上就把伤口包好，还会把那些字母拿掉。"

"你以为我们在里面没有关系吗？往下翻。我们什么都知道。"

我翻到下一张照片，这张低分辨率照片上是我妈妈，她站在拉斯珀法官病床的床尾边。她低着头在我方才扔在巷子里的那本皮质笔记本上写着些什么。看起来照片是从大厅的另一侧偷拍的，很可能是有人用智能手机拍摄的。清晰度不如拉斯珀的那张照片，但可以肯定的是，上面那个人是妈妈。

"你的妈妈来到拉斯珀的病房问各种问题。他一周以来都在重症监护室里，没法儿透露任何事情。但仅仅是她来打探的举动就足够了，足以让我们决定让她闭嘴。她还问是谁干的，以及这么做的原因。可笑，她肯定知道是你干的，没准儿就是你给她报的信。这事才刚刚发生，她怎么会这么快就知道去哪里找他呢？"

我没有回答，这不是我做的，我的思绪徘徊在她方才说的"足以让我们决定让她闭嘴"上。这句话就像一只伸进火炉灰烬中的火钳，我的仇恨再度被点燃。

"继续翻，丽莎。继续看下去。"

我瞪着爱娃，在脑海中想象着把她掐死时那种释然的愉悦感。视线回到文件夹上，我翻到了下一张照片。这时我们刚好驶过东汉森公墓的一条急弯道，未等我来得及查看，文件便从我手中掉落了。公墓就是一种对空间的低效利用，完全是一种浪费。高尔夫球场也是。我的右手边是死人，我的左手边也是死人。我身后的港口旁有我死去的妈妈，而我身边一个以后注定会不得好死的人驾驶着我乘坐的车。秋日白天的空气依旧温暖，天气晴朗，万里无云。这个镇上仍然到处都是由各色树叶组成的彩虹。一个樱桃形状的汽车清新剂挂在后视镜上，晃来晃去的，车里充满着致癌的化学合成樱桃气味。

我赌了一把自己的猜测："拉斯珀是你们那个变态集团的客户之一吧？如果他不是，你们就不会想要让妈妈闭嘴了。"我弯腰捡起照片。

她吸了一口气，将头转了回去，然后又转回来，抬起眼皮瞪着我，像是被激怒了一样。我并不清楚她这个表情的意思，但是根据刚才的对话，我相信这代表我的猜测被证实了。

我看向方才掉落的那张照片。因为图片的像素相当低，我必须凑近些才能看清。照片是在夜晚的室外拍摄的，照片上满是昏暗的阴影。又凑近一些，我看到了妈妈的那辆奥迪，那个写着"SHARKK"的车牌，以及车后移动着的模糊人影。又看了一会儿，我意识到那个人就是我自己。

"就是你。那天晚上就是你钻透了拉斯珀的脸。如果当时没有你袭击拉斯珀这件事的话，我们也不会想到去调取维伯里园林区拱门上的监控录像。"爱娃说道。

乱套了。完全没有预测到的意外事件。

"我袭击拉斯珀的录像又在哪儿呢？"我要知道他们有没有我在维伯里园林区里到处窥探的证据。我猜他们没有，不然她不会那么有信心地指控我袭击了拉斯珀这件我根本没做过的事。

"别装了。"她回答道。

"你们手上并没有我袭击拉斯珀的录像。"

"随你怎么讲。你就在那个地方。就是你干的。"

"被你们逮到了。"我搪塞道，又开始翻看照片。

"我们会拿到你妈妈的笔记和手机，我看到你把东西放到了那辆车上。"

我打量起她来。我猜她目前的任务是拿到妈妈的那些文件。我想起了我目前的任务。"她的律所在新罕布什尔州曼彻斯特有一间办事处，她所有的文件在那儿都有备份，你知道吗？现在带我去，我把东西都拿给你。"我爸爸的实验室距离斯多克斯克雷恩律所的曼彻斯特办事处仅有一个街区，我需要到那里取回那两张重要的光盘。

"别扯了。"她说道。

"马上去那儿。"

她拿起手机，开始编辑短信，但我看不到她在打些什么内容。前方有一个停车标志，我们在一大排汽车后面慢慢停了下来。她看着我思忖着些什么。"哈……"爱娃窃笑道，发完短信后她似乎非常自信，仿佛她做出了一个至关重要的决策，"你觉得你认识维拉达，是吧？"她问道。她的语气像是希望看到我惊慌失措，而我则努力不对她率先提起维拉达的名字这件事做出任何反应。她的话令我惊讶，但也在我意料之中。我一直不确定维拉达在中心环内部是不是也被叫作维拉达。

"我不认识什么'维拉达'。"我说道。

"好，好。"她自己大笑起来，"维拉达，笑死人了。反正我们现在抓住了你。她从来都不是你的同伴。告诉我，你以为你要做什么？你以为她会帮你吗？她告诉你的一切都是谎言。"

我现在回答她什么都不是最重要的。我现在需要的是我爸爸实验室里的光盘，以及弄清楚维拉达到底是我的内线还是个双重间谍。她对我来说一直是个谜。"你觉得维拉达跟我说什么了？"

"你觉得我们这样互相试探有意思吗？"

"你可以直接带我去曼彻斯特，我可以把那些笔记给你。我也想知道妈妈写了什么。"

"你妈妈知道得太多了，她必须死。我一定会找到她留下的所有东西，全部毁掉。"

我在脑海中重播这个贱人的话。"所以她必须死"。我在脑海中与一个强烈的情绪做着斗争，试图将其关掉。在与它的斗争中我曾失败过。这是由愤怒产生的杀意。我将开关掰回原位并死死按住，防止自己一时冲动采取行动。我必须按计划行事。

我开始思考起爱娃说的维拉达对我撒谎的事。我需要维拉达就位。即便维拉达是一个双重间谍，她也不会对我的计划有所阻碍，因为维拉达并不知道我的全部计划。维拉达你最好给我就位。不管这么多年来，维拉达对于她在事情中扮演的角色到底撒了多少谎，她到底是在给我们当内部线人，还是像他们认为的那样是在为他们打探我的消息，她最好能按我的计划就位。给我做好准备。

如果你是一个双重间谍，那也无所谓。

除了我没人知道，在这十八年的时间里，我已经有能力独立验证一些重要事情的真实性。不论维拉达、刘，还是洛拉，他们都不知道。

我们驶出了市区，离开了主干道，爱娃猛地踩下刹车，我们差点儿和前方的一辆黑色丰田坦途撞上。一块橘黄色的冲浪板在这辆卡车的车斗里晃动着。后视镜下面的空气清新剂摇摆、旋转着，散发出更多樱桃味的致癌空气微粒。我屏住了呼吸。

　　我从副驾驶这一侧的窗户往外望去，无视这个一身粉红的假职业网球选手不断向我扔来的问题。现在我们置身于赏叶旺季的拥堵交通之中，正向高速公路驶去，此刻我只希望她能应我的要求驶往95号高速公路北口。我继续望着窗外。她不断朝我扔来各种凶残的问题。我扣好真假头发上的一个锁扣，它刚刚从我的发夹上掉了下来。这个小锁让我想起自己整个人就是一件武器。这场斗争中，我本人就是一件装备，身上装配着各种小道具。我希望自己可以感觉到那两个假脚趾，但未能成功，因为它们是由模制橡胶、磁铁和一些重要的可伸缩部件组成的。

　　我们途经萨利奥乡村俱乐部时，爱娃朝俱乐部的方向瞥了一眼，像是要检查一下，以确保一切正常。有意思的举动。她并没有打开电台，不知道上了128号公路是该往南还是往北会比较通畅。我们被堵在路上，距离必须做出决策的地点还有约五十码远。车流开始移动，我们缓慢地向前行驶着，爱娃并没有驶入128号公路，她直行了。如果我们要去95号高速公路北口，这无疑是一条远路，我爸爸的实验室在那里，我必须得去那儿，不过我怀疑她打算挑一处没人看得见的僻静森林辅路停下。

　　我计算着下一步该怎么做。果然，爱娃驶出公路，开进了一条泥泞小路。我们停在一辆红色卡车旁边，车斗上有好多被人为隔出的格子，看起来就像堆了两排红色木棺。卡车的侧面用白色油漆刷着两行字：

　　雷德养鸡场
　　萨利斯伯里，马萨诸塞州

　　还没来得及拉动普锐斯的门把手，蹲下车并占据优势位置，我的门就被人打开了，一个男人抓住我的头发把我从车里拖了出去。在这种情况下，我通常会先用脚踩他，然后身体前倾的同时踢他的腹股沟，当他因疼痛弯下身时用手肘顶他的鼻子并逃脱，但是现在我不能冒险让他有机会损害到我编织在头发里面的那厚实的合成锁。我站着，顺势靠在他身上以卸除他施加在我头发上面的力道，并随着他的动作一起移动。为此，我需要在这几秒钟内表现出这瞬时的服从。另一个男人从卡车的另一侧走了过来，两个男人分别站在我的两侧。他们比我高大，比我强壮，一身腱子肉。他们将我拖到卡车后面，把我抬起后水平地塞进了其中一个红色棺材中。我立刻蜷起身体，这样我就可以在碰到箱子末端时使用腿部力量弹出。但事与愿违，其中一个男人把手伸进来将我的身体拉直让我不能动弹，一块 U 字形的金属落下，卡在我的脖子上，将我固定在原位。由于我正面朝下，我小心谨慎地把脸转向一侧来呼吸，确保不让任何假发掉落。我担心这块 U 字形金属钩住了其中很重要的一束假发。

用胶带封住我的嘴巴后，他们关上了隔间门，门上有一扇安装在顶部的金属丝网透气窗。我看不到外面的情况。

"没有人能找到你，牙医。你喜欢钻破别人的脸是吧？你会从主教那里得到你应得的教训。"爱娃透过门嘲讽我道。

我对这辆狗屎一样的卡车感到相当不自在，没有一个正常人会认为这辆车在运输一个被绑架的人。人们一般会倾向于认为这些奇怪的隔间里装的都是母鸡。引擎启动了，我的身体和鼓膜都在振动。车子出发了。我真希望我们能出个车祸。

我们上了柏油公路，卡车的行驶逐渐平稳，噪声降低，我听到了来自相邻隔间的声音。有人在乱踢。我没有动。隔间里的空气几乎停滞不动，到处都是汗臭和热烘烘的木头恶臭。

"我的胶带掉了！"一个女孩儿向我大喊。她一边哭泣一边急促地喘气。我想象着泪水模糊了她的视线。"他们说我被标记成了主教的物品。他妈的！他妈的！到底是怎么回事？救救我！"

她就是我在这场严酷考验中要冒生命风险拯救的那个女孩儿。

我一直清楚这一刻终将到来。我清楚，我将不得不面对另一个被标记了的女孩儿，她会被主教强奸，而我会在一旁观看，同时还要避免自己被漂白剂灼伤。我为这一刻的到来进行过训练，她在这场战役中扮演着一个重要的角色。我必须承认，由于在如此危险的环境中如此意外地遇见她，恐惧与歉疚淹没了我。我想起了多萝西。我总是会想起多萝西。我希望我嘴上的胶带也掉下来，这样我就可以教她一些方法，让这个正在乱踢的女孩儿平静下来。但我做不到，我静静地听着，同时也思考着。

第九章

月神蛾

光线与声波科学，

欺骗与误导艺术。

维拉达的第二次造访，是在我的学位论文庆祝活动上。她不请自来。尽管我没有预料到她会在那一天出现，但我确实一直在等待她。我有话要告诉她，而且也准备好要从她身上收集一些东西。在与她的第二次相遇中，她告诉了我一件十分令人震惊的事情。我对她说的话乍一听似乎无关紧要，但对我的计划却至关重要，和我谋划了整整十八年的计划息息相关，特别是关于那特定的某一种昆虫以及一些其他的生物来说。

根据佛罗里达大学昆虫学网站所述，"月神蛾可以说是世界上最美丽的飞蛾。"研究人员称，月神蛾是一群聪明的坏蛋，会通过扭动自己双翅的尾部发出一种干扰蝙蝠的声波，让蝙蝠们超凡的回声定位系统失灵。我能够确定，我的守护神就是一只月神蛾，而不是一只普普通通的黑色蝴蝶。支持这一结论的不仅仅是以上这些板上钉钉的科学事实。

事情发生在我二十三岁那年，当时距我买下印第安纳州的那栋寄宿学校校舍已有一段时间。我在二十一岁时拥有了信托基金的使用权，当时我买下那栋建筑物的渴望就像我渴望一个健康粉色的肺一样迫切。我当时仍为1993年维拉达初次见到我时攻击了我对鳞翅目昆虫分类的精准度这件事耿耿于怀。自第一次遇见维拉达以来，我和刘、洛拉试图弄清她关于龙虾池的警告，开始研究并调查那卷"灼烧龙虾"录像带，在此期间，我完成了大学学业，并顺利地进入了研究生阶段。也许是作为个人研究的一部分，我不断绘制一幅幅黑色蝴蝶的素描，好让自己准确地回忆起我还是个被绑架的怀孕少女时，在那扇几乎三角形的窗户上看到的生物到底是什么。

找到能解开这个谜题的线索时，我和奶奶坐在她位于萨凡纳的家中那环绕式门廊里的软垫藤椅上，我的腿上是素描本，椅子的扶手上放着彩色铅笔。就在那一天，奶奶解开了我长久以来的困惑。奶奶有着一头白发以及鬼魅一般的白色皮肤，但却穿着一身五颜六色的彩虹色衣服。

萨凡纳银色的阳光刺穿了蕨类植物们肥美的枝叶，一圈光影的迷阵投射在奶奶家门廊的木地板和蓝色地毯上。我的家人都爱猫，奶奶最胖的那只橘猫就像一只退休的马戏团狮子一样在我的脚边打着呼噜。微风携卷着奶奶种的鸡蛋花的香气环绕在我们身边，花香洒满了门廊。

当时八岁的凡泰在街道另一头一间名为"海盗夏令营"的日托中心里度过他的白天时光。我并没看出这对凡泰今后的教育有什么实际的作用，似乎也并不安全。奶奶则对我解释说这样的训练营会对凡泰的"社会发展"有益，因此既实用又富有成效。

"这是一只月神蛾，亲爱的。"奶奶说着，从我身后递来一个经年累月后已然泛黄的信封，"你看那儿，1987年，美国邮政发行了一张月神蛾邮票。"信封的邮票上，印着那与我的"黑蝴蝶"一模一样的形状。奶奶平日喜爱收集邮票。"可你一直把它涂成黑色，亲爱的。为什么呢？它是绿色的，有时候是蓝色或者蓝绿色。"

见过月神蛾的人绝不会记错它的形状和花纹。它的尾巴在中间，休息的时候会分成两半，但躲避蝙蝠时，两边的尾部就会扭在一起。它们的翅膀上还有一双美丽的环形"眼睛"。多年来，我一直细细描绘它们的这两个特别之处——双尾和环形斑点，因为这些是我被囚禁时观察到的特性。但是我会误判月神蛾的颜色吗？有可能将绿色误认为黑色吗？我需要解决这些问题。我需要在我第一次看到这个谜团时的同样条件下进行实验。

我把日常照看凡泰的注意事项打印成一张表格，交给了奶奶。她则直接把一杯装得过满的咖啡放在上面，任由一圈圈咖啡渍在纸上洇开，盖住了包括"练习海姆利希急救法"以及"每天检查两次他身上是否有虱子"在内的几行重点内容。在与奶奶的争论中我从未取得过胜利，效率至上的原则告诉我不必纠结于此。

我匆忙赶回我在一次扣押财产拍卖中买下的那间校舍。当时我们还在翻新整修的第二阶段，后面还有数百个阶段。我在三楼侧翼的四个房间当中选了一个，当作我的逃离龙虾池练习房，当时它正在建设中，我过来时顺便检查了下进度。我对嵌入墙壁的两个玻璃池的深度不是很满意，所以我要求施工开始前签了保密协议的设计师从头来过。她以为我正在造的是用于研究爬行动物和水生植物的实验箱。我回到了三楼那个曾经用来囚禁我的房间。正是在这个房间，十六岁的我把当时的其中一个绑架犯电熟了。当时这个十二英尺宽、二十四英尺长的囚室已经被打扫干净，里面的东西也清空了。

装修队的工人在窗外工作，他们正用透明胶带把一些颜色正好的树叶粘贴在窗户上。我从周围森林里的小树上搜罗来一些颜色正好的树叶，有些是雄性月神蛾一般的浅绿色，有些是雌性月神蛾一般的蓝绿色。我把这些叶子在十二个小时间不同光照条件下的颜色——记录下来，它们始终看起来是黑色。树木的阻挡以及光线的折射使我看不清那只蛾真正的颜色，但这并不是因为我当时的感知能力出现了问题。人类的视觉、听觉、味觉、触觉在一定程度上都是残疾的——我的感知能力有着上限。我不像蝙蝠那样可以听到频率高达每秒十万赫兹的声音，也不像老鹰可以从一万五千英尺的高空搜寻猎物。科学家们认为，人类的局限性是让我们得以生存的一种必需品。如果能够听到和看到的范围远超现在，人们很容易发疯。这同时意味着人们可以用他人的这种缺陷为自己谋取利益，也可以通过精巧的设计去影响那些人的感官知觉。人们可以通过制造假的景象或者假的声音来欺骗或误导他人，也可以反过来利用他们自己制定的规则反击。

也许这时是我第一次意识到自己必须准备好一些筹码。因为被抓进龙虾池时我身上一定不会有任何衣物，我必须准备好各种欺骗对方感官的手段，尤其是欺骗视觉和听觉的技巧。另外，在确定我的守护昆虫是月神蛾而不是蝴蝶后，我便等待着维拉达的再次来访，这样我就可以把我了解到的这些事情告诉她。我要告诉她，如果她在手上文了那只黑蝴蝶只是因为我说过的话，那么她就大错特错了，她误解了我的意思，而且还谎话连篇。

我的研究方向是声波，更准确地说，是利用超声波吸引啮齿动物和其他生物而非驱赶。这篇论文里的内容是我制订计划的重要依据，就像我在论文中写到的，我计划将害虫通过这种途径吸引到牢笼之中，让它们落入我的陷阱。论文发表时我二十五岁，与获此学位的其他人相比，我相当年轻。庆祝活动办得十分盛大，再加上当时我已经获得多项专利，而且我被绑架时的那些旧新闻还未完全被人们遗忘，那次活动算得上是半个新闻发布会。

我在活动上见到了维拉达，她咬着拇指，在学校食堂的外围区域踱来踱去。人们给我送上了一块大得过头的蛋糕，她则等着我从蛋糕和人群旁抽身。蛋糕上面画着一些声波的图案，用蓝色糖浆写就的"两万赫兹超声波"字样在图案下方。写错了。蛋糕上的图案很明显不是两万赫兹，它更像是三十赫兹。每秒三十赫兹频率的声音一般人类就可以听到，而不是那些有着超级英雄般感官的高效啮齿动物和蝙蝠可以听到的超声波。蛋糕上绘制的声波从科学的角度讲是不准确的，既不是超声波，也一点儿都不特别。这单层的大蛋糕惹怒了我，我真想立刻给我的家人和所有在场的教职工好好解释下什么才是声音的科学。但因为奶奶在我身边低声对我说"亲爱的，微笑就好"，最终我没有这么做。

因为我不想让维拉达认为她能够单方面决定我们的会面时间和地点，一种奇怪的本能起初令我想让她多等一会儿。我相信这是一种生存本能，而不是一种情感。维拉达在等待期间无聊地蹦跶了几次、看了几次表我都一清二楚：在共计四分钟五十七秒的时间里，她跳了二十七次，看了三十五次表。我猜她应该很着急，于是我朝旁边的单人女卫生间点了点头，跟在她身后走了过去。我注意到她裤子的后兜透出的打火机和香烟的形状。她的打火机和香烟似乎从不离身。她习惯把它们放在后兜里。

她仍旧一身全黑，穿着紧身黑色 T 恤，纤瘦的手臂像蝙蝠翅膀般肌肉发达，手上有着黑色蝴蝶文身。她还是穿着人字拖，大概是想提醒我她曾被烧伤。我又一次注意到她的脚趾长度相同，这是她的基因造成的。

我点头示意让她去洗手间的动作仿佛在说那里是我的办公室，这让我想起了我爸爸曾观看的电视剧《欢乐时光》中的主角方兹。我们先后走进卫生间，然后我锁上了门，防止有人打扰。她迅速转过身，倚靠在水槽上。我也和她一样背靠一个水槽，面朝着她。

自我上次见到她起已经过去了九年。她为我们安排了一场超长的拉力赛。

"你还记得我吗？"她问道，眼睛盯着我。

"当然。"

"好吧。"

我瞪回去，也许她以为我已经把她的事儿忘光了。我在过去的九年当中着了魔一般地把她说过的每一句话翻来翻去地研究，这些她似乎完全不知道。

"无所谓。"她说着，从我们的瞪眼比赛中挪开了眼神，"听着，我没有什么时间。"她说道,"上次碰头以后,我一直在跟我内部的线人联系。你搞清楚龙虾池是什么了吗?"

"是的。"

"好吧,挺厉害的。"维拉达似乎有些犹豫,没有继续问后面的另一个问题。我等着她开口。她摇摇头,瘪了瘪嘴,然后说道:"是啊,我现在知道他们当时对我做了什么了。真是糟透了。"

"确实。"

"你找到它的所在位置了吗?"她问道,走近了些,仿佛急切地想要知道答案。

"没有。"

"嗯……"她说着,转过身,藏起了自己的表情。我不知道她为什么要把脸藏起来,但我能感觉到这有些不对劲儿。

她转了回来,说道:"好吧。这下更糟糕了。"

"如果你想抽烟,你可以在这儿抽。这里没有装烟雾报警器。"

她的眼睛睁大了。

"我说你可以抽烟。"

"好吧。"她带着疑问的语气说道。我看着她像上次一样往旁边走了一点儿,掏出一只森林绿色的打火机和一根烟。

人类无法抗拒嗜好,他们总是如此轻易地暴露自己的真面目。

她像当时在印第安纳州的那个停车场时一样,一边抽着烟一边说话。但因为我事先说了她可以抽烟,这一次并不能算作无礼。

"我的脚被灼伤是在我们第一次碰面的两年之前。我现在知道为什么当时漂白剂只到了我脚的位置,以及我为什么在被拉出龙虾池后能够逃脱。当时他们起了内讧。他们本来不应该对我做那些事的。他们本应该安静等待二十年后主教的回归。那年早些时候他们已经用漂白剂弄死了另一个女孩儿。很显然,我在被关进龙虾池的那天晚上看到的人并不是主教。那只是另外一个恶魔一样的浑蛋。我的线人告诉我,因为那个人使用了主教的龙虾池,并试图享受'主教的快乐',

他已经被人枪杀后扔进了海里。"

那年他们已经在那个池子里用漂白剂烧死了一个女孩儿。那另一个女孩儿一定就是我们在录像带里看到的那个。

"为什么必须要等二十年？"

"原因之一是中心环领导人，也就是主教的迷信。"她咳嗽了一下。

迷信？你也很迷信。对同一品种香烟和绿色打火机的迷信。好好观察。

"我只知道这些。我不是很清楚。'20'这个数字一定有什么意义。一切都是'20'的倍数，什么都是'20'。每二十年使用一次龙虾池。还有，如果龙虾池的'体验服务'每二十年只有一次，那么那些客户一定会愿意支付高昂的费用到现场观看表演。你和我都可以查到龙虾池的真面目，这只是因为中心环想要地下世界的人知道它的存在罢了。当然，这只是我的猜测。我猜他们一直让这个话题热度不减就是为了要把它打造成一个神秘的都市传说。"

现场观看？在哪里看？

"还有。"她说着，停下来吸了口香烟，然后马上吐了出来，"有一些规则你得知道，你要做好准备。他们不会让你带任何电子设备、金属制品和追踪设备。一到地方他们会马上搜你的身，他们发现的任何东西都会被销毁，同时他们也会伤害你。这就是他们这么久以来一直没有被人追踪到的原因。没有人，真的没有一个人，可以带着任何科技产品接近中心环。GPS不行，什么都不行。他们一丝不苟，做法老派。还有，你得想个办法不让他们给你使用海洛因。这是他们的惯用手法，是让女孩儿们上钩同时不吵不闹地顺从他们意思的好办法。毒品。"

"所以这些就是游戏要遵守的规则。"我说着，缓慢地眨了一下眼睛。

维拉达望着我身边的空气，仿佛在我们旁边还有第三个人，她用力摆摆手，好像在让那个看不见的人向她解释我刚才说的话。"你说什么？”

"你刚刚说的那些就是你在这个游戏中为我们设定的规则。间隔二十年、不能带科技产品、海洛因，等等。"

"这不是游戏，丽莎。这可事关生死。喂，你到底明不明白？"

"不带情感的话，一切对我来说都是游戏。"

"你认为人生是一场游戏？"

"是的。"我停顿了一下，她又一次向我身旁那个不存在的第三个人寻求帮助，"一个非常复杂的游戏。我向你保证，下国际象棋需要的策略可比这多得多。"

她吐了一大口烟："我简直不知该说什么好。我没时间在这儿跟你讨论哲学。"

"这不是哲学。"

"你他妈……知道什么？你真的这么认为吗？你可真是没救了。随便吧！"她咬紧牙关，打量着我，停顿了一会儿，"不，慢着，慢着。等一下。如果人生真的是一场游戏，那你要怎么样才能赢呢？"

"这就是其复杂性所在。输赢是主观的，取决于如何使用感官和洞察力。但是，毫无疑问，人生是有赢家的，也有输家。两个极端中间还有一大群人。"

"你刚才说输家的时候是朝我指了指吗？"

"也许我下意识这么做了。"

维拉达将视线从不存在的第三个人身上挪开，用凌厉的眼神瞪着我，嘴里似乎在嚼着什么东西。她往地上弹了一撮烟灰。

"你可真是个贱人。"她说。

"龙虾池在哪里？"

"不继续谈你的哲学了？不继续侮辱我了？"

"龙虾池在哪里？"

她闭上了眼睛，仿佛在调整自己的心情。

"等这些事儿结束以后，我绝对会为不用再和你见面而开心。"她又抽出了一根烟。她一边朝天花板吐着烟，一边说道："我也不知道那该死的龙虾池在哪里。我唯一清楚的只有主教计划在上一个女孩儿被杀的二十年后把你抓进去，这就是他的规律。这对他来说肯定有什么意义，但是我不知道。我的线人说主教并没有忘记你的存在。"

"从你被烫伤算起的二十年后，也就是从现在算起大约十年后。但是会是哪个月？哪一天？地点又在哪里？"

"我不知道确切的日期或月份，我的线人也还没有向我透露具体的地址。龙虾池比那些个五角大楼的机密都还要神秘。他们会向每个现场观看的浑蛋收取数百万美元的费用。都市传说流传得越广、越离奇，那些观众等待的时间越长，钱就越多。这是一个微妙的平衡。"

现场观看。并支付数百万美元。记下了。

"但是你肯定对于它在哪里有大致的头绪。你至少清楚你是在哪个阶段逃出来的。"

她瑟缩了一下，噘起嘴，吸了一口烟。香烟的臭味与卫生间里的清洁剂味混合在一起，天花板上的吊扇"咔嗒"作响。"听着，"她顿了顿，翻了个白眼，"我并不清楚，你明白了吗？我只记得自己在一辆巴士上。有人把我弄上了一辆巴士，之后我有好几天都不知道自己在哪里。我醒过来的时候发现自己在罗阿诺克镇的一间哈迪餐厅旁边。我们离他们越来越近了。你要准备好。"

她眼球的移动方式代表着欺骗。好好观察。

维拉达向我点了点头，开始往外边走去，手中仍然拿着她的香烟。我抓住她的手臂阻止了她。

"我必须走了。现在。马上。"她说着扯出自己的手臂。

"把你的香烟给我。外面有禁止吸烟的标志。"

维拉达再次上上下下地打量着我，这一次她的停顿时间更长了，我感觉到一丝不适。

"给你。"她缓慢而谨慎地说道，仿佛她交出的是一支上了膛的枪。

"你有什么事情没有告诉我？"我问道。

我手里拿着香烟，她瞪着我，好像在测试我敢不敢也吸一口。我面无表情地回瞪着她。我们持续对峙着，最终她退缩了。

"你太多疑了，丽莎。我是那个给你提供信息的人。如果我根本不告诉你有关龙虾池的信息怎么办？那么你根本就不会知道要提前准备。不是吗？"

我不喜欢她那明显的回避。我思忖着在这一点上与她争论是否徒劳。我决定在没有她的情况下自行收集信息并进行验证，于是点点头示意让她离开，把香烟拿在身体一侧。她愤愤地朝门边走去。

"那是一只月神蛾，不是蝴蝶。你手上那只黑蝴蝶是错误的。那是一只绿色或者蓝绿色的月神蛾。拉丁学名叫 Actius Linnaeus。"我朝她大声说道。

维拉达顿了顿，在身上挠了挠，然后转过身来。"所以我才是正确的。那就是一只飞蛾。"她笑着说道，脸上挂着一抹代表傲慢和嘲讽的微笑。

然后她离开了。

多年来我一直有随身携带密封袋的习惯，我把她吸过的香烟装进一个袋子里。随后我回到奶奶身边，和所有人一起吃了那块令人感到不快的蛋糕。我又一次注意到了蛋糕上的那些蓝色糖浆。为了把注意力从那错误的图案上转移开，我的大脑开始高速运转，思考其他更有价值的问题——那些光线的微妙之处，它怎样骗过我、怎样让我将一只月神蛾误认为是一只黑色蝴蝶以及我在印第安纳州的实验室里需要准备哪些装备。

第十章

训 练

毕业并取得博士学位后，我很快带着九岁的凡泰搬进了已经完成翻新的校舍，也就是现在位于印第安纳州的 15/33 公司总部。我终于能够在这里投入全职工作了。凡泰的爸爸，也就是我当时的未婚夫莱尼，当时正在约翰内斯堡学习诗歌，同时他也在那里教授英语。

我在装有那两个玻璃池的房间里放置了一个不锈钢工作台，还在那扇五英寸厚的金属门上设置了一个键盘和一个生物识别锁。因此我非常确信在我工作、练习或为龙虾池做训练时，没有人能够进入这里。除了针对特定技能所做的那三个月强化练习期间，一般来说，在送凡泰去上学以后，我每天要花一到两个小时为龙虾池做准备训练。准备训练结束到去接凡泰下课前，我会跟着萨吉一起锻炼，准备我的各种专利产品，在校舍里的其他实验室或房间里逐步建立我的咨询业务或是去校舍副楼和我们从外面请来的厨师碰头。我们像一家人一样一起住在这里。

在放置玻璃池的房间里，我设计了两件高科技装备和一件科技含量较低的装备。这三件装备都是为了进行感官误导。

我把玻璃池周围的一部分墙壁当作了画布，画了一大片桦树林，并不断地在上面添加层次和各种细节，以此作为放松自己、突破思想瓶颈的一种方式。这些年来，随着我围绕玻璃池的研究、训练和计划的深入，一片桦木森林渐渐铺满墙壁，壮大了起来。

　　就在房间里的不锈钢工作台上，我将导管和塑料加热混合制造出了光盘的原型，希望能够用这些光盘记录下准确的声波。反复失败，反复测试。早期实验中的主要问题是如何为这些光盘供电以及如何触发。我没有持续供电的电源，并且我也无法确定它们需要充多久的电，或是准确的触发时间点。

　　我将大量有关机械动能研究的文献运入玻璃池所在的房间，它们晦涩难懂，而且有些是外语写的。除了那些塑料碎片和磨损、烧热的电缆，我的不锈钢工作台上还堆放了许多标题为《利用行走产生的能量——运动理论》和《人体的能量》之类的期刊文献。我试着将这些文献的内容转化成一种可穿戴的纤维绑带，用以捕捉人体运动所产生的能量。我制作了一条带有胶带的肉色带子，将其粘在膝盖两侧。第一件原型产品需要使用一个青柠大小的电容器来收集我膝盖弯曲时产生的电能，我不得不将其分开绑在大腿上。说真的，这项技术并不是那么具有革命性，更说不上复杂。它非但不是什么创举，而且早就已经在某些小圈子中流传使用了。穿戴好这条带子时我总觉得膝盖带有些地方不对劲儿，显然，那个电容器的大小能满足我的需求。即便我可以缩小电容器的尺寸，但我也无法想出在被抓住并监禁的情况下如何把它留在身上。我已经掌握了尖端的技术，却仍找不到任何可行的解决方案。因此，我在之后的日子里继续使用并测试着膝盖带，寄希望于某一天答案会来到我的面前。我继续试着用其他方法练习和测试逃离龙虾池的方法，同时，我制作的电容器和录音光盘的体积也在不断缩小。

　　强迫症一般的数字"20"推动了整个事件的发生。碰巧的是，"20"对于物理学家来说也是一个魔法般神奇的数字。我不会变魔法，魔法也并不存在。但通过充分的训练，某些人可以完全掌握一些看起来像是魔法般的技能。魔术就是一项结合了物理原理、技巧、对于人类感官的极限利用以及心理学这些因素的技能。

说到这里，我想起在我完成物理学论文那年的早些时候，我和妈妈一起去了一趟纽约。彼时我们曾在市中心的一家连锁餐厅吃饭。妈妈那时跟我大谈过她对纽约的看法。她认为真正的纽约应当是在曼哈顿苏豪区，而不是那个像"史莱姆洞"一样的时代广场，更不是在"花哨又破烂"的特朗普大厦附近。她觉得我们正在用餐的那家餐厅极其"缺乏想象力"，那"恐怖极了的"红色塑料餐桌布和它那"男性化的"霓虹啤酒招牌更是令她难以忍受。但是由于这是一家利润丰厚的全国连锁店，并且这家店的首席执行官是她的客户，对方正面临经济犯罪的指控，因此我们才会在纽约的这个地方与他会面。一名艺人突然出现在我们的桌子对面，妈妈充满戒备地缩进昏暗的卡座另一头。那名艺人自称"极客魔"，是一名以魔术出名的国际明星。他已经是成年男人，但却穿着一件老鼠外形的服装。如果奶奶当时在现场，我想她一定会称赞这位艺人"非常幽默"。但是妈妈完全没有笑，我也没有。

尽管整个过程中妈妈一直对他皱着眉头，但我还是观察着极客魔的动作，观察着他如何从那身棕色变装服的口袋里掏出了妈妈的钱包。妈妈原本把钱包放在她的华伦天奴牌手袋里，她一直用手抓着放在那可怕餐桌布上的手袋，在我们落座以后一直都没有松过手。

回到我位于印第安纳州的练习房后，我查到了极客魔的号码，用挂在一个玻璃池旁的一台安全线路电话拨了他的号码。我雇了极客魔作为我的顾问，并要求他签署了一沓厚厚的保密协议。我要求他在印第安纳州与我共同生活三个月，夜以继日地对我进行训练。

虽说三个月的时间远远不够让我达到职业魔术师的水平，但我确实有足够的时间来学习我需要的那些核心技能。我着了魔般地练习着隐藏物品的手法和某些障眼法的特定动作，这使我的技巧进步神速。

我一直没有告知极客魔训练的目的，也从来没给他看过水池房。我并不清楚到了最后关头我将如何运用这些隐藏的装备和骗人的技巧，但是我知道我一定会需要它们。在位于地下室的家庭健身房中，极客魔每天让我练习整整七个小时，让我学习如何用自己的双手隐藏物体。他会递给我很多东西，凡泰的网球、多米诺骨牌、石头、瓶子、苹果、橘子、奶酪块、士力架，以及他在房子周围可以找到的任何东西，我必须仅使用自己的双手和手臂将它们藏起来。他教了我一些简单的误导手法，比如出人意料地打个响指或者不经意间制造些噪声。在训练的这段时间，我的膝盖带电容器中储存的能量总是满的。极客魔还教了我如何以适当的方式弯曲我的后背，好能够明修栈道、暗度陈仓，从而进一步使对方误判我的真实意图，比如让主教无法预测我在逃脱水池后可能会采取的行动。

第十一章
前特工刘罗杰: 20

在丽莎与维拉达二次碰面后，我们了解到了这个以二十年为周期的恐怖循环。每二十年就会有一个女孩儿被烫死在龙虾池中。根据某些学者的说法，"20"这个数字可能代表着"一个完整的，或者说完美的等待周期"。联邦调查局以及洛拉所在机构的各位数字学家和符号学家认为，就时间维度而言，"20"这个周期代表着某种仪式的完成，需要参与者拥有充分的耐心。换句话说，在中心环那邪恶扭曲的规则中，为了他们重视的某种东西等待二十天、二十周或二十年可能意味着通过了某种对忍耐力和耐心的测试，真正成为组织的一员。中心环那伟大的主人，也就是主教，显然对"20"这个数字有着一种深深的迷信。他为了龙虾池这一仪式的等待时间能够长达二十年，他认为这非常有意义。我们要对付的敌人显然是个彻底的疯子。

但主教究竟是谁，他又身在何处？我们为了搞清楚他的身份开始着手研究"20"这个数字。如果我们能先一步找到他，就可以借机捣毁他们的恶心组织，在他们掳走丽莎前摧毁他们的整个集团——这就是我的目标。

在相当长的一段时间里，我一直在联邦数据库中浏览并查找那些代表邪恶组织和帮派的符号，但令人沮丧的是，我没有找到任何有追查价值的线索。我们搜索了许多不同的关键词，甚至一些略显牵强的假设我们也没有放过，没有任何发现。直到有一天，洛拉所在机构的一位符号学家给她发了一封电子邮件，附件有一张照片。邮件的正文写道："不清楚拍摄地点，一名匿名线人把这张照片发给了调查局。元数据已被抹除，上面没有任何注释，什么也没有。"

照片上是一条小巷里的砖墙。墙上的白色油漆已然陈旧褪色，上面隐约可看到一个已经风化剥落得不成样子的圆圈，圆圈里面有一条龙，龙的爪子摆出了"2"字的形状，而尾巴则卷曲着呈一个"0"字，两者合在一起便是"20"。我忍不住踢了自己一脚，懊恼地摇着脑袋。这可真是个令人尴尬的失误。维拉达对丽莎说的是英文的"20"，在"灼烧龙虾"录影带里面的那个人说的也是英语，因此我们从来没想过要用其他语言来寻找"20"的意义。这些都是借口。洛拉试图安慰我："即使是在大型医院里，某些顶尖外科医生有时候也会犯低级错误，比如说截错了病人的胳膊之类的。"洛拉的类比实在是太奇怪了，而且安慰效果并不好。

"哪个外科医生？"我问道。

"那无所谓，长官。不要在意。"她回答道，同时迅速地走开了，不想和我继续这段对话。我注意到她突然涨红了脸。这肯定和她的私人生活有关。我的脑海中浮现出她穿着四季酒店那件白色浴袍时的样子。

发送照片的那位符号学家用红笔在照片上把"20"这两个字圈了出来，这激活了我的记忆，我隐约记得自己在哪里见过这个场景。正研究着照片，我的超忆症突然发作了，我不得不坐下来喘口气。各种细节一齐袭来，通往一条小巷的路浮现在我脑海中。那是波士顿的唐人街。

多年来的调查行动让我有机会去美国的各个城市，波士顿就是其中之一。因为我的这种记忆疾病，或者说天赋——如何定义它取决于那些记忆出现在我的脑海中的时机——我每到一个城市都会去街上到处晃荡、闲逛。我会漫无目的地走上数小时，观察周围的环境，然后把它们储存在自己的大脑中。在某些时刻，就像这条比画着"20"的龙一样，这些在街上闲逛时看到的画面会成为我办案的重要线索，我的大脑就像是我自己的图片搜索引擎一般。不过这只是偶然现象。当然，在当年我第一次看到这幅巷子里的画的时候，我根本什么都没想。

把时间拨回洛拉所在机构发来照片之后。一从超忆症发作的症状中恢复过来，我就马上逮住洛拉，立马启程前往波士顿。这发生在八年之前。

没有走任何弯路，我们很快找到了那条巷子。走进巷子，右侧是一家卡拉 OK，左侧则是一间通宵寿司店。尽管随着时光的流逝、雨水的冲刷和新英格兰地区雨夹雪的侵蚀，墙上的图案已然有些褪色，但并不妨碍我们辨认出砖墙上用白色油漆画的那条龙，它摆出了"20"的姿势。

我们找对了地方，于是推开旁边的一道门走了进去，进入了一个黑色的洞穴。我们知道自己走进的是那间通宵寿司店的后门。从天花板垂下来的黑色布帘形成了一道走廊，将我们引向与后方一间全黑色厨房相邻的通道。在一间宽敞但没有窗户的房间里，我们发现了一个"汩汩"作响的水景装置，它发出的声音刚好盖过了后面一阵微弱却刺耳的音乐声。房间里非常空旷，只有在一个巨型鱼缸基础上制作的水景装置、配有四张椅子的桌子以及一个男人。鱼缸中游动的所有生物都是黑色的：黑色海胆、一只斑纹龙虾以及一条肥硕的黑鱼。

那个男人站在水缸前，手中拿着一张正在滴水的网，网架在水缸的上面，他并没有转身面对我们。

"坐。"他说道。

那个男人穿着棕色的保龄球衫和棕色的裤子，看起来有点儿像和尚。男人转过身，用他那空洞的、全白的眼睛凝视着我们。他是盲人。一头白发，从长相看是一名亚洲人。

"你们是来这里参加游戏的吗？"男人问道，他失去了视力，目光落在我们的身后。

"是的。"我用手示意洛拉不要出声。我靠近了一些。他手上仍然拿着捞鱼网，水不停地滴在白色的地面上。

"你们需要先通过一个测试，和我一起。你们带硬币了吗？"

我和洛拉完全不明白他在说什么。但是，考虑到他刚才说的话，我非常肯定他在这里的另外一个房间里经营着非法的牌局。

我们在桌旁落座。

"女士到我右手边，男士到我左手边。"他坐在我们对面，朝我们两个分别点了点头。从近处观察，他的眼睛肯定是瞎的，我只能猜测他是通过其他感官知道了我们的性别。

"我们不是来这里参加游戏的。"我说道。

男人甚至没有试图隐瞒自己经营非法赌博场所的事实，这意味着，他一定揪住了某些执法部门人员的把柄，也许执法部门也在其中分了一杯羹。没准儿两者皆是。男人没有退缩。"那你们为什么来这儿？你们是要带我去找我的'造物主'吗？"他大笑道。

我估计他的年龄在八十五岁左右，但却自信得像一个已经活了一千五百年的人。

"不，先生，我们来这里不是为了带你去找'造物主'的。"我说道，"我对外面巷子里砖墙上的那幅画很感兴趣。"

他的笑容瞬间消失了。男人直挺挺地站了起来，向后连退了两步，身后的椅子被他一把推开。"请你们离开，马上。"他说。

洛拉猛地一拍桌子，巨响在整个房间中回荡。"赶紧给我坐下！回答我们的问题，不然我就把你这个狗屁地方给关停。"她说道，"现在给我坐下！"

他一边动作迟缓地坐回椅子上，一边问道："你们为什么想知道？那幅画对你们来说有什么特殊意义吗？你们是中心环派来的吗？"

蒙对了。

"也许吧。"我回答道。我的手指已经开始颤抖，幸好他是个盲人。除了维拉达曾对丽莎提到过"中心环"，在我们这么多年的搜查过程中，我们还没有碰到过任何承认自己知道中心环的人。

"如果你们真的是，那么你们自然会知道，不需要我来告诉你们。"

"赶紧说！"洛拉命令道。

"先生，你叫什么名字？"我问道。

"雷诺。"

"这不是你的真名。"洛拉嗤之以鼻。

"我不在乎你管我叫什么！就他妈的叫我雷诺，这位女士！"

"好吧，随你，雷诺。"我用一种宽慰却又强势的语气说道，"我们只想知道画在外面墙上的龙有什么含义。数字'20'又代表着什么？"

"如果我告诉你们，他会更残忍地对待我。就是他把我弄瞎的，那个浑蛋上一次来这儿的时候弄瞎了我。那是十二年前，我已经失明了十二年。你们要怎么保护我？愚蠢的东西。你们根本保护不了我。我甚至都不知道你们是谁。"

"没有人会知道你向我们透露了这些内容。我们是执法部门的人。"

我基本上已经脱离了联邦调查局，也不想说出洛拉所在的机构名称。我说得过分宽泛了些，希望他不要追问细节。

"执法部门，哈！"他大笑着说，"你可真逗。"

"拜托，你似乎是个好人。我看到了你是怎么照顾这些鱼的。我们也想帮助其他人逃离那个男人的魔爪。"

雷诺闭上了嘴巴，低下脑袋，前后摇晃着身体，仿佛拼命思考着什么。我们没有说话。

过了一会儿，雷诺抬起头，说道："这些年来，从来没有人来这里询问过这幅画。从来没有。大多数时间里它都被垃圾箱挡住了。"他苦笑道，顿了顿，再次低下头，这一次他的身体左右摇晃起来。我伸出手按住洛拉的肩膀，暗示她什么也不要说，给雷诺些思考的时间。良久的沉默之后，他抬起头，再次笑道："我已是一个将死之人。医生说我得了肺癌，只剩三个月可活。我是运气不好，但是你们今天是他妈的撞大运了。不管你们到底是什么人，去他妈的吧。那个人将在八年后再次回到这里。每二十年一个周期。我对中心环到底是做什么的一无所知。十二年前，他派人在我的墙上画了那条带有数字'20'的龙，他说这是为了'标记他的地盘'。他还说我的餐厅从那以后归他所有。他在警察系统里有人，如果我试图反抗他，那警察就会来关停我的扑克生意，所以我只好任由他为所欲为。那天他还玩儿了一会儿扑克。后来，有一天晚上，像我刚才说过的，他过来弄瞎了我的眼睛。我想那是因为他觉得我看到了他的脸，但其实我没有。他带了几个手下，他们把我按住，然后往我眼睛里倒了漂白剂。那些人按住我时他还对我大吼大叫，让我在他回 S 市期间什么也不许对别人说。他说他在警局内部的人会负责监视我，一直到他回来为止。他还威胁我，等他下次再来这里的时候，他希望看到我还在这里，那条龙还留在墙上。妈的，他就是一个变态。疯狂至极，残忍无比。当时我直接晕了过去。醒来的时候，他们已经不在了。你们要找的那个人的标志就画在外面的墙上，你们可以去 S 市找一个痴迷数字'20'的家伙。我知道的都告诉你们了。现在你们可以走了。我没法儿向你们描述他的脸，当时他戴着一个黑色的面罩。他是下命令的人，他带来的那些人都听他的。两三个男人和他一起来了这里，每次他过来时都带着那几个手下。"

"还有其他人和他一起来过？你知道他们的名字吗？"我问道。

"赶紧滚吧。我已经说完了。"

"你知道我们可以调查你的监控录像吧？你这场子里肯定装了几个摄像头。"我知道洛拉是在虚张声势，但考虑到现在的情况，我们必须低调行事，以免打草惊蛇。

雷诺笑了："那可祝你好运了，这位女士。我就是个老古董，没有装摄像头。这个街区其他人都一样。我们都清楚游戏的规则。现在赶紧滚蛋吧！"

离开雷诺的店之后，我们又重新在数据库里进行了一次检索，这一次我们找的是一名身在 S 市、名叫"主教"、痴迷数字"20"的人。

我们确实找到了一些线索，但是后续的进展异常困难。我曾试图说服丽莎让洛拉那边的一个秘密调查组参与进来，但丽莎提醒我们，我们的计划只能我们三个知道，因为我们最终的目的是将那些现场观看表演的有钱人、那些和恶魔狼狈为奸的位高权重之人和那些为此付费的客户统统抓起来。她提出了很多有力的观点，她说那些有权有势的浑蛋几个世纪以来都一直在做着这些可怖至极的恶行，而且无论执法部门多年来多么努力地想要找到一个突破点来抓捕他们，那条最大的鱼每次都得以逃脱，而他犯下的罪行在那被黑暗笼罩的世界中也是最为丑恶的。她还提到，无论那些都市传说被传得有多么可怕或离奇，究其根本都是无风不起浪。因此，如果我们还想抓住机会曝光其中最离奇的案件，如果我们还想要钓到大鱼，我们就必须采取一些和以往的执法部门不一样的措施，必须维持团队目前的超小规模，不能向任何人透露我们的计划。否则，我们一定会像之前那些人一样失败。

如果追查不到任何现场观众或中心环人员的身份，我们就无法确定要围绕谁来旁敲侧击，从而来编织属于我们的那张网。但丽莎所说也对。

这发生在八年前，我们彼时仍没有找到龙虾池的所在位置。我们和雷诺一样，在黑暗中前行。

第十二章

海外之行（上篇）

奥克顿社区大学的威廉姆·K.唐所著的一篇论文中有这样的内容："是否最终采用、修改或是完全否定一种新兴理论通常需要多年的激烈辩论……很少有新出现的科学理论能像万有引力定律那样成功地在四面八方的攻击中存活下来。"总而言之，由于多年来我都遵循着科学方法论来制订我的计划，在各种事实和假设被证实、更改或是被证实无效的过程中，作为一名科学家，我必须随时调整我的方式和计划。我要面对的不是那和万有引力一般不可动摇的科学定律，我要面对的是一群用劣质自制玻璃池和漂白剂来实施酷刑的疯子。

在刘找到并审问雷诺之前，我们知道的就只有维拉达告诉我们的"主教会从亚洲来"这条信息。整个亚洲有约一千七百万平方英里[1]的土地，四十多个国家，每一个国家都有着各自的法律。亚洲有着近两千四百种语言，这还不包括由此所发展出的方言。生活在亚洲的人口已经超过了四十亿。那片大陆上散布着数以万亿计的隐蔽角落、简易居所、高层建筑，不可胜数的田野、农场和竹林，卑鄙的人口贩子就藏匿在其中。本着效率至上的原则，并出于语言上的障碍和实际情况，我决定不在这笼统的"亚洲"上面浪费时间。

---

[1] 约4403万平方千米。

但不久之后，我们找到了雷诺，更收到了有关 S 市的线索。一个特定的城市，这与整个亚洲相比起来就像一个靶心。

刘和洛拉在 S 市的搜索没有任何收获。

但是我有。

关于那卷"灼烧龙虾"录影带，我比他们知道的更多一些。1994年，在洛拉向我们展示那卷带子之后，刘和洛拉在等待拷贝结束时去了麻省理工的餐厅吃芝士汉堡，而我在录影带上发现了一些东西。我将一份抹去了其中关键四秒影像的录影带交给了刘，并让他相信这就是洛拉带来的那份原始录影带。伪造录影带非常容易。简而言之，我在与刘和洛拉的关系中一直保持着主导地位，而这是为了保护刘和洛拉。我早就制订好了抓捕和复仇的计划，而刘则只想着将他们抓获。

实际上，原始录影带中有着关于其中一个受害女孩儿的隐藏线索。只要将这条线索和主教在 S 市的信息结合起来，我就可以循着蛛丝马迹找到正确的道路。我花了三年时间在暗网之中最黑暗的角落间寻找，并最终找到了一个可靠的切入点。就从 S 市入手。

那是风平浪静的一天。我们在 15/33 总部处理一个无足轻重的案件，洛拉那天刚好从她的"测试机构"抽身来了我们这里。刘的妻子桑德拉去了校舍旁的果园采摘，不在屋里；凡泰在学校，莱尼则正在为他的最新诗歌集办巡回签售活动。"刘，洛拉。"我说道，"我要去 S 市，有一些专利方面的业务需要处理。我会去一个星期。这期间奶奶会飞过来帮忙管理凡泰上学和篮球训练的事情。"

和奶奶一样，刘总是能发现我在说谎，他把阅读用的老花镜摘下来放在桌上，然后皱起了眉："S 市？真的是有关专利的业务？你以为我是傻子吗？这简直是侮辱我。"

我望向洛拉，寻求帮助。她对我挑了挑眉毛。我明白，洛拉清楚地知道我并没有把他们当作笨蛋看待，我只是认为他们因为拥有情绪所以比较脆弱。我的下一句话是对着她说的："你认识适合在 S 市当司机的人吗？你懂的，'那边'有没有这样的人？"

"说实话，丽莎。"洛拉还没回答，刘插嘴道，"有时候你真的表现得很明显，这很伤人。难道我们不知道你去那里是为了追查主教的事？你不能去。就算你一定要去，你也不能一个人去。"他把办公转椅从桌边挪开，然后靠在椅背上，双臂交叉抱在胸前。

"我两天后就要走了。刘，你没有签证，而且我敢肯定你来不及申请了。因为你的雇主，也就是我，并不会为你提供紧急业务签证的证明。你不能跟来。如果洛拉试图跟来，她将会引起一次国际争端。"

洛拉站了起来，开始在房间里踱来踱去，鼓起腮帮子向外吹气。洛拉生气的时候就会这样做，她曾告诉我这是她释放压力的方式。但不管惹她生气的人是谁，洛拉通常都会将自己的所有怒气对准刘。因此当她大喊"妈的，刘，她到底怎么回事？你就让她一天到晚像支待发的箭到处蹿来蹿去吗？我猜她就是想把自己搞死！"时，我一点儿都不觉得惊讶。

"是啊，我想也是。"刘回答道。他像嚼口香糖一样开始磨牙，就像他平时生气的时候一样。

我在他们之间看了看，计算着要如何把目前的对话引导到正确的方向上。不管他们同不同意，我都打算去 S 市，但是我真的很需要洛拉的帮助，我需要她帮我在当地找一个可信赖的联络人当我的"司机"。她知道我说的"司机"是什么意思，因为她私下里曾经帮我找过一位。

"你到底发现了什么，丽莎？"洛拉咬紧了牙关，问道。

我必须领先于刘和洛拉，我必须比他们了解得更多，这一点非常重要，只有这样计划才能按照原本的规划进行。只有这样他们才能受到保护。只有这样，我才可以抓到所有那些人渣并报仇雪恨。我看向刘。

"丽莎？"洛拉还在等我的回答。

"刘，你可以在我离开期间好好打理我们的机构。我只是去处理一些专利工作而已。"

我离开了房间，任由洛拉猛踢金属柜的声音在里面回响。

那天晚上，洛拉一直不停地在我上了锁的玻璃池房间外按铃，不断地干扰着我的练习，让我听不清房间里回荡的肖邦的《升 C 小调夜曲》。我站在其中一个水池中，看着门旁监视屏幕上她那方方正正的脸。在监视器的那一面墙上，那片白桦林已经完成了，只剩它对面的一面墙没有完成。

当时我正练习从水池里起跳，练习池正面的玻璃面板并没有安装上。尽管我很快就会开始全裸情况下的练习，但当时我仍然穿着我那件蓝绿色的连体长袖冲浪服，这样我就可以把这个练习当作我的有氧训练，以达到事半功倍的效果。我从水池里跳了出来，落在一张按照"灼烧龙虾"录影带中的情况仿制的双人床上。我的着陆点向右歪了整整三英寸。我在逃脱龙虾池时必须准确地落在床上，并有意识地使背部完全弯曲成一个特定的拱形，这对计划的顺利开展十分重要。显然我的身体当时还无法达到要求，我不禁对自己做了个鬼脸。我赤着当时还健全的脚从床上跳了下来，然后转动墙上监视器旁的旋钮，关掉音乐。我打开门走出房间，但没有让洛拉进来。

洛拉实在站得离我太近，我的后背只好紧贴在过道的墙上。她把一张纸和一串小小的密钥链塞到我手里。她的眼睛瞪得几乎凸了出来，盯着我，甚至没有对我的泳衣做出平时那种她自称是"讽刺"的评论。

"丽莎，你下次可不能再骗我了，明白吗？"

我正想要纠正她，但她举起手阻止了我。

"不。不要纠正我，老板。听着，我知道你觉得你没有对我说谎，我明白你想说什么。我很清楚你大脑的工作方式，姑娘。"她说着，轻轻敲着自己的太阳穴，"我懂的。是的，我真的知道。你问我关于司机的事是在试图通过你自己的方式表达你的计划。但你这就是向我撒了谎。你下次可不能再骗我了，知道吗？"

"我不会骗你的，洛拉，除非那是为了救你的命。"

她用力地捶了一下墙。这记重拳让我不禁抖了一下。

"不，回答错误。你永远都不可以对我说谎。怎么救我的这副皮囊应该由我来决定，你明白吗？如果你什么时候知道真相、知道些什么甚至如何救你的命都由我一个人来决定，你会怎么想？"

在思考了洛拉的这些假设后，一种愤怒之情隐约在我脑中闪过。我闭上左眼，试图扑灭体内那股让我不断升温的怒火。洛拉退后了一步，回到过道的中间，而我仿佛被定在了原地。

"所以呢？丽莎，你觉得那是什么感觉？"

"我相信我会被激怒。"

"那么事情就好说了。以后永远都不要对我撒谎，这样我们俩就都不会生气。就这么简单。好吗？就这么决定了。"

拒绝她的提议对我本人和我的目标似乎都不会有任何好处。如果她离开我的生活或对我生气，那么我也无法再保护她了。

"同意。"我撒了谎。

洛拉"吐噜噜"地吐起泡泡，上下甩着头，上上下下打量着穿着冲浪服的我。"抓紧咯！"她戏谑地喊道，同时右手摆出一个意为"放轻松"的手势。这个手势是凡泰和我在毛伊岛度假期间冲浪教练教给我们的。

她窃笑着走开，途中停下了两次，像冲浪般蹲下来挥舞起手臂，嘴里还念叨一些奇怪的口号，然后她的身影便消失在了副楼的黑暗走廊之中。

在塞到我手里的那张纸上，她潦草地写下了一个暗网的网址以及四组密语，通过这些密码我可以与我在 S 市的"司机"相认。这样，我和那位被我称为"丹"的司机就可以进行秘密通信，我们的联系会在一个经过了四层加密且密码不停更换的限制频道上进行，但我可以使用洛拉塞到我手中的那串密钥对其进行访问。

有时，有些人活着只是为了等待死亡的来临。有些人生下来只为了诉说某一件事、见某一个人，只为了纠正某一个错误或赎一份罪。属于他们的那一时刻早已来临，也早已结束，他们已然没有了存于世间的必要，他们的肉体也已然无须存在。他们应化为尘土。然而，这些人却像藏在一座上锁高塔中的警笛，一直静待着发声的那一刻。在帮助莱尼校对他在历史中获得灵感而写下的挽歌集以及给凡泰读原创的睡前童话时，我意识到了这些事。我在 S 市找到录影带里的那个女孩儿时，她就是这样。

刘在跟进雷诺提供的关于主教在 S 市的情报时犯了一个错误。刘仅仅只调查了主教一人。他得出的结论和其他所有人一样，他认为录影带中那个被漂白剂烫伤的女孩儿已经死亡。

在原始录影带的最后四秒中，我可以看到房间里那个被从水池里拖出来的女孩儿还有呼吸，她的胸腔还有起伏。如果不是有一个自己拥有超先进影音实验室的麻省理工盟友来帮我进行高分辨率像素处理，我也很容易错过这个细节。她的呼吸缓慢且轻柔，几乎无法察觉。那个女孩儿当时确实仍在呼吸。我推测水池里的那个女孩儿会被送回主教位于亚洲某地的小型监狱中，当然，前提是她真的还活着。主教在灼烧龙虾录影带里所进行的一系列行为已经展露了他扭曲的心理。显然，龙虾池是一份给那个女孩儿的礼物，一份给生存之人的礼物，并且也是一个"在主教的光辉中"生活的机会。在我看来，这是他给幸存之人的一个机会，一个让其能够伴他身旁的机会，或者成为一个于他而言特别之人的机会。这是我的解读，也是彼时 S 市之行我需要验证的理论之一。

刘和洛拉依旧与他们的线人保持着联系，继续寻找着一个痴迷于数字"20"并且称自己为"主教"的男人。没有人愿意透露任何信息。似乎主教关上了他那个世界的门，死死缝上了所有人的嘴。维拉达曾经告诉我们，雷诺也说过，他们只是一个小规模的组织，当时跟着他来到美国的只有两三个男人。考虑到神秘的龙虾池几乎无人知晓，再加上录像中那个玻璃水箱做工粗糙，我相信主教的组织规模确实非常小。他们客户的分布可能很广泛，但中心环管理运营的核心人员只会在特定时间释放出一些有限的信息。

　　飞机降落后，我坐车前往位于市中心的璞丽酒店。我那又瘦又高又安静的司机丹载着我驶过成百上千幢还未有人居住的高层公寓楼。我一路观察着这些高架桥两旁的一幢幢大楼。我要找到那个被烧伤的女孩儿，盘问她，设法使她逃脱，然后马上离开这里。

　　终于到达了璞丽酒店，我与丹确认了接下来的计划，然后入住了我事先预定的豪华套间。像妈妈曾教我的那样，我采取了所有可能的方法克服时差：我洗了澡，然后去水疗中心按摩，喝了大量的水，做了运动，之后睡了整整十二个小时。重新出现在古板安静的丹面前时，我已经焕然一新。丹将同时担任我的司机、翻译和保镖。他建议我出门时随身携带我的小包和护照，不要把任何重要的东西留在酒店里，因此我把那些东西都扔进了他的后备厢里。丹轻车熟路地开车穿过五座高耸的空楼，把我带到一座古老的村庄中。村庄里的一间间简陋的房屋隐藏在那些高耸建筑的阴影之下，仿佛一片荒芜花园中的一块块碎石。这些房子的墙壁基本都是由易碎的黏土堆砌的，有些房子的房顶上盖的甚至是茅草。这些简陋的房子之间有一栋四层楼高的混凝土建筑，我在脑中称其为"老板楼"。看着这幅景象，我没有感到特别惊讶，但我也没想到在一片空荡荡的现代居所之间会有这样一片古代生活的遗迹。这里有着人类生活的痕迹。晾衣绳上晾晒着的衣物、某间屋子外面放着的洗衣机、扔在泥土路边的各式床垫，其中一张甚至被扔在屋顶上。路上有几条流浪狗，两个穿着卡通 T 恤的男孩儿正赤着脚踢足球。

　　我的司机用手指着老板楼底层一扇黑色的门。我们简单地交换了只言片语，再一次确认之前商议的计划。

　　"这里就是你查到的那个基地。我已经在这儿监视了三天，只见过一些女人在这里进进出出。一会儿我会跟他们说你正在为你的美国老板寻找一个有烧伤的女孩儿，因为他有这方面的癖好。"丹说道。

"没问题。"

我们登上一段狭长而陡峭的楼梯，长长的红色帘子刮擦着我的头皮。丹已经到了楼梯最顶层的平台上，敲响了一扇绿色木门。我赶走了两只在我手臂周围"嗡嗡"作响的苍蝇。门开了，我们头顶飘动着的帘子打破了沉默。一股奇怪的气味传来。里面的人可能是在煮肉，但由于我目之所及尽是灰尘和污垢，我的大脑最先感知到的是一股干泥的气味。门框和布满了蜘蛛网的角落之间的一小块墙壁上画着一条龙，龙眼睛的位置上画的是数字"20"。

一名穿着条破烂红裙子的小下巴女人从刚才打开的门缝中向外张望。她朝我所在的方向瞪了一眼，接着连珠炮般向我的司机抛出了一连串问题。丹一一回答了，然后掏出一沓厚厚的钱递给她。门开得更大了，我们在她的催促声中挤了进去。女人猛地关上门，然后上了三道锁——她自以为这能保障她的安全，但那实际上毫无用处。那扇门上的锁只是一般五金店里就可以买到的滑动链条锁，随便哪个蠢货都可以一脚踹开这扇糟朽不堪的门。

锁上了那没用的锁之后，女人消失在了一条走廊的尽头。走廊两边各有几个门洞，门洞之间的墙壁上歪歪扭扭地挂着各种田野间猫咪的图画，走廊尽头的某个房间中有人在低声说着些什么。这个地方没有灯，我和丹借着从旁边那扇几乎从没擦过的窗户透进来的光线看到些东西。这间肮脏的房间里放着一张尿黄色的沙发，旁边是由约二十块废旧地毯拼接在一起的毯子。臭虫和虱子应该已经入侵了这里的地板，我在鞋子里把自己的脚趾都蜷了起来。随着我伸直腿部，我膝盖上的绑带也随之绷紧，那个当时已经只有葡萄大小的电容器戳进了我的大腿里。我表面的冷漠镇定几乎崩溃。

在有着多个门洞和各种歪歪扭扭猫咪图片的走廊尽头，我推测为龙虾池受害者的那个女孩儿从黑暗中向我们走来。她早已成年，弯着腰，像一名颓废的艺伎般缓慢地拖动着自己的脚步，刘海几乎遮住了她偷瞄我们的眼睛。女子向她的两位顾客点了点头，然后钩了钩手指让我们跟随她进入那羊肠般的走廊里，进入她的房间。走廊两边的每个门洞里都挂着条海军蓝的帘子。帘子比门洞要窄，像是被当作门来使用的，它们阻挡了我的视线。二十个门洞通往二十个小房间，走廊的两侧各十间。大部分房间是空的，只有两间房里各有一名女子，她们都躺在各自房间的地毯上。我数了数，在各个门洞之间挂着的那些歪七扭八的图片共有二十张。

那个女子带着我走进更深处一间装了扇真正的门的房间。她关上门，指了指仅有两件家具的房间里那张简陋的床，然后开始脱衣服。我顺着她的意思坐在了床上。床上方的墙上挂着二十幅太阳的画。我的翻译之前告诉过那个小下巴女人，我需要这个女子脱掉衣服向我展示她的身体，好确定她的伤疤足够满足我虚构出的那个有着可怕癖好的变态老板。女子褪下一只袖子后我便让她停下，我已经看够了。我敢肯定，她就是灼烧龙虾录影带中那个被烧伤的女孩儿。她的皮肤上有红色的灼伤痕迹、黑斑、褶皱和多处不均匀的伤口，所有这些都与化学灼伤的特征相符。

"我说英语。"我提出让丹翻译我们接下来的谈话时，女子说道。

"你叫什么名字？"我问道。

"'小糖果'？"她用疑问语气回答了我的问题，好像问我同不同意她叫"小糖果"。我不同意。

"不，你的真实姓名。"

"我没有名字。我小时候家人叫我'水桶'。但那已经是很久以前的事了。我的客人们想怎么叫我都行。"

根据奶奶曾教过我的方法，我现在可能应该先忍一忍，说些毫无效率的客套话，好顺利轻松地开始一段严肃的谈话。

"你曾经在美国被人关进一个灌满了漂白剂的池子里，是吗？"

她的背挺直了，颤抖着看向我，仿佛我是恐惧的化身。她开始朝门边走去，但我挡住了她的去路。

"我是来这儿帮你的，请坐下。"我说道，"我需要知道你被抓到龙虾池那一天发生的所有细节。"

我花了很多时间，用尽了一切我此前练习和研究的人质谈判技巧说服她。对我而言，人质谈判与使一名俘虏平静时的心理状态是相似的。在一个小时的交涉后，女子终于信任了我。我转头示意我的司机再去交些钱，再买梅兰妮一个小时。"梅兰妮"是她给自己起的英文名字，与她年幼时的名字"水桶"截然不同。

"是的，他们用那个池子烫伤了我。"她低着头，身体蜷缩着坐在床上。她赤裸的脚上有着不均匀的红色伤痕。我迫不及待地想要问出我计划要问的数十个问题，深入研究她被抓去龙虾池那一天遇到的一切琐事，了解关于龙虾池的各种细节。我需要把这些细节一个一个记录下来，并一件一件地独立验证从维拉达那里听说的所有事情。梅兰妮举起手示意我等一等，她起身走向房间里的另一件家具处，在那张三斗梳妆台前蹲了下来，从底部的抽屉里拿出一块黑布，将其握紧在手中，随后站起身向我走来。

看着她紧握的拳头，我意识到她想让我把自己的手张开。我照做了，她将黑布放在了我手中。原本团成一团的黑布徐徐展开，伸展着自己的尼龙纤维。

她给我的是一个透光的黑色面罩，和录像里主教戴的那个一模一样。直觉让我看向面罩里面。满是网眼的尼龙织物就像一面筛子，我看到了几根钩在上面的毛发。

"这是那个烧伤你的男人的面罩？"

"他有很多个面罩。他把这个留在这里，他来的时候会用。"

"他会来这里？"

"是的。"

"他住在哪里？"

"不知道。"

"他什么时候会来？"

"任何时候，他想来就来。"

"他的所有面罩都是尼龙材质的吗？"

"我觉得是的。"

我用手揉了揉手中的面罩，记住了它那廉价人造材料的质感。我暗自考虑着要不要在印第安纳州的实验室中测试其可燃性。

"他随时可能出现吗？现在也有可能？"我问道。

"是的。"

"你得跟我走。我可以把你藏在某个地方，给你请一个移民律师，让你得到保护。我们现在就必须马上离开。"

我手中仍然拿着面罩。她没有回答。

"你为什么想知道龙虾池那天的细节？"她低头看着地面，烦躁不安地摆弄着手指。她坐回床边，仍然低着头。

"如果我能弄清楚你所记得的每个细节，也许我就能救出其他女孩儿。"我回答道。

她蓦地抬起头凝视着我，不再摆弄自己的手指。

"他称自己为'主教'，对吗？"我问道。

"他说他是世间最杰出、最高等的生命。"

"一旦到了安全的地方，我们就可以进行更深入的交流。现在赶紧整理好你的物品。"

她的嘴唇颤抖着，似乎有一些话想要说。就在我以为她马上就要同意我的提案时，丹在外面拍打起房门，让我马上开门。

"我们现在必须离开，这里的主人马上要来了。刚才开门的那个女人给他打了电话，告诉他你正在这里找他的'骄傲'。我听到她在打电话，但没能阻止她。"

"你们得走了！"梅兰妮说着从她的床上跳了下来，快步绕过我走向门口，"如果他们把你弄进监狱，你就永远没法离开了。主教认识某些腐败的警察，使馆出手也无济于事。快走！我不能和你一起走，如果我走了，他们就会杀掉这里所有其他女孩儿。我就是他口中的那个'骄傲'，他曾说我是让这间房子里的人活着的'纽带'。他就是个疯子。"

"梅兰妮，我在走廊的房间里看到了另外两个女孩儿。我们可以带着她们也一起走。"

"你不明白。除了我和负责开门的那个老巫婆，这房子里一共有二十个女孩儿。二十个女孩儿每天轮流去城区接客。我每天晚上都要在这里把她们的视频发给主教，还必须在视频中帮他数好钱。如果我不这么做，他就会过来把所有人都杀了。这是他的规定。那两个女孩儿在这里只是因为今天没有活儿。"

我尽可能地深吸了一口气。俯视着梅兰妮，我发现自己别无选择："我会回来的，梅兰妮。我一定会带你出去，到时我们再谈。"

梅兰妮先行走出她的房间，然后丹和我跟在她后面回到走廊上。她在那两个女孩儿的门洞上各敲了一下，大概是在告诉她们不要动。我们经过时从门帘掀起的缝隙中看到了那两个女孩儿，她们像是凝固在了自己的地毯上一般。梅兰妮朝着那个给主教打电话的小下巴女人大喊大叫起来，握紧拳头向她猛击过去。小下巴女人瑟缩成了一团，我相信我听到她在一遍又一遍地说着"对不起"。

"她就是个蠢货。我会告诉主教她是个脑袋不清楚的贱人，告诉他这个女人赶走了我好端端的客人。他不会知道你来过这儿。你们快走，现在马上就走。"

第十三章

海外之行（下篇）

我和丹飞速走出走廊，我感到自己身体里肾上腺素水平飙升。没等我关好车门，丹就已经踩下了油门儿，加速逃离这个村庄。

"我要仔细看一下那栋建筑！"我对他大喊道。

他没有回应。

我们在空荡荡的建筑之间穿行、转弯、加速。丹检查了一下后视镜，说了声"没有异常"，然后没有任何警告地向左急转弯，随后突然减速至几乎是爬行一般的速度。我们以每小时两英里的速度驶过了几个街区。坐在低矮后排座位上的我已经晕头转向，完全不清楚我们要前往哪里。丹停了车。

"坐在这儿，"他说道，"保持现在的高度，坐好别动。"

丹下了车，我听到他在推或拉某种金属制品，然后一阵轻微的金属碰撞声传来。他跳回车里，将手臂搭在副驾座椅的靠背上，回头向后面张望。丹倒车驶下了一个坡道。我们的车开向低处，光线变得越发昏暗。

"我们现在在那个村庄对面的一幢楼里。我们得去高处观察那个村子。我有瞄准镜。这些无人建筑外面都有电子控制面板，可以让人从外面进入，楼梯间的锁也可以破解。当然，电梯都还没通电。"

"很好。我们走吧。"他这么快就制订了这样一个出色的计划，我默默决定要付给丹双倍报酬。

我在车上等待着。丹用大楼内部的控制面板关闭了车库门，随后又破解了楼梯间的门锁。他把一个巨大的黑包和我那个装着签证护照的随身旅行包从后备厢里拿出来，之后把我的包递给我。

"爬到二十层就能到达我的歇脚处了。"

"你的歇脚处？"

"你以为过去的三天我是在哪里进行监视的？"

我决定给丹三倍的报酬。

到了二十层，我跟着丹穿过那些迷宫般的过道。楼里没有任何照明设备，各种电线从石膏墙中露出来，一些房间和某些区域的入口被塑料板遮挡了起来。

"这栋楼还要很久才能完工。"丹说道，"但我觉得他们根本不打算盖好这栋楼。过来，在这里。"

丹带着我走进了某个区域，也许添上几道墙后这里就会变成一间公寓。他轻松地组装了一把 0.50 英寸口径的步枪，插入弹匣，并将步枪的两脚架放在窗台上。丹调整了一下他的瞄准镜，找到了目标，接着为我组装了第二个瞄准镜。

"你用这个。"他指着我的那个瞄准镜说道，"我们从这里观察他们。不用担心，这里的窗户从外面看是黑色的，没有人能看到我们。"

丹坐在了地上，从他的黑包里拿了两瓶水出来。他把一瓶放在我旁边，另一瓶放在他自己旁边，然后补充道："我带的一些能量棒可以充饥。想上厕所的话可以上楼随便挑一个角落。我会去楼下。这很糟糕，但我们不能在这里随意进进出出。"

"了解。"我喜欢丹言简意赅的说话方式。

他不再多说，我们俩都开始盯着自己的瞄准镜。我留意着手表上的指针。四十二分钟后，一辆黑色 SUV 在老板楼旁边停了下来。一个身材高大、头上戴着黑色面罩的男人从车里走出来。主教。他直奔老板楼的楼梯间，司机则在 SUV 里等待。

经过了这么多年对录影带的研究，我曾一度怀疑主教是否真的存在，一度认为也许他只不过是电影里的一个角色。但我在空荡的大楼中亲眼看见了他从那辆 SUV 中走出来，这证实了他的存在。

"那是主教。"我对丹说道。

"我们离开得太匆忙了，我们本来可以在那里再待一会儿。市区和周围的交通状况都十分恶劣，他到这里花了差不多一个小时，我一点儿都不觉得惊讶。"

"我们应该好好观察，然后做好计划。"

"为什么要费那些事？"丹朝着扳机点了点头，"两枪，很简单。一枪给玻璃窗，一枪给他。"

我想起了所有远在美国的玻璃切割和粉碎设备，想起了我在水池练习房里进行过的所有实验和犯过的所有错误。即使知道玻璃的类型和厚度，即便我能够随身携带专业设备，即便我在水池中行动受限时依然能够保持压力恒定，每次切割一面竖立的玻璃面板的结果也并不一致，而且不能保证每次都成功。我看了一眼丹那长长的步枪，虽然我欣赏子弹的纯粹和高效，但我不喜欢用枪支粗暴地解决问题的想法，也不喜欢我们要杀死我的最终目标这一事实。

我一边继续用瞄准镜观察着情况，一边说道："他得活着，这样我才能把他和在美国的其他人一起抓起来。现在我们还不能杀他。即便我们现在杀了他，其他败类也会取代他的位置，我会失去将他们一网打尽的机会。"

"了解。"丹回答道。我们继续查看情况。

主教在老板楼里待了三十二分又十五秒。再次出现在楼梯间底部时，他没有环顾四周，没有抬头张望，也没有露出任何怀疑的迹象。他钻进 SUV 然后离开了。

"接下来要做什么？"丹问道。

"像梅兰妮说的那样，注意一下今晚回来的其他女孩儿是什么情况。明天再观察一天，确认她们的行动模式，然后制订计划。"

"我知道她们的行动模式。她们会在午夜坐一辆巴士回来,第二天早上八点大多数人会乘坐同一辆巴士离开。巴士会停在那里一整夜。我不知道白天这辆巴士在哪里。"

"我需要自己验证。"

"所以我们要继续观察。"

"是的。"

事实和丹说的一模一样。当天晚上,一辆老旧的小型蓝色巴士在午夜时分开进村庄,整夜都停在老板楼后面,司机则睡在车上。第二天清晨,巴士司机在车子后面解了一次小便,早上八点载着女孩儿们离开,午夜再次返回,周而复始。我从没看到过梅兰妮或小下巴女人离开老板楼。监视期间我打了几通电话,同时丹和我精心制订了一个计划。第三天的凌晨三点钟,整个小村庄都已安静入眠,我面向丹的方向站好。

"准备好了?"

"好了。"

他把车钥匙扔给我。

我将我们的瞄准镜、喝空的水瓶和能量棒包装纸收好,然后检查自己跑鞋的鞋带是否系好,丹也整理好他身上的衣服。我们如同周围的空气一般安静地溜下二十层楼。在丹再次破解车库门的控制器时,我在地下停车场的阴影中静待着。我将旅行随身包和护照放在后备厢中锁好,把钥匙藏在后车轮旁边的暗格内。丹这次把车库门打开后没有再将其关闭,并把车留在了里面。

趁着夜色,我们轻手轻脚地溜进了老板楼。我用简单的撬锁技巧打开了那扇黑色的门,然后独自进入了那栋建筑。丹绕到楼后,按计划去了那辆巴士所在的位置,把已经睡着的司机绑起来藏在某个地方,然后取代了他的位置。

我小心谨慎地爬上楼梯,同时留意着楼内的女子有无醒来的迹象。没有任何声响。我一边向上攀爬,一边将胳膊伸展开摸索着楼梯两侧

的墙壁。楼梯的宽度极为狭窄，我的手臂都无法完全展开。楼梯顶部
那些悬挂在高高的天花板上的帘子再次刮擦着我的头顶。我将丹给我
的一小块薄薄的金属板插到门缝中，然后用力滑动撬开了那些愚蠢
的门锁和门链。我进入老板楼后行动的第一步是剪断厨房里小下巴女
人用来给主教报信的那台电话的电话线，第二步则是在没有任何女人
注意到我的情况下找到梅兰妮。

我走向厨房。这整个地方仍然充斥着一股烹煮肉类的味道，对我
来说则是干泥味。

我很走运，马上就找到了电话；同时我也很不走运，那个小下巴
女人醒了过来。她呆呆地站在水槽旁边，盯着我。我先行出击，用胳
膊锁住她，同时从口袋里掏出手绢勒住她的嘴，然后在她脑袋后面紧
紧地系上一个结。我用肘部重击她头骨上最脆弱的地方，将她击昏，
在她颓然倒地之前将她托住。把她拖进厨房的壁橱里之后，我用丹给
我的快速扎带将她的手绑在背后，双脚也同样。我将一把厨房椅塞在
壁橱的门把手下面，这样她便无法从里面逃脱。之后，我蹑手蹑脚地
朝着那条歪七扭八地挂着二十张猫图片的走廊走去，随手从水槽里抓
了一把砍肉刀，一刀切开了电话线。

进入走廊，我把刀放在旁边的一个柜台上。我感觉有人在看着我。
抬起头，我看到梅兰妮一动不动地站在走廊尽头她那间囚室门旁的一
束灯光下。下一秒钟，她似一道鬼魅白影般快速闪回屋子里。她裸露
在外的脚上布满了烧伤留下的喷溅状红斑，她的手臂、脖子、下巴上
也全是相似的红斑。

难道她是一个幽灵吗？这太不现实了。她不可能是幽灵。

她举起一根手指放在嘴边，示意我不要出声。我走向走廊深处，
没有任何一个女人的房间里有动静。我进入了梅兰妮的房间，她关上
了门。

"我一直在等你。"她说道。

"我的司机会将所有女人都带到我安排的一个安全的地方。一旦

她们上了巴士并安全离开，你和我就开另外一辆车去那里，这样我们可以在路上谈一谈。做好准备。我们现在就得离开。"

"离她们醒来还有很长时间。我们现在就可以谈，以防一些意料之外的问题发生。"

"或者我们也可以现在就叫醒她们，让她们上车。赶紧走。"

"行不通的。得让她们毫无怀疑地上车。按理说她们不应该有手机，但我认为其中有些人是有的。有些人可能会陷入恐慌，有些可能会联系主教。我们可以先把她们送到安全的地方，那些还想继续这种生活的人可以选择回来。大多数其他人只需要一个离开的机会。"

我并不喜欢这个计划，但是我考虑过她说的这些风险。某几个女人的恐慌情绪和她们偷偷带在身上的手机都可能让我们的计划前功尽弃。她们一直留在这里不单单是因为物理上的拘禁，我相信她们有着精神上的问题。她们认为自己别无选择，恐惧被深深埋进了她们每个人心中。她们认为自己逃离会导致其他人被杀。

精神枷锁。

我不得不同意梅兰妮的说法，让她们在毫无疑虑的情况下登上那辆巴士才是最好的办法。

"屋子前头那个贱人呢？你已经处理好了？"她问道。

我点了点头："我得再加强一下措施。你有安眠药吗？"

她在梳妆台最上层的抽屉里面翻找了一番，随后转身递给我一瓶三唑仑片。这是一种治疗失眠症的强效安眠药。

"我从黑市里搞到的。一片就能让我昏睡几个小时。给那贱人吃三片。"

把压碎的药片放在那小下巴女人的舌头上并等它溶解后，我用梅兰妮给我的一把钥匙把厨房的壁橱锁好，然后把椅子放回了厨房的桌子边上。一切都恢复了平时的模样。

在这肮脏的贼窝里，在那尿黄色的沙发、由二十张废料拼接到一起的地毯和从未清洗过的窗户边，我遇到了梅兰妮。同样是在这里，在凌晨的三点三十分，所有人都仍在睡梦中时，梅兰妮向我讲述了她的人生，其中许多重要的细节让我感到惊讶无比。她的轻声细语令我不得不将耳朵凑近她的嘴边，近到她的嘴唇几乎能触碰到我的耳朵。她一边叙述，一边将一份她方才从房间里带出来的文件卷好。

梅兰妮在一间破烂的棚屋中长大。来到世上的第五天，她的爸爸试图将她淹死在一桶洗拖把的脏水中，但梅兰妮的奶奶认为他傻极了。那老太婆认为他们可以等梅兰妮年纪足够大，并且可以自己照顾自己时把她卖给人贩子。梅兰妮八岁时他们将她以 80.99 美元的价格卖掉了。在被卖掉前，梅兰妮每天都要听他们讲述一遍她如何出生又如何差点儿被溺死的事。作为这个事实的象征物，那个洗拖把的水桶总是被挂在破屋子里那个潮湿水槽边一枚生锈的钉子上。"水桶。"他们会指指水桶，然后再指指梅兰妮，"你没比那水桶强多少。你就是一个水桶。"

梅兰妮离开了那间她从未离开过的破烂屋子，进了一辆黑色 SUV。车子带着她四处行驶了几个小时，最终进入了一座有着围栏和守卫的院落中。一个男人拽着她的头发把她拖到一间棚子里，那里有两个男人等待着她。一个男人把她压住，另一个男人断断续续地说道："我是你的主教。你是我的。现在。你必须。学习英语。等你。十五岁。你会去。美国。赚钱。跟我们。最伟大的客户一起！如果他们拒绝你。你必须通过。一项伟大的测试。我正在设计。如果通过测试。我会让你。作为我的。'骄傲'。回到这里生活。你会生活在。主教的光辉中。"那个男人说话的方式正和"灼烧龙虾"录影带里的主教一样，

我的理论得到了验证。

十五岁之前，梅兰妮一直住在院落的地下室中。她被要求学习英语，同时还要缝制那些要由男孩儿们带去 S 市街头卖给游客的刺绣连衣裙。她缝制的每条裙子上都有一朵向日葵，二十枚花瓣，一瓣不多，

一瓣不少。到了晚上，主教会强奸她或其他被关在地下室的女孩儿中的一个。地下室里关押的女孩儿总是不到十五岁，总是二十个。

一开始，我认为梅兰妮的童年背景与我此次飞往 S 市想要获取的信息并无关系。我想要了解的是梅兰妮进入龙虾池的那一天所做过的一切动作，她所观察到的每一个场景和听到的所有声音，但我依然任由梅兰妮沉浸在她的过去之中。正如我从之前与她的所有谈话中所得出的结论，从来没有人可以让她有机会如此坦率地谈论她的身世。即使我像奶奶说的那样"没有体会能力"，但我记得奶奶告诉过我不要随意打扰身陷情绪之中的人。因此我没有打断梅兰妮。她说得越多，她受到的那些不公平待遇就越发干扰我的执行能力。她描述中的那些毫无意义的野蛮行径令我忍不住又陷了自己被囚禁时感受到的仇恨之中，但那与梅兰妮的遭遇相比完全不值一提。随着梅兰妮的进一步叙述，我打开了仇恨的开关，对多萝西的忠诚和热爱在我脑海中闪过，我的计划现在有了更多的意义。那个我为之历尽千辛万苦的计划已经不仅仅以我的顺利逃脱和为多萝西复仇为目的，它象征着一些更宏伟的东西。我的计划是为了所有的"多萝西"们，为了所有的"梅兰妮"们。

"主教跟我说过，我是他的'骄傲'们当中第一个去参加他的水池测试的，如果我通过了，我就能活着。"她如此说道。身世已经讲完，她不再卷动手中的纸卷。她的声音不再沙哑而是时不时变得尖锐，语气中充满了愤怒。她方才的这句话尤其刺耳，它在我脑中回荡着。梅兰妮的这句话证实了维拉达所说之事的一个关键部分：主教是龙虾池的设计者，那是属于他的。

我示意梅兰妮继续，试图让她顺势说下去。我听到将要醒来的女人们发出的动静。梅兰妮现在不需要再看着我以获取说话的勇气了。她凝视着前方，以一种令人厌恶的波澜不惊说道："主教说过另一个女孩儿会获得机会进入他的特殊水池，但是要等到二十年之后。他每天都会对我说：'20 的力量会让你得到自由，孩子。'一切都与'20'有关。他的背上文着'20'，连切面包他也要切成二十片。"她说的这些证实了雷诺和维拉达关于二十年的警告，但这些仍然让我感到困惑。尽管有了这些证据，但我还是不信任维拉达。梅兰妮的口述以及我在老板楼中看到的所有二十个一组的物品和图片让我得出了一个结论：主教有着关于数字"20"的极度强迫症，同时伴有疯子一般的迷信。他制订这个变态计划的原因我不能断定，那最好留给宗教学家和哲学家来解释。作为一名科学家，我需要梅兰妮专注于解答那几个关键问题：我能够知道什么？我应该如何知道？

现在那些女人肯定醒来了，我可以听到这里唯一一间浴室的门被打开又关上的声音。梅兰妮站着，手中仍然拿着她的纸卷。她走到大厅的尽头，对正在从一间间小小囚房里出来的女人们说话。

"厨房里那个女人今天不做早餐了，她生病了。你们马上准备好，赶紧上车，去市区里吃饭。不要来烦我。我正在接待一个有钱的美国新客户，我们在这儿聊天儿。今天没有人可以休息，所有人都必须坐车去市里。"她说道。

"梅兰妮，我们得快点儿了。"她回到沙发这边时，我催促道，"你带好你要带的所有东西了吗？"

她没有回答，只是盯着手中的纸卷。梅兰妮并没有积极响应我的要求，但她还是开口继续对我说道："在龙虾池那天来临之前的每一天，主教曾告诉我测试的每一步会是什么样。之后的事情完全按照他计划的那样发生了。他说测试永远都会是一样的，他说仪式是通往至高无上的关键。我把这些都写在纸上了，给你。"她把纸卷递给我。纸卷湿湿的，这时我才注意到一层汗水覆盖在梅兰妮瘦骨嶙峋的身体上。

"你发烧了吗？"我问。

"我只是紧张。"

"这些纸上写着你去龙虾池那天的所有细节？"

"那是我'死去'的那天。我全部写下来了，我永远不会忘记那些。你可以利用它，利用这些去救那些你提到过的其他女孩儿。"

沉默了片刻，我看着梅兰妮说道："那条龙是什么意思？那是某种邪教吗？"

"不是。主教是白人。他的父母从美国来到这里开了间鞋子工厂。主教是个有钱人，他戴面罩是为了遮住脸上的灼伤。主教小时候遭遇了一场火灾，他的父母和大部分家人死了，他自己则被留在了这里的孤儿院。他脸上伤疤太多，所以没人收养他。那座孤儿院里有二十个龙形的玩具，负责的女人每天都会让他用漂白剂清洁地板。他说那些玩具是他仅有的朋友。这里的女孩儿听这个故事很多次了。他父母在美国给他留下了钱和一座老房子，钱好像给他留在了信投？还是信坨？"

"你是说信托？"

"大概吧。所以他一成年就有了钱。那就是一切的开始。"

一个耸着肩的女人出现在客厅里，她穿着一件廉价的蕾丝连衣裙，看起来体重大概只有八十磅。

"就像我说的那样，从下周开始，我可以给你老板弄三个女孩儿轮班。现在我们谈谈价格。"梅兰妮巧妙地改变了话题，她并没有抬头看那个女人。

我理解了她的暗示，她要我顺着她的话题继续。"我想先了解下三个女孩儿要多少钱。"我附和道。

梅兰妮突然把头转向刚才出现的那个女人，冲她大喊道："你现在马上上车！别在这里冒犯我的客户！"

女人转过身，颤抖着走下了楼梯。

"她会听我的话，她们都会上车。"

正如梅兰妮所说的那样，穿着几乎透明的薄蕾丝衣服的女人们全都默默地走出屋子，下楼，没有看我和梅兰妮所在的小房间一眼。我和梅兰妮继续假装谈论着我将聘请三个女孩儿为我那虚构的浑蛋老板服务的事，她们则一个接一个低着头走下楼去。

"已经这么多年了。"最后一个女人离开后，梅兰妮眼含热泪看向我，她的声音沙哑了，"这么多年来，我必须对她们大喊大叫，伤害她们，惩罚她们。不这样的话他就会杀死她们。请你也救救我的女孩儿们。"

"将要拯救她们的是你。"我回答道。在我们相遇后的短暂时光里，这是我第一次看见梅兰妮抽泣到身子颤抖。我认为她甚至比洛拉还要坚强。我们从窗户望下去，女人们一个接一个登上了巴士。丹会告诉女人们，之前的司机因为在夜间违反了主教的规定而被换掉了。由于他是 S 市本地人，而且有着完美的当地口音，我认为她们能相信他的说辞。如果她们有手机，丹还会让她们把手机上交，放在一个篮子里。我相信他能编造一些令人信服的理由。我不知道丹把原来的司机藏在了哪里，我并不在乎。我相信他会处理妥当。

巴士开走了，驶向我通过自己的一些渠道安排的那个安全场所，丹也知道那个地方。

"来吧，梅兰妮。是时候出发了。"我说道。

梅兰妮开始收拾自己的东西，而我则把那个小下巴女人从上锁的壁橱里拖了出来，割断了她手脚上的系带，然后把她放在那张黄色沙发上。我喂给她的药片足以让她昏迷一整个白天。梅兰妮出现了，在沙发旁的地板上给那个女人留下了一张手写便条。梅兰妮告诉我她写的内容是："贱人，赶紧跑。我们已经逃了。"

我们开始往那狭窄的楼梯走去，我手中紧紧攥着梅兰妮写满她在龙虾池经历的纸卷。我走在前面，梅兰妮跟在我身后。走到楼梯下，我停下等待梅兰妮跟上。她并没有动，仍然停留在楼梯上，用手指在墙上刮来刮去。

"快点儿。"我催促着。

"我从来没走下过这段楼梯。"她哭泣着说道。

"别哭了。抓紧时间。"

她没有停止哭泣，亦没有加快脚步。

我听到外面传来了一阵"隆隆"声和车轮与地面的摩擦声，声音越来越近。我转身看向左侧，一辆SUV正穿梭在那些该死的高楼中，不断向我们靠近。"隆隆"作响的声音来自我的右侧，我转过头，看到另一辆SUV从那个方向驶来。他们加速从两侧快速逼近，即将把我们包围。我们前方是丹和我逗留了好几天的那幢高楼，后面是老板楼和村庄里的一些棚屋，再后面就只有一片无穷无尽的平坦土地，而那片土地上只有绵延数英里的泥土。梅兰妮还在楼梯上踌躇不前，陷入了效率低下的恍惚之中。

他妈的。

现在我们唯一的选择就是尽快回到老板楼中，尽量多留下一些路障，占据高位，从而争取几分钟时间。我掉转方向推着梅兰妮转过身去，迫使她爬回那满是肉味的狭窄楼梯间。

上楼的过程中梅兰妮被绊倒了两次，我们并没能走多远。在梅兰妮身后的我听到主教的声音从我们身后的楼梯底部传来。他进来了，我浑身紧绷。

"停下！现在！你！停下！"主教大喊道。

"梅兰妮，快走，赶紧爬上去！"我推着她的背催促道，"拿着这些。藏起来。"我把纸卷递给她。

主教冲上了楼梯，但我没有转身查看。梅兰妮距离楼梯顶部还有两步之遥。我像早晨时做过的那样将手臂展开，手掌贴在狭窄楼梯的两面墙壁上，然后两臂用力撑住墙壁向上起跳。我想撑着墙壁手脚并用地跑酷般跳进帘子上方的空间，但是起跳到一半，正准备把双腿劈开时，我的腿被主教一把抓住，我整个人摔向楼梯。幸好我及时把手撑在了台阶上，不然我的脸就摔烂了。楼梯上方的梅兰妮发出了尖叫，她已经退回到了楼梯顶部。

绑在我大腿上的电容器狠狠地插进了我的皮肤和肌肉中，似乎已经撞到了我的骨头。瘀伤大概会蔓延到我整条大腿。

"你。去抓她。我在这里。处理她。"主教对另一个男人说道，我能听到那个男人爬楼梯的脚步声。

主教用膝盖抵住我的背部，把我压在楼梯上。他强壮的手臂夹住我的脖子，然后用另一只手抓住并固定住了我的双臂。我估计主教的体重有三百磅，他身上全是肌肉，手的大小估计和一个瓷盘差不多。

我没有看到主教的脸，也没有见到他戴的那个黑色面罩，但我还是通过声音认出了他。那种节奏和音色与我这些年间反复观看的录影带中的声音一模一样。他的声音甚至比指纹更有辨识度。

他压制着我把我推到楼梯的一侧，让另一个男人从旁边挤过去抓梅兰妮。

"快跑，梅兰妮。快走！锁上你的门！"我希望她能把那些笔记藏在床垫里。

"他妈的！闭上！你的嘴！你这婊子！"主教怒吼道，他依旧按着我。他松开了我的脖子，转而抓住了我的一把头发。我还在思考他下一步可能采取的动作，他的另一只手就松开了我的手臂。我毫不犹豫地将一只手掌抵在台阶上，扭身向后试图用另一只手打向他的膝弯，希望能够打破他的平衡，让他从楼梯上摔下去。但在松开控制着我双臂的手的同时，主教迅速抽出一把刀，将其抵在我的脖子上，就在他握住我那把头发的下方。

"你敢动。我就割。"他说道。

他把刀抵在那儿，我停下了动作，思考着下一步该如何行动。

他玩儿了一套恶心的把戏。我没有动，但他还是下刀了。因为他手中抓着我的头发，我绷紧的头皮被他揭走了几乎两平方英寸。

刺痛袭来，血流如注。血流顺着我的脊椎流下，我觉得自己的脖子仿佛在燃烧。我试图伸手止血。主教只有一只脚在楼梯上站着，另一条腿的膝盖则抵在我的后背上。我用力推着台阶向后发力，将他整个人向后推，再次试图使他失去平衡。

他纹丝不动。

我再次发力。

"我的。女孩儿们。在。哪里？你这个婊子！"

丹逃出去了。

"你把。她们的手机。放在哪儿了？"

丹拿走了她们所有人的手机。他会把它们都摧毁扔掉，防止被追踪。

我再次试图推动他。主教依旧纹丝不动，他越发用力地用膝盖抵住我的脊椎。血从我头上的伤口流下，顺着我的脖子一直流到台阶和我的脸上。疼痛迅速蔓延到我全身。

"司机没有。用短信。向我。报备。他在哪里？！"

原来是这件事惊动了他。

主教大喊出最后这一句话，随着情绪逐渐失控，他的膝盖微微松动了一点儿。我再次发力，他的身体失去平衡，倒向踩在楼梯上的那只脚的方向。我趁机扭动身体从他的膝盖下方滚了出来。我挺直身体滑下剩余的台阶。落到底部后，我往前翻身，顺势翻了个跟头。抬起头，我发现自己正处在两辆停着的 SUV 中间，它们车头上的两个大护栏彼此相对。其中一辆车上有一名司机。

"踩油门儿！"主教大喊着出现在我身后。

我已经没有时间跑出这两辆车之间的陷阱了，司机离我仅有五英尺远。我全力跳起以避免被那两个大护栏夹成纸片。我成功了一大半，但那辆 SUV 停下时我的右腿还是被夹在了两个护栏中间。

我没法儿把它拔出来。我被困住了。

我把手分别撑在两辆 SUV 的引擎盖上扭动着身体，主教正向我慢慢走来。他的身形像录影带中那般高大，脸上戴着黑色面罩。我看不到梅兰妮说的大火在他脸上留下的疤痕，不仅因为他戴着面罩，清晨刺眼的阳光和散布在我们周围的烟雾也阻挡了我的视线。

"我的。女孩儿们。在。哪里？"

我对他微笑。

主教在我面前停了下来。他歪着头，似乎在打量我的脸，然后大笑起来。他走近一点儿，向司机的方向微微抬头示意他倒车。司机照做了。正当我的腿要被松开、我整个人将要倒下时，主教抓住了我的腿旋即一扭，让我背部朝下摔了下去。他放开我的腿，然后向我扑来，将几乎全身的重量都压在我身上，然后将我的手臂牢牢压在我的头顶上方。他的一系列动作顺畅得像个专业人士。我躺在地上，双腿被压制住了，我无法弹起。

"把撬胎棒。给我！"他对司机大喊。我听见司机打开车门的声音。主教俯身靠近我的脸，那黑色的面罩碰到了我的鼻子。他又开始大笑。"你。就是只。小虫子。这些年。我一直。能收到。你的照片。你是。我的礼物。不久后。你就会。被运送到。我那里。然后。进龙虾池。"

我是礼物？要被运送？这跟他给我贴的标签有什么区别？但是他证实了我是下一个进龙虾池的人选。

他的呼吸透过网孔渗了出来。味道很浓，像垃圾堆散发的恶臭。

一双靴子踩在我脑袋旁边。

"我会。让她站起来。你来。抓住她的手臂。抓着她。别动。"主教对刚出现的司机命令道。司机带来了主教方才要的撬胎棒并把它放在了他的脚边。他们把我拽起来，司机紧紧抓住我，主教狠狠地一脚砸踩在了我左脚上，我被牢牢地钉在地上，动弹不得。主教弯下腰，拿起撬胎棒，像顺着我的身体向上滑动般缓缓抬起他那巨大的身躯。他的皮肤与身上散发出的恶臭离我身体那么近，我们就像两个正在舞动的慢舞爱好者。他再次朝着我的脸吐气。我一阵反胃。

"我要把。虫子。关在。笼子里。"他说。

主教转动身体向后退了一步，但仍将一只脚踩在我的左脚上。他举起撬胎棒，然后猛地击打在我的右脚上。我穿的鞋子并没有能够起到什么缓冲作用。他再次猛击，之后又一次。我看到他的嘴唇的动作，他是在计数："三。"我发觉他准备击打我的右脚二十次。梅兰妮的尖叫声突然从老板楼四层的窗户中传来。

主教的手停在半空中。梅兰妮的尖叫似警笛声一般响亮，我们两个都抬头看向她。

她犹如鬼魂般站在敞开的窗户边，她身上白色衣裙那半透明的布料随风飘扬着。我可以看出她内衣下面那些纸卷的形状。我能看出来是因为我知道纸卷的存在，但同时我也担心主教会发现它。梅兰妮以头朝下的姿势跳出了四层的窗户。根据楼层的高度和她的运动轨迹，我算出她完全着陆之前就会因撞击折断颈椎而死。

整个过程中我一直屏住呼吸。我咬紧牙关，绷紧身上的每一块肌肉，把注意力集中在头顶上方的一个小光点处。这是萨吉教我的一种被人折磨时应采取的忍耐手段，这可以避免情绪冲垮我的理智，从而让我可以专注地打开"战斗"的开关。胆汁涌上我的喉咙，汗水覆盖了我的全身。我感受着脚上的疼痛，看到了梅兰妮脖子折断时的景象。我所能做的全部就只有把注意力集中在那光点之上。

我将以最残忍的方式杀死主教。他将被抹杀。不留一根纤维。我要将他挫骨扬灰。将他的残骸从世上抹去。归零。

主教把脚挪开，趔趔趄趄地向后退了几步，大口喘着粗气走向梅兰妮。梅兰妮的脖子撞在坚硬的地面上时折断了，那个声音永远都不会被忘却。

主教蹲在她身边，然后转身看向我。我仍然被他的司机固定在原地。我准备采取一些自卫技巧中的抽身动作，但在行动前我必须等待几秒钟，好让我那受到重创的脚上那非同寻常的疼痛淡去。

"你杀死了。我的骄傲。"主教对我说道。他用手指着梅兰妮白色的衣裙，微微掀起裙子的下摆，然后开始将它向上卷起。从我的角度看过去，他的目标似乎是那些笔记。我正打算从司机手中逃脱去阻止主教，负责在老板楼里追捕梅兰妮的人出现在楼梯间底部，并表示他们必须尽快离开。我不能确定他们为什么必须离开。我猜他们并没有把所有的 S 市警察都收归麾下。抓着我的司机一把将我推倒。我注意到村庄里没有一个居民前来查看或试图帮忙。

在开车离开前，主教摇下他那侧的车窗，对我说道："我会。再次见到你。不用几年。你会被。烧死。在池中。虫子。"他们飞驰离开。

你会哭着让我饶过你。你会求我放过你，而我只会动一动手指，让你的痛苦再上一层。

我跛着脚把梅兰妮那破碎而满是鲜血的瘦小身体拖回到那狭窄的楼梯上。她的身体很轻，很轻很轻。我把她拖回了那个挂着二十幅歪七扭八猫咪图画的走廊，取出了梅兰妮的笔记，并将一张白色的床单盖在她的身体上。我默默站在那儿看着她。过了整整四分钟，床单没有任何起伏。四分钟是一般人类平均屏气时间的整整两倍。我在那间小小的卫生间里找到一瓶过氧化氢，往自己头部的伤口上倒了一些，然后咬住一块毛巾以缓解随之而来的疼痛，之后用在厨房水槽下面发现的胶带将半块毛巾用力贴在伤口上。我在橱柜里找到一卷弹性绷带，用它一圈又一圈地裹住自己的右脚，但我没有勇气查看自己右脚的情况。我从一个女人的隔间里偷了一双大得足以装下我被包扎过的右脚的简易拖鞋，打算拖着我的伤脚启程回国。做完所有这些事情总共花费了我整整十五分钟，时间太久，风险也太高了。到了这个时候，村庄里肯定有人已经报警了。

我瘸着脚走出老板楼，回到之前待过的那幢高楼处找到丹藏在那里的车，最后总算是在警察出现之前得以开车离开。也许警察根本就不会来。也许地球上根本没人关心这座人间炼狱。

我不会在这里进行治疗，我巴不得快点儿离开。在这里继续战斗是没有任何意义的，追踪主教驱车离开后去了哪里同样没有意义。我在这里待得越久，我的健康遭到损害和被监禁的风险就越高。我直接开车去了机场，坐上最近一架离开的飞机。约十小时后，我乘坐的飞机降落在了伦敦。着陆之前，我已经在飞行中喝了十杯伏特加，并服下了为极端情况准备的维柯丁来缓解我脚部、头部和大腿上的疼痛。在洗手间脱鞋查看后，我发现我右脚那几乎被全部砸碎的第二趾已经开始缺血性坏死，同样的情况也出现在了第三趾的顶部。我右脚第二趾比拇指要长，这是基因决定的。两处变黑部分的周围呈红色，这说明它们已经被感染，败血症发生的风险很高。情况严峻，刻不容缓，我直接去了伦敦一家医院的急诊室。我要求医生采取最激进的急救治疗方法，外科医生建议我彻底切除那粉碎且坏死了的右脚二趾和三趾顶端，因为已经没有办法挽救它们，我同意了。医生给我挂了一袋抗生素，等待输液结束期间，我给麻省理工曾教过我的一位专攻生物力学工程领域的教授打了个电话。

至于我的头皮，伦敦的护士用了类固醇、抗生素和一个冰袋为我进行治疗。我的头部还被冰敷着，我的大脑就开始考虑起了我计划的进化版。我又读了一遍梅兰妮笔记的相关部分，试图在那像剧本般分成一幕又一幕的文字中找到有用的信息：

死亡之日，他们给我穿上了宽袖的红色长袍。

我必须穿这件长袍走着去水池。

在一间房间里，把我们打扮漂亮，那里没有窗户，那是一个地下室。我和另外一个女孩儿坐在一起。她是他强奸、杀掉的另一个女孩儿。

在去水池之前，我们要吃最后一餐。我们可以自己挑选食物。

我整天都和那个女孩儿在一起。我和她一起吃了饭。主教说要我们建立联系。

根据梅兰妮的笔记，我将会有时间来训练另一个女孩儿。

最后一餐我选了扁面条。他们会给我任何我想要的食物。他们护卫着我走进一条石头走廊。我们是在地下。

我爬上一段楼梯，走去那个他们称为"顶端"的地方。那里有其他女孩儿，但她们不能看我。我一直抬着头。她们看着粗糙的木地板。这里有风吹过，这是座老房子。这里有很多壁炉，都生着火。主教告诉我，因为火是"至高无上的力量"，所以在我死亡之日，水池里会有火。我记得自己走过了三个生着火的壁炉。

拿着枪的男人把我推进一个房间。我没看到其他警卫，主教的卫队只有两个人。我不明白他是怎么让组织的规模保持这么小的。他的势力怎么会覆盖这么广？在"顶端"里我没有看到其他人拿着枪。我经过的地方只有女人。只有女孩儿。

这个房间里有两个女人。这里也有一个壁炉，也生着火。地上有很多巨大的方形罐子。罐子的标签上写着"X25"。他们把X25倒在我身上烫伤我。他们在地板上拿起两块板子，脱掉我的长袍，拽着我的手臂把我放进水池。我一直在尖叫。没人帮我，没人看我的眼睛。拿着枪的男人把枪对准我的头顶。

水池中的空间可以容我转身，但肩膀会碰到玻璃。我转身面对房间。房间里没有别人，只有拿着摄像机的女孩儿。我看到一张床和一面镜子，再没有别的东西。那是个恶心的旧房间，没有窗户。

我担心自己会被卡住。玻璃很厚而且不透明，雾蒙蒙的。玻璃接缝处有大量胶水鼓了起来。水池做工粗糙，侧面不直。主教告诉过我，这个水箱是他在谷仓里自己造的。

赤裸的男人们进屋子，他们都在"哈哈哈"地笑着。和他们一起进来的第二名警卫让他们全都走到镜子后面，所有人都在笑。但是他没有枪。

大笑着的警卫走了，站在门外。我尖叫起来，没人理睬。

女孩儿在床边录下一切。她放下录影机，把镜子锁好。镜子上面有木头把手，男人们在那里面。

他们把X25倒在我身上时，一些液体从接缝处漏了出去。

梅兰妮笔记还包括整个过程中的一些其他细节，包括她对我们在

"灼烧龙虾"录影带中所看到内容的一些看法，漂白剂如何倒入以及龙虾池结束后的治疗和如何返回 S 市。

我从未为梅兰妮打开过爱的开关。我永远不会为受害者打开爱的开关，我为得到这个教训付出过最沉痛的代价。但我永远不会忘记梅兰妮的牺牲。梅兰妮的生命是有意义的。她不是什么垃圾，也绝不是什么没用的"水桶"。她要我拯救其他的女孩儿。这是她的战争，我会成为她的一件武器。

第十四章

回到实验室

奶奶曾说:"当世界给了你一串熟过头的香蕉时,最好的选择就是烤一个香蕉蛋糕。"我带着那些被证实了的理论、新的发现,带着在S市受的伤以及在伦敦治疗过的头皮和脚趾回到了印第安纳州的实验室,开始重新部署我的计划。

这些事发生在五年前。我拄着拐杖再次走进了厨房。我购买下这栋校舍时保留了厨房工业化且单调的原始设计。这间厨房最初的功能是给这所寄宿学校的学生和教职员们提供餐饮服务。在改建过程中,我保留了原来那两张长长的不锈钢岛台,但添置了一些色彩鲜艳的电器和装饰——苹果绿色的搅拌器和与其对应的苹果绿色冰箱,红色的挂衣杆,一套海蓝色的橱柜,一张绿松石色的地毯。我还把凡泰在学校里画的所有作品用木质相框装裱后挂在了天蓝色的墙壁上。有心理学研究表明,鲜艳的色彩会促进天然内啡肽的分泌。内啡肽可提高创造力,因此我用多种颜色装饰了厨房。

彼时十三岁的凡泰正在珊瑚色的餐桌旁等着我,他手中端着一块自制蛋糕。他用绿色糖浆在上面写下了"妈妈,为你的脚趾感到遗憾"的字样,还用粉红色的糖浆画了一只皱着眉头的卡通脚丫。

"这是你帮他一起做的吧?"我向奶奶问道。我离开期间奶奶从萨凡纳过来帮我照看凡泰,安排他的一切活动,比如去学校、打篮球及和朋友玩耍。莱尼仍在进行巡回签售的途中，他的行程对于一本诗集的签售巡回来说时间似乎有点儿长了，但我不能确定原因。我们毕竟从高中就在一起了，我已经不再关心他的行踪。由于我和莱尼的婚礼原本定于那一年举行，奶奶在柜台上放了几本新娘杂志，上面用便笺标记着她希望我考虑的一些物品。

"不，亲爱的，蛋糕都是凡泰自己的主意。"奶奶走过来抱了抱我。她展开臂弯，围住了我那挂着拐杖的双臂。她在我耳边小声说："你已经回家了。凡泰为你担心害怕极了。你得打开爱的开关，然后抱抱他。"

我为凡泰打开了爱的开关。当我带着爱意再一次看到那块蛋糕和凡泰认真的脸，看到他那年轻的双眼中噙着的泪水时，我险些摔倒在地。

凡泰冲向我，我倒在他的身上。他为接住我特意往下蹲了蹲，我十三岁的儿子已经比我高了。"我没事的。只是两个脚趾而已。"我安慰着他，没有提及我脖子后方的绷带。

"妈妈。"他把脸埋在我的头发里呢喃道。我听出他的声音嘶哑了。"你能不能不要再出这种差了？你离开的时间太久，还把脚趾也搭进去了。"我知道他正试图通过开这种玩笑来掩饰自己的害怕，于是我撒了谎，就像为了不破坏他们的安全和幸福一直做的那样。

"凡泰吉奥，这件事与我的咨询业务无关。我很安全。这只是一次不可预测的事故。一辆出租车轧到了我的脚。"

"你脑袋后面的这些绷带又是怎么回事呢？"

"显然，出租车轧过我的脚时我摔在了地上。我没事的。"

我往后退了一些，伸出手去抚摸他的脸蛋。我看了一眼奶奶，她在凡泰背后点了点头表示认可。

"有你帮我做蛋糕，我很幸运，孩子。卡姆先生明天会来这里，你知道他喜欢这些烘焙食品。他会从他的校外实验室那边过来，给我做两个新的脚趾。"

"太棒了！"凡泰说道，"他总会从实验室给我带一些很酷的东西。"

"我知道，宝贝。我知道。"我对奶奶打开爱意时总是很喜欢她叫我"宝贝"，因此我在这种时刻也这样叫凡泰。我感觉很好，他也对我满怀爱意。因此，当我感受着对凡泰的爱、注视着我的宝贝时，我的内心满溢着痛苦和满足之情。这两种矛盾的感情让我感到自己像一个真实的人一样活着，令我异常满足。凡泰从未让我失望，从未使我害怕，从未让我质疑过他的才智或能力。当我为他打开爱的开关，看着他就能让我感受到自己存在于世间的意义。在他的存在面前，我就是多余的，这使我感到了满足，让我心脏中的血液似要沸腾。我相信，在这样的时刻，我对他生出的爱意一定和他对我的爱一样。我的这种信念得到了客观的验证，就像一条无懈可击的科学定律，如引力的存在一般确凿无比。

"我们赶紧为卡姆先生的到来做好准备吧！但首先，我们要解决这个蛋糕。"我说着把拐杖递给凡泰，他把拐杖靠在我们的苹果绿色冰箱旁，而我则坐在了一把红色的厨房椅上。奶奶移到了灶台边，放好水壶，拿出三个马克杯。

"丽莎，你爸爸明天下午也要过来。他说要用你的办公室为他在曼彻斯特的实验室面试某个新人物理学家。那个新人大概就住这附近。"奶奶说道。当时我的爸爸还没有离开。

"妈妈也会来吗？"我问道。

"她不来，亲爱的。她当然还在忙着各种庭审。"奶奶话中虽然用了"当然"二字，但她说话用的是陈述语气，而不是像我一个月前听到爸爸在电话中谈论起忙于庭审的妈妈时那种讽刺的语调。

吃完蛋糕后，我去了我的练习房，而凡泰则开始研究一些我给他布置的化学问题。学校给他布置的化学作业完全没有挑战性。我的白桦林彩绘墙快要完成了，但蔚蓝色的天空仍需完善，还要再添加一些精美细节，比如在一些枝丫上添些瓢虫或给鸟巢中添一只红雀。

我抬头看着安装着玻璃水箱的那面墙。多年以来我切割过各种型号的玻璃板，所有那些实验对象都堆在房间的角落里：透明电梯用玻璃，通常由1/2英寸厚的玻璃制成；水族馆玻璃，各种厚度；普通窗户玻璃，种类繁多；挡风玻璃，实际上它只是一块夹层玻璃，中间夹着一层薄薄的乙烯基。我尝试过各式粉碎工具或者刀片来切割这些面板，盼着可以找到一种可以破坏或切割各种竖立的玻璃板，而不是仅仅可以切割横着放置在平坦表面上的玻璃板的工具。我还得想出把它偷偷带进龙虾池的方法。

梅兰妮留下的笔记并不能证明龙虾池是用什么材料制成的。她的笔记中说"模糊""厚实"的"玻璃"被胶水粘在一起。我在她这些描述的基础上细化了自己原本的设想。我认为水箱实际上是由被氰基丙烯酸盐黏合剂粘在一起的聚甲基丙烯酸甲酯构成的，换句话说，它的面板是有机玻璃，接缝处的黏合剂则是环氧树脂。由于有机玻璃本就要比一般玻璃难切割，并且它本就不易碎，再加上我无法保证龙虾池的材料就是有机玻璃，所以我转而专注于研究从梅兰妮那里了解到的另一个事实：角落里有大量胶水。如果胶水已经多到"鼓出来"，那意味着相邻的玻璃面板之间可能存在着一个由胶水填满的空隙。

我需要利用那些胶水，充分利用那个空隙。

我坐在不锈钢工作台旁上网研究了一会儿关于环氧树脂和有机玻璃胶的知识，然后订购了一些产品以进行测试。

之后，我开始进行有关脚趾的研究。

在学习了一些有关义肢技术的演变和当前技术进展情况的学术论文后，我开始着手描绘桦木林画作中的一个未完成部分，花了两个小时来加强一片云朵与蓝天的对比，同时进行思考。根据《科学美国人》杂志上的一篇文章所述，慕尼黑大学的一位病理学家安德烈亚斯·内里奇认为世界上最早可追溯的使用假肢的例子是"一名大约生活在公元前1000年的埃及妇女，她安装了一个木质假肢脚趾"。我很幸运，假肢技术在三千多年间已取得了长足的进步，而且我还有一位专门研究这个领域的盟友：卡姆先生。卡姆先生是一名生物技术领域的学者，还是假肢与医疗设备领域的全球顶尖专家之一。他曾为一只英雄犬制作过四只机械爪。那只英雄犬曾从一座公路桥上一跃而下，咬着一个男孩儿的衣领把他拖出了一辆着了火的轿车，而他却失去了所有的爪子。将我假肢脚趾的设计和制作委托给他是最高效的办法。

我别无选择，只将我身体上的损伤转化为可以利用的装备。我要为全裸着进入龙虾池做好准备。

第二天早上卡姆先生到达时，奶奶、凡泰和我正在厨房一角的珊瑚色桌子上吃早餐。卡姆一进门就给了凡泰一条机械手臂，这是他在自己的家庭实验室里捣鼓的"玩意儿"，或者说"原型"。那手臂看起来逼真极了，奶奶看到后尖叫起来，甚至扔掉了手里那把还插着一块薄饼的叉子。她对着卡姆先生大声尖叫，斥责他把一条真实的人类手臂带到家里的行为。凡泰和我一同向奶奶摇摇头。我们俩都把双臂交叉抱在胸前，然后凡泰向她微微一笑，而我则向微笑着的凡泰微微一笑。那一刻我为凡泰打开了爱的开关。

"唉，你们俩啊。"奶奶对我们感叹道。她站起来清理了我们的盘子，给卡姆先生倒了杯咖啡，然后给他切了一块前一天剩下的蛋糕。电话响了，是莱尼打来的。我告诉他我的状况很好，他告诉我他的行程还有一周才会结束。我把电话递给凡泰，让他和爸爸聊聊天儿，自己则和卡姆先生一起离开厨房开始工作。

卡姆先生和我去了我的办公室而不是水池练习房，我们在办公室里一直待到午餐时间。为了满足我对假肢脚趾的各种要求，我们一直在浏览和讨论各种草图。到讨论结束时，卡姆先生已经收集了大概上千条测量数据和上千张图片以及我脚部的四个不同模型。准备离开时，卡姆先生说他到了位于马萨诸塞州的实验室后会马上开始制作我们的项目。

卡姆先生驾车沿着我们那条漫长的印第安纳州乡间小道离开，路两边的苹果树和栎树替我送别了他，我的爸爸此时也刚好开车前来。

我帮爸爸开了大门的门禁，在厨房里的监控仪上看到两辆车子擦肩而过，两个男人像是交换了接力棒一般。和爸爸一起前来的是一个红头发女人，她让我想起了女演员吉娜·戴维斯。爸爸下了车，对我大声喊道："嘿，宝贝！很高兴你回来了。希望奶奶已经告诉过你我要到你这儿来一趟，用一下你的办公室。我有个面试。这位是……"他的声音被一阵风吹散了，但我并不在意他后边的话，因为那个女人仅仅是我爸爸实验室中的又一名物理学家。无论如何，我只会记住她是长得像吉娜·戴维斯的女人。大约十分钟后，我给他们安排好了面试要用的房间，在准备期间，我爸爸、凡泰、奶奶和我商量后一致同意晚餐吃炸馄饨和烤通心粉。

一顿折腾之后，我回到练习房，进门后锁上了所有的锁，把我那可以产生机械能的纳米级发电机绑带掏了出来。我揉了揉之前那个葡萄大小的电容器在我大腿上留下的瘀伤，再次坐在我的不锈钢桌旁。我一只手拿着现在这个绑带，另一只手拿起了早前另一个原型电容器。我掂量比较着两者之间的重量，然后开始重新思考起当初我觉得自己需要它们的原因——为了给录音光盘供电。接着，我想到了在我为这个计划进行那些测试、设计和实验期间，遥控设备以及强力微型电池领域有了哪些发展。我开始重新思考起绑带的必要性。我坐在中间的不锈钢工作台旁，对面墙壁上安装着那两个水箱。我们面对面，仿佛在进行一场生死对决。我想也许可以让某个人到我被囚禁的地方外面，遥控光盘的电源。

为此，我需要解决一系列的问题。

如何向拿着遥控器的人发出信号？何时为光盘供电？如何准确地把握时机？

我也考虑了其他可能遇到的问题。

我揉着贴在我脖子伤口处的绷带，想起了梅兰妮笔记中提到的那些壁炉。梅兰妮在笔记中提到了她能够自行选择自己的"最后一餐"，写到了火在主教的过去和水池仪式中的重要性。那三个壁炉中的火焰一直在我脑海中燃烧着。我将所有信息整合到一起，定时信号、我秃掉的头皮、火以及"最后一餐"。

我坐直了身体，把笔记本电脑拖了过来，输入几个关键词查询起信息。阅读网上的信息大约半小时后，我从椅子上跳下来，跑到墙上的安全线路电话旁。给卡姆先生的手机打电话。

"你登机了吗？"

"没有，刚进机场。"

"赶紧掉头。回来。我需要一些粗壮的合成发丝，盘成发髻的样子装在我头上。发丝要长，要足够粗，可以装下一些粉末物质。"

"明白了。我马上回去帮你测量。"他说道。

看着放在不锈钢工作台上的那个纳米级发电机绑带以及各种大小的电容器原型，我不禁皱起眉。想到自己在设计和测试这些东西上浪费了那么多时间，我在认为自己是一个低效废物的情绪中沉浸了几秒钟。我又看了看还没被我用过的另外一个水箱。

我在房间里转来转去，开始看着墙上的森林壁画。天空那充满活力的蓝色，桦树干上的白色，老虎身上花纹的黑色，树叶和森林地面上苔藓的黄色和绿色。画上还有一些需要修改的地方，我要往鸟巢中添一只红雀，往叶子上添一些瓢虫，还要加一些更精致的细节。我在房间里踱着步，思考着，看向我的那些绑带、电容器和两个水箱。

灵光一闪。

我想到了，我的那些发电机现在有了新用途。想到主教这些年对梅兰妮和那些女孩儿所做的事情，想到有一天可以在他身上使用我所制作的道具时，我打开了一种让我想要杀人的狂暴情绪，并在邪恶的喜悦之中大笑起来。我为我的绑带找到了全新的用途。

你会备受折磨，该死的浑蛋。

我就是你的末日。

在 S 市发生的那场磨难的五年之后，我现在身在马萨诸塞州，已经在卡车后座上颠簸了数个小时。隔壁的那个女孩儿一直在尖叫，但她的声音已经渐渐弱了下去。司机在途中的某个地方停了车，从声音判断，他们应该是把女孩儿从车里拖了出去，然后我们继续前进。

他们打开我所在隔间的门时，我已经处于脱水状态，无法看清眼前的景象。我的眼睛已经习惯了这个红色隔间里的黑暗。一只手臂伸进来将那个锁住我脖子的 U 形枷锁解开，然后像拉一卷地毯一般把我拖了出去，让我摔在地上。我花了几秒钟的时间拼命眨眼睛，但是当视力终于恢复正常时，我发现我们已经身处一间封闭的谷仓之中。谷仓的水泥地板上有一个洞，接着，那两个把我塞进红色棺材箱的男人把我往洞的方向拖去，最终将我放了洞边。我无法与他们作战，因为我的身体实在过于虚弱，而且在这个阶段我不应该抵抗。我应该尽量节省体力，同时获取更多的信息。幸运的是，我的双眼未被蒙住。

"把她的手臂绑好。"爱娃说道，"扫描一下。"

其中一个浑蛋走过去拿绳子，而另一个则去拿了一台相当先进、体积仅比一支笔稍大一些的扫描仪，然后用它在我的身上扫来扫去。它在我的脚趾处发出了"哔哔"声。

"把你鞋子脱掉。"爱娃命令道。

"那只是我的脚趾环。那是用来固定假肢的，只是一块磁铁而已。"

"一块什么？"她问道，"把它给我！"

可不能让她把我的脚趾拿走。

我把磁铁交给她，顺势装出好像要拆掉假脚趾，然后把脚趾也交给她的样子："这只是假肢而已。我需要那个脚趾环。"

"真恶心。"一个浑蛋说道。

"白痴，赶紧把她绑起来。"爱娃一边说，一边把指环扔回到我旁边的地面上。

第十五章

前特工刘罗杰：玛丽安娜教堂

我和洛拉正在前往玛丽安娜教堂的路上。这一步本该只是计划中一个简单的环节而已。我们进入教堂叫维拉达出来，和她碰头，告诉她丽莎准备好了。我们现在前往玛丽安娜教堂仍然是要去找到维拉达，只不过目的变成了叫停这整个计划。如果维拉达确实如我们所知那般在中心环扮演着卧底的角色，那么她现在应该知道丽莎已被劫走，毕竟一直以来她都对我们说自己是一名从组织内部为我们提供消息的内线。

计划已经在早于原本预定的时间被触发。如果我们现在贸然进入玛丽安娜教堂，在那里等待着我们的很可能是一个陷阱。洛拉和我必须保持警惕。也许这整件事本就是一个巨大的陷阱。

玛丽安娜教堂是一间典型的波士顿教堂，它久经岁月的建筑主体由花岗岩建成。教堂最初其实非常小，大约只相当于一座双层联排别墅，但如果算上教堂后期添加和延伸出来的各种建筑物，它已然是一个庞然大物。教堂本身并不出奇，在爱尔兰的某些地方就能找到与之类似的建筑，它侧面凸出的那部分风格则更为现代，方方正正的楼旁是一段石质台阶，教堂后面是一幢幢有着空中平台的砖结构高层公寓楼。在这一片由石头、砖块和木头组成的丛林中，一条与街道上的人行道平行的通道，或者也可以说是水道，就藏在教堂前三分之一部分的地下。

我们走下那段石头台阶，前往教堂凸出部分的地下。那里有一间为流浪者服务的日间收容所，一个月前维拉达提出要在这里碰面时我们就掌握了这些信息。几周前我和洛拉对这里进行了一些调查，也曾暗中监视这里的风吹草动。这里没有任何异常，至少我们没看出来。

这是一间自助餐厅式的收容所，地下室里设置有折叠餐桌。流浪汉们会聚在桌子旁玩儿牌，浏览分类广告中的兼职和租房信息或是与无偿公益律师坐在一起填写着一些申请住宅和残障人士认证的申请表格。洛拉穿着她的灰色裤子和灰色西装外套，而我穿着我的灰色西装和白色衬衫，打着领带。那些身着便装的律师显然比我们更了解出入这种地方时穿什么才合适。我们与那些律师格格不入，但显然也不是无家可归的流浪汉。

一名修女拦住了我们这两个闯入者。她身着一整套黑白色的经典传统修女服，面纱、贴头帽和修女头巾俱全，露在外面的只有扁平的正脸。

"我能为你们做些什么？"修女问道。她身材娇小，面部则像是画着墨点的鹅卵石。我看到她脸上原本应该是鼻子的位置隐隐约约有些什么。那是她的两个鼻孔，旁人几乎难以察觉它们的存在。她身高也许只有四点九英尺，由于她驼着背，看起来还要更矮一些。

"我们找维拉达。"我说道。

修女低下头看着她的鞋子。现在我们已经几乎看不见她面部露出的部分了，她皱巴巴的面纱垂下来，盖住了她的整个脑袋。

洛拉眯眼看着修女。从洛拉的表情我看出她似乎感觉到了一些什么。但是这个仿佛从玩具小屋里出来的女人有什么问题吗？趁修女没看我们这边，我朝洛拉皱了皱眉。

"她不是修女。"洛拉用口型说道。

我向她摇了摇头。

修女把脸抬了起来，对我们说道："我们去礼拜堂谈吧。"

我们走在修女身后时，洛拉抓了一下我的手，让我看她的手势。洛拉指了指她自己的手腕，暗示我应该查看一下那个修女的手腕。

修女打开通往地下礼拜堂的门时，我瞥到她左手腕处有什么东西一闪而过，但我仍然没有发现任何可疑之处。

我丢给洛拉一个我不明白的表情。她瞪了瞪我，然后又瞪了瞪修女的手，示意我再仔细看看。

那修女走在我们的前面，双手紧扣在她的肚子前，和其他修女那种仿佛在进行神圣沉思般的走路方式一样。"这个礼拜堂是用来给那些流浪人员祈祷的，也会用来举办一些社区活动。"她向我们介绍道。我们前方是一个讲台，背景墙上挂着的木制十字架上钉着一个真人大小的耶稣像，这个十字架几乎覆盖了整面背景墙。礼拜堂里摆满了一排排锈迹斑斑的棕灰色折叠椅，墙边有三间并排着的忏悔室。忏悔室旁边有一座真人比例的雕像，一位无名圣人躺在敞开盖子的棺材里。一阵气流突然猛扑到我脸上，我不禁颤抖起来，生怕是有蝙蝠向我袭来，但随后我发现那实际上只是因为有一台壁挂式风扇朝我转了过来。看着角落里的阴影和风扇上方摇曳着的蜘蛛网，我不禁在心中斥责不成熟的自己。在一个如此神圣的地方我居然还能想起恶魔和鬼魂。

修女转身面向我们，她的双手仍然紧握着，紧紧缠绕在一起的手指只有一半露在斗篷外面。洛拉嗅到了高度的犯罪气味，她的舌头不安地乱动着，这代表她有话要说。我不能让她的冒失打乱我们的计划。

"所以维拉达在这儿吗？"我微笑着问道。

修女回了我一个微笑。

我又问了一次。洛拉在修女旁边绕着圈，舌头并没有安分下来。

修女"咯咯"笑了起来，低头看向她的黑色鞋子。

"不好意思，嬷嬷。我不明白这有什么好笑的？"我问道。

"亲爱的孩子，你这位同伴让我想起了很多年前我们帮助过的一位一塌糊涂的离家出走人员。"

"一塌糊涂？"洛拉嗤笑着重复道。

修女抬起她面纱下那松弛的眼皮看向洛拉。

洛拉没有说话，她目不转睛地打量着修女，然后又转头看向那座睡在棺材中的圣人雕像，仿佛她打算将修女塞进去一样。

"维拉达在哪里？"洛拉问道，她站到了修女身边。

"维拉达一整天都没来过这儿。"修女回答道。

维拉达曾告诉我们，无论如何她都会确保自己这周每天早九点到晚五点间都待在这里。她认为我们需要她的帮助才能及时救出丽莎。

"请问您知道我们可以在哪里找到她吗，嬷嬷？"我一脸遗憾地问道。我提问的同时洛拉俯下身嗅起修女脖子上的味道，修女躲闪了一下。

"不好意思。"修女对洛拉说道。

"你涂的是'玫瑰上的翡翠'的粉底乳液吧？我朋友也涂这个。"洛拉说道。

你的朋友？而且那个牌子叫'瑰珀翠'才对。

"我自己并不喜欢用这个牌子，我不喜欢它粉状的质地，而且香水味太浓了，一股霉味。"洛拉继续说道，"那味儿就像你两天前用一块蘸了婴儿爽身粉和鲜奶油的布塞住了下体，然后现在还没把它拿出来。"

天哪。

修女不禁后退一步，仿佛洛拉周身散发出了恶臭般皱起眉头。我闭上眼睛，耸了耸肩。

洛拉走到我和修女之间，转身与修女面对面，然后说道："真好笑，我可是从来没见过会涂这么香的粉底的修女。嬷嬷，你是什么时候对上帝许下誓言的？"

"到年纪的时候。我一直是修女。"修女匆忙解释道，"但这不关你的事，你这个没教养的粗鲁女人。我没必要容忍你的无礼之举。"

"维拉达在哪里？"洛拉追问道。

　　我悄悄移动到旁边，坐在离她们最近的一排破烂折叠椅上看戏。

　　那修女挺直了身子，双手也不再紧握。我终于明白了洛拉为什么会感到异样并提高警惕。修女松开双手那一刻，她那宽大的袖子微微抬起了一点儿，我看到她藏在袖子下方的手腕内侧有一个黑色的文身，图案是三个彼此交叠、围成一圈的字母"L"。袖子很快又重新盖住了她的手腕，但我看见了那个图案。修女调整好表情并拉了拉她的袖子，没有意识到我看见了那个文身。我向洛拉点了点头，她也朝我点了点头。

　　我的记忆瞬间被激活了，我意识到了这个女人的真实身份，更确切地说，我知道了她曾经参加过哪个组织。一本文身图案的记录本出现在我的脑海中，那是洛拉和我在调查贩卖人口绑架事件的那些年间多次参考过的记录本。围成一圈的三个 L 是存在于田纳西州东部一所女子监狱中的一个人口贩卖组织的标志。在那个监狱中，每周五的早饭时间，作为皮条客的女囚犯会将新来的囚犯拍卖给那些老囚犯，以供她们周末消遣。这个修女的左手腕上文着那个组织的标志，这意味着她曾是其管理层的一员。

　　这个女人曾经干过贩卖人口的勾当，我怀疑现在她手上也不干净。她很可能一边假扮修女，一边在那身黑白修女服的掩护下对无家可归的受害者下手。这是个伪装精妙的骗局，但我见识过人贩子们几乎所有的卑鄙伎俩，知道他们怎么拐骗离家出走的青少年和被剥夺了政治权利的罪犯。

　　"你手腕上有三个 L，三个围成一圈，'洛雷塔喜欢爱'[1]，这就是监狱里那个帮派的名字吧？"我问道，"你曾经是它的管理人员。"我对洛拉微微一笑，她也朝我一笑。

　　我们围住了那名修女，她咧嘴笑着，仿佛在说："被你们发现了，那又怎样呢？"这些人能够篡改官方记录，并把自己人安排进资金短

———————————
[1] 原文为 Loretta Likes Love。

缺的教堂。类似的身份欺诈案例数不胜数，骗过初始审查非常容易，只要谎称自己搬了家就行。一旦通过第一道关卡，他们就畅通无阻了。

"维拉达不在这儿。"假修女重复道，这一次她的语气无比冷淡。

洛拉走近那名假修女，眼睛瞟着一扇通往外面小巷的门。她打算将这个女人拖到外面，然后逼她招供。我不打算阻止她。洛拉伸出手臂正准备抓捕她的猎物，一名神父突然从讲台后的一扇门走进了礼拜堂。他大喊道："这是怎么回事？！"

"神父！这些人在骚扰我，请您让他们离开！"假修女大声喊道，再次装出驼背的样子，努力发出老妇人般嘶哑的声音。

我猜神父并没有参与贩卖人口，他确确实实是一名真正的神父。由于我们不能轻举妄动，而且一时间也无力戳穿假修女的身份，我们向后退了一步。

"神父，我们没做什么。我们只是从嬷嬷那里听到了一些坏消息，一时之间很难接受。是不是，嬷嬷？"洛拉说道。

假修女点点头。她必须同意我们的说法，不然我们就会揭穿她的伪装。

"我们现在就离开。不好意思，给你们添麻烦了。"我妥协道。我打算让洛拉去教堂前面，我自己去教堂后面，等着假修女出来。

我们穿过了餐厅，经过那一张张为流浪人员准备的桌子，走向地下室的一扇侧门。正准备踏上那些石头台阶，去往人行道和街道的方向时，我和洛拉同时将头向右转，低头看着那条在教堂下方流淌着的怪异水道。它不仅是一条下水道，同时也是一条步行道，其深度可以让一个正常人在里面行走而不需弯腰。水道流经几个街区，最开始藏在各种公寓和建筑物下面，到了某个地方它又露出到地表。

我们看见水道中离我们约四十英尺远的地方有一名男子，他正在地下室的一个隔间门口与假修女窃窃私语。男人身材纤瘦，像个稻草人，他身穿一件红黑相间的法兰绒衬衫和一条松松垮垮又脏兮兮的牛仔裤。男人注意到我们正看着他，他急忙转身，沿着通道逃跑了。洛拉和我同时拔腿开始追他。我沿着通道追那个男人，洛拉则上楼梯沿着人行道往相同的方向飞奔，准备在地面围堵他。洛拉和我已经很久没有进行过这样的追捕行动了。

我已经快六十岁了，但身材依然保持得很好而且精力充沛，所以我不会因为这次追捕流太多汗。那个骷髅般的男人很快就会被我们抓住，但前提是他不会在我们没看到的情况下溜进某些小道或者暗门。我的视野一直很清晰，我看着他一边逃跑一边拉扯着自己的裤子。洛拉重重的脚步声从我左侧上方的人行道上传来。靠近隔间门口的修女时，我猜测她会打开门挡住通道从而拦住我，于是我用双手把那扇即将朝着我转过来的门猛推回去，顺势将假修女推回了教堂里。我继续追赶。

跑过一间间普通人家的地下室，前面的道路没有了各种建筑物和一个个小土包的阻碍，我奋起直追。想到自己马上就要追上那个浑蛋，我心里升腾起一股兴奋之情。通道快到尽头，一幢房屋挡住了右侧的岔路。男人向左转弯，朝着人行道跑去。我听到了一记响亮的击打声。

不需要亲眼看到，就知道洛拉已经抓住了这只小老鼠。洛拉一定早就张着双臂站在那儿，等着用双臂拦住男人的脖子。我跑上人行道看到两人时，洛拉握着男人的脖子把他举到了空中。

"维拉达在哪里？"洛拉对他大喊道。

男人发出"咯咯"的声音然后吐了出来，逃跑让他缺少氧气并且呼吸紊乱。

"洛拉，把他放下来。"我说道。洛拉松开手，男人的瘦屁股一下子摔在地上。

我们俩都高高在上地俯视着这名男子。"维拉达在哪里？！"我厉声问道。

男人抱住自己的脑袋，护住自己。

"好吧好吧。听着，我只是一个司机而已。我什么都不知道。我不认识什么维拉达。"

洛拉弯下腰，用她的枪抵住男人的肋骨，狠狠地往里一捅。她慢慢地叉开腿跨坐在他身上。她的灰色裤子紧绷起来，我仿佛听见了裤子缝受尽折磨的尖叫声。洛拉以一种平静的语气说道："我会把你的肺打爆，就在此地，就在此刻。"洛拉说出"就在此地，就在此刻"时的语调仿佛在唱歌，"我什么都干得出来。如果你现在不马上告诉我们你和那个假修女打算做什么、维拉达现在在哪里，那么你就等着跟人间说再见吧！听明白了吗，'火柴人先生'？"

鬼知道"火柴人先生"是什么意思，但听起来像是贬义词。

"停下，停下，停下！"男人连声答道，洛拉更用力地把枪戳进他的肋骨，"我完蛋了。嬷嬷会知道我告诉了你们。听着，我真的只是一个司机。我本以为他们今天要叫我拉一批货，但是这儿没人在。我不知道维拉达是谁。我只是个司机，他们什么也没告诉过我。我今天甚至都不应该在这儿。我只是要赚点儿外快。"

"你是运什么的司机？"我问道。

男人抬起了下巴，瞪圆眼睛，仿佛我们问出了愚蠢至极的问题。"女孩儿。"他回答道，语气满是不屑，"我开一辆运鸡的卡车拉那些女孩儿。他们付钱都是用现金。还有其他人开那辆主要的卡车。我只是个新来的，我只是一个司机，伙计！"

洛拉仍旧蹲坐在男人身上，她转头看向我，噘起嘴巴，冲我摇摇头，慢慢闭上眼然后又慢慢地睁开。我的思绪飘回到寻找被绑架的怀孕少女多萝西·M.萨鲁奇那段时间，当时我们遇到的一个关键证人是一名养鸡场的农民。洛拉应该和我想到了相同的事情。洛拉对我说道："运鸡的卡车。刘，怎么总是他妈的有个和鸡相关的人。"

"那你要把那些女孩儿运去哪里？"

"每天去的地点都不一样。"

"今天的关押地点在哪里？"

"不知道，长官。"

"别他妈叫我长官！"洛拉呵斥道。

火柴人先生看向我。我对他没有一丝同情，心里只有鄙视。

"你完全不清楚今天的关押地点在哪儿吗？这怎么可能？"

"我不是和你们说了每次都不一样吗？他们关着那些女孩儿，然后会把她们转移到其他地方。我不知道。"

蹲坐在他身上的洛拉朝他大喊："哪里？！把她们转移到哪里？！"

"听着，这位女士，我只知道这些，我把她们带到某个地方关着，然后会有人把她们带到维伯里园林区的某个地方去做准备。"

"是一所很大的石头宅子吗？"

"是。"

洛拉向我点点头，我也向她点点头。我们都知道维伯里园林区的那间石宅。那就是两天后举行传说中的龙虾池仪式的地方。我们上个月从丽莎那里得知了这条线索，这是维拉达告诉她的。丽莎已经"独立验证"了这条线索，但她拒绝透露验证的方法。丽莎会被关押在某些未知的地方一段时间，这对我们来说虽不是新鲜事，但却是我们现在必须找到维拉达的原因之一。我们需要维拉达帮我们在龙虾池的仪式举行之前找到丽莎，而且在现在的我看来，我们需要维拉达的帮助中止整个计划。

"做好准备？那是什么意思？"洛拉问道。

"我不知道。我只是这么觉得。我觉得他们会给那些女孩儿做准备。就是那些女孩儿会弄的东西，你懂吗？"

"我不懂什么叫'女孩儿会弄的东西'，白痴！"

火柴人先生向我比画着手势，想让我帮他向洛拉解释，他好像以为我明白他说的是什么。

"你是说他们会给她们做头发和指甲，或者类似那些玩意儿吗？"我问道。

"是的，应该就是那些吧。就是那些女孩儿会弄的东西。我只是个司机，伙计！"

"随便吧。"洛拉看着我，仿佛这整段对话令她深深地感到反感。

她又转回去面向火柴人先生，然后命令道："给我们看看你那辆运鸡卡车，带我们去所有的关押地点！"

她将双腿从身下那个已经缩成一团的男人身上挪开，喝道："站起来，蠢货！"

洛拉推搡着火柴人先生，让他带我们去他那辆红色运鸡卡车所在的位置。一阵偏头痛向我袭来，疼痛来势如此猛烈，以至于我被太阳光晃得几乎要失明。我闭上眼睛，龇牙咧嘴地靠在旁边的墙壁上休息了两秒钟。我担心自己是中风了，努力吸着气。等到疼痛平缓下来，我蹒跚着跟上洛拉的脚步，努力把眼睛睁开一条缝。我看到了卡车侧面写着的字：

雷德养鸡场
萨利斯伯里，马萨诸塞州

卡车的后斗上装载着一个个矩形的隔间，看起来像是关母鸡用的，但是当我们凑近仔细观察，却发现那其实是一个个狭窄的空棺材，可以盛放人类的尸体，更准确地说，可以用于运送活着的女孩儿们。隔间的一面装有铁丝网，可以确保空气流通。男人告诉我们另一辆卡车也是同样的配置。

在经历了这么多糟糕的意外事件之后，我们找到的只有这些粗糙的牢笼。车身上的红色异常鲜艳，仿佛是在嘲笑执法部门的无能。

第十六章

谷 仓

在那辆该死的红色卡车里待了太久，我眨着眼睛试图聚焦时，光线在我眼前不断变幻。虽然视线并不清晰，但我相信我从谷仓后方卷帘门那儿的缝隙里看到了一个头戴毛线帽的男人。在爱娃的两个手下将我的手臂绑在背后时，那个男人探头探脑地查看着这边的情况。我仍然坐在谷仓的地面上。已经进了监狱的杀手，再加上这两个正要把我绑起来的浑蛋，一共有三个近身护卫。三个人口臭都很严重。如果一个月前维拉达与我碰头时没有说谎，那么我现在已经见过中心环在美国的几乎所有管理层人员了。只有那个所谓的"第二个女人"我没见过，我只知道她是个很矮并且年纪很大的女人。

我一度怀疑外面那个探头探脑、戴着毛线帽的男人是自己的幻觉，也许他只是我又一次的错误认识，又一只黑色蝴蝶。但是我隐隐有种感觉，我不应该告诉其他人他在这儿。我望向爱娃，对她眨眨眼。

"我要喝水，贱人。"我说道。

爱娃那两名有口臭的男手下用一种纤细但结实的绳子将我的手臂绑在背后，他们在我的手腕周围和两腕之间绕了许许多多个"8"字，如果没有工具或者其他人的帮助，我是不可能解开这个结的。他们站在我旁边，低头看着我，两个人都气喘吁吁地张大嘴喘着气。我在脑海中用臀部为支点旋转我伸直的双腿，像用镰刀割干草那样直击他们的脚踝，扫倒他们，让他们失去平衡，然后趁他们重心偏移倒下时将他们的头朝我旁边谷仓地面上的那个洞里按下去，那样我就可以听到他们颈椎断裂的声音了。那会是"咔嚓"一声，就和梅兰妮的头摔在地上时一样，但是这次，那代表复仇的断裂声会让我喜不自胜，而不再是悲惨的自杀之音。

你们这些该死的猪猡。

我将仇恨的情绪上调至暴怒。

"哦，你要喝水吗，丽莎？我是不是应该让你泡个热水澡？用不用给你准备你最喜欢的巧克力？"爱娃用一种嘲讽的语调说道。

"我只需要水，贱人。"

她穿着那套令人作呕的粉红套装站在一旁凝视着我，双腿裸露在外。她就是一头牲畜。这座谷仓有着高高的屋顶，内部空间可容纳数辆汽车，墙上挂着各式工具。我在空气中闻到了一股汽油和草的混合气味，这儿散发着乡村的气息。

爱娃皱起眉头，好像我周身散发着有毒的气体。她说："我开枪打你妈妈的时候就应该把你也杀了。"

这个贱人杀了妈妈？

我面部的肌肉抽搐起来。

这个贱人杀了妈妈？

我的眼睛在疯狂地眨动，我无法让它停止。

这个贱人杀了妈妈？

我的身体也开始抽搐，仍然无法停止眨眼。

这个贱人杀了妈妈！

我的脸因为愤怒开始发烫，表情看起来凶狠无比，我看到爱娃照镜子一般模仿着我头部的动作，仿佛在嘲笑我。她像把我抵在公园橡树上时那样咧着嘴笑了起来。

这个贱人杀了妈妈！

我感觉自己的眼球已经充血变红。我看着爱娃，她正在招呼那两个在我身旁转来转去的口臭男："别张着嘴站在那里，你们两个蠢货。我们必须在主教打高尔夫回来之前清理好这个烂摊子。他还不知道她妈妈去看过拉斯珀。我们可不能让他知道这事儿。"

暴怒现在已经变成了杀人狂暴，我无法将其关闭。我疯狂地眨着眼睛，身体依然不停地抽搐抖动。我希望自己的手臂能喷出火焰烧断那些不可能解开的结。我的脑海中正在上演着一系列暴力画面：我握着爱娃的头朝谷仓的水泥地面上猛砸，她那套粉红色套装上已经沾满了飞溅的鲜血，"砰、砰、砰"，我一下一下地把她的头颅砸碎。不受控制的情绪、不断适应的视线、身体上的脱水症状、卷帘门缝隙中透出来的白色光线以及我脑中暴力血腥的场景同时向我涌来。

我无法听得很清楚，但爱娃似乎继续在向那两个男人发号施令："我们一会儿得去找到她藏起手机和笔记的那辆车。把那辆 GTO 开过来，把我的普锐斯藏好。你，"她指着其中一个男人，"和我一起带她去她妈妈在曼彻斯特的办公室。我们得把所有备份笔记都拿到手，必要时可以把整幢该死的楼都烧掉。主教会在午夜之后回到这里，我们现在还有一些时间。除非这个婊子骗了我们。"爱娃似乎扭头看向了我，但在我的脑海中，我正用她那辆普锐斯的车钥匙剜她的眼珠子。"小婊子，曼彻斯特的事情你没说谎吧？"爱娃问道。

我意识到自己脑海中那种暴力血腥的幻想正在驱使愤怒中的我以一种无用的方式摩擦起被绑住的双手，我竭尽全力扭动着手臂，试图解开这些绳结。我已经站了起来，但我却不知道自己是什么时候站起身的。我的情绪让我身处一个与现实完全脱节的平行世界。虽然我的理智在恳求自己保持精神与肉体的统一，但我还是默许了这样的脱节之举，在爱娃说话的同时瞪着她。我的眼中似乎有熔岩流出，我继续用她的钥匙挖着她的眼珠，然后口吐地狱之火让她深陷炼狱。

"让她消停点儿！他妈的，赶紧把她弄晕！"爱娃喊道。

如果我能看见自己的双手，我相信我会看到手掌上已经满是她的鲜血。有什么东西靠近了我，也许是其中一个口臭男从一个角落找到了一根铅管想要把我击晕。如果我的手臂没有被绑住，那么那根管子现在肯定已经在我手里，并且已经插进了爱娃那萎缩的大脑之中。我的眼前是一片红色和粉色的漩涡，周围是一圈更大的黑色漩涡。我想象着自己把管子扔在地上时金属撞击混凝土发出的声音，"叮叮当当"的声音回荡在开阔的谷仓之中，坠落的管子在地上弹跳几下后滚到了一边。我用紧握的双手一把抓下她的棕色假发，仿佛我剥下了她的头皮。但现实中我的手臂仍然被绑在背后，而她的假发也岿然不动。

爱娃和其中一个口臭男手下朝着通往谷仓附属建筑的一扇门走去。我断断续续地听到一些只言片语，比如"检查'顶端'……""他们没事。他们身居高处。""在维伯里有八个女孩儿。""一切都会好起来的。""计划必须推进……""我们无法承受这样的损失。"

计划必须推进。他们无法承受这样的损失。

我们现在在维伯里园林区。

我感觉到那个拿着管子的口臭男正在向我靠近。我曲起腿。

爱娃停在了谷仓门口，她转过身上下打量着我，时间仿佛停滞了一个小时之久，但在我的精神目前所在的平行世界中，时间是无法测量的。我所有的感官都混乱了。终于，我听见爱娃说道："你不够资格前往'顶端'。就算能在龙虾池中存活下来，你也只会是一个地下室贱人。"

就在我听到爱娃补充"现在没劲儿耍狠了，是吗，牙医？"的时候，头骨裂开的声音在我的脑海中响起。

一片黑色占据了我的视野。

我应该是倒向了地面。拿着管子的浑蛋似乎消失了。我的脑海中仍然重复着杀死爱娃的画面，她的头骨一遍又一遍地撞击地面，我把她的头皮剥掉，但我的手中却什么也感觉不到。我只看到一片无穷无尽的黑色。所有东西都消失了，也许它们永远都不会再出现。也许一只黄眼睛的猫正在舔着我的鼻子。也许鸟儿飞进了我的耳道和鼻孔，并在我的大脑中筑巢，它们鸣叫着唱出热带雨林中那最响亮的鸟类交响曲。我可能正在以某种方式移动着、飞行着，又或是飘浮着。我可能已经死了，我的躯体正在分解，变得越来越轻。我也许只是吹过热带雨林鸟群中的一阵热风。光芒笼罩着我的躯壳，而里面空无一物。目之所及，全为黑色。

第十七章

前特工刘罗杰：关押之地

"'火柴人先生'是个什么鬼名字？"我向洛拉问道。我们正开车前往那个男人供述的关押地点之一，他正坐在我们租来的迷你面包车后座上，洛拉坐在他旁边。

洛拉假装没听见。

"好吧。那是你随口编的？那就是随便起的一个绰号？"我通过后视镜朝洛拉望去。

洛拉把头扭向侧面，掩饰着自己的尴尬："只是个名字而已，刘，不要管它了。"她在试图转移话题，"拜托。"

"没问题。"我感觉得到这对她来说是一个严肃的话题。我猜测这个名字很有可能与洛拉从未提起过的过去有关。话说回来，她从没提起过她现在的私人生活。

我们知道"火柴人先生"的名字——棍子拉森，但我们永远都不会那样称呼他。那就像个只有一把干柴一样的瘦骨头和一口冰毒牙的脱衣舞者的名字。

火柴人先生的手腕被洛拉粗暴地铐住了。铐上他之后，洛拉还勉勉强强、漫不经心地宣读了一遍米兰达权利 [1]。她供职的机构使她拥有

---

[1] Miranda Rights，美国刑事诉讼中的犯罪嫌疑人保持沉默的权利。

逮捕他的权限。

从教堂出发到现在已经过了一个半小时。火柴人先生带我们找到的第一个关押地点是位于林恩区的一间空房子。我们里里外外搜索了一遍，但是什么也没找到，于是我们决定去第二个关押地点，去那里寻找丽莎、维拉达和另一辆运鸡卡车的排气管散发出的臭气。洛拉坚持认为我们要继续搜寻这些关押地点，这样我们才能最终确保维拉达就位。但现在的我只一心想要让这整个计划中止。

"嘿，嘿！这里这里，左转。"火柴人先生提醒道。不出所料，我看到了东汉森郊外萨利奥乡村俱乐部的标志。现在我开始担心起卡斯蒂尔局长会不会看到我们，如果她发现我们的车又回到了城镇外围，她一定会立刻就把我们拖回警局。在她眼里，我应该是来自洛厄尔市的优步司机达克尔·伦塔，而且此时应该早就把我的乘客玛莎·坦豪斯送达了目的地。

火柴人先生确实说过其中一个关押地点是一间"那些贱人才会去的俱乐部"。他向我们描述那些人如何"穿着一身白色衣服在里面打那些小球球"时说自己不记得俱乐部的名字了。我发现他根本就是个傻子，再加上冰毒的劲儿刚刚过去，火柴人先生开始抽搐。我们本就没有走大路，再加上他那不怎么准确的指示导致我们拐错了好几个弯，绕了好多远路，所以直到现在我才意识到我们已经回到了今天早上去过的那座小镇。

我猛地向左拐弯，沿着一条两侧满是高大枫树的单行道行驶着。透过左侧枫树间的空隙，我看见一个个红土网球场。正在打球的俱乐部会员散布其中，他们全身只着白色。经过网球场，前进，爬坡，大片绿色的高尔夫球场地出现在我们眼前。场上的两名管理员像捉鬼师一样用绑在背上的真空吸尘器在球洞间扫来扫去，不放过任何一片飘落的树叶。

我们前方是一座宏伟的砖砌豪宅，门前有一条圆形碎石铺就的车道。装着红色菊花的巨大陶罐被摆在一扇双开门的两侧，西下的夕阳投射下余晖，门扉上的片片水晶成了折射阳光的棱镜，上百道细细的彩虹发散开来。我数了数，门前停着至少三辆劳斯莱斯，旁边还有数辆不同品牌的黑色越野 SUV。两名穿着黑色服装的司机在他们各自的汽车中看报纸，等待着他们的雇主。我们这辆租来的蓝色迷你面包车在这片富裕之地上就像是一道丑陋的伤疤。傍晚即将来临，太阳慢慢爬下山，但高尔夫球场的草坪上仍可以看到零星几个人。

我把我们不堪入目的破车停在一辆刚打过蜡的 GMC 牌 SUV 和一辆闪亮的育空河 SUV 之间，虽然它们是同一品牌的产品，但名称不同。我下车后把火柴人先生那一侧的车门打开，洛拉给他解开手铐。

"听着，浑蛋，现在带我们去你去过的那个地方，路上别说话。你给我乖一点儿。也许到时候我会给你个自我辩护的机会。"

"知道了，伙计。我通常会直接进到俱乐部里面，一直走到酒吧。酒保会给我一个信封，然后他们会让我把车开到后面地下室的服务生入口那儿。有时候我也给他们带一点儿可卡因来。但是，但是……"

"但是什么，说话！"

"好，好。但是我从来没在白天或者晚上来过这里。他们总让我在天亮之前过来，就是凌晨时分，这样就没人会看到我。比如这里的会员。"

"那么今天就让那些人见见你。赶紧带路！"我催促道。

"凌晨时分。"洛拉低声嘲讽道，紧接着她提高音量继续说道，"凌晨时分？"她打了火柴人先生的后脑勺儿一巴掌，"什么叫凌晨时分？闭嘴吧！你装什么文化人？"

我们走到那扇水晶棱镜门前，我的手紧紧抓着火柴人先生的手臂。

我们之中没人像在大门内侧徘徊着的那些会员一样穿着全白的服装，也没人像那两个司机一样一身黑色。洛拉和我穿着灰色西装，火柴人先生穿着脏兮兮牛仔裤和红色法兰绒格子衬衫。我们三个走进门，很多道视线向我们投过来。

一名身着白色薄羊绒衫和白色高尔夫球裤的男人向我们走来。

"我是弗拉克森法官，很高兴认识你们。请问你们是？"弗拉克森法官一脸假笑，用一种《欢乐一家亲》中凯尔希·格兰莫那样的傲慢语调问道。

"你不用管我们是谁。"洛拉回答。

听到洛拉的回答，法官的假笑僵在脸上。他尽量放松自己的面部肌肉，扯出一个更灿烂的微笑，显然他在考虑应该怎么回应比较好。因为周围还有很多窃窃私语的会员，法官试图用一阵突然的大笑来取悦洛拉，强行试图让这件事显得好笑一些，仿佛她刚开了个玩笑。

"我能为你们做些什么？你们想找谁？我可以帮你们叫他过来。"他像一名管家般恭敬地说道。我观察到了他那微妙的肢体语言，洛拉停在他面前时，他身体那微微的抽搐和脸颊因为紧咬着牙关而颤抖的样子都说明他很紧张。很明显，他是这里的负责人之一。我读懂了他身后其中一个会员的唇语，那个人说的是"他们好像抓到了我们的可卡因供应商"。

"这里是不是有一个女人跟这个卖可卡因的家伙有生意往来？"我问道。许多拿着酒杯的会员默默后退了一步。刚才的人群大部分都散开了，他们都不想与此事有任何瓜葛。

"一个女人？是员工吧？"弗拉克森法官答道。他的反应证实了我们的猜测，女性不能成为这里的会员。法官尽力营造出一种闲聊般的氛围，他身后那些会员一个个都竖起耳朵听着我们的谈话。法官对我们一行人展露出的表情变得越来越狰狞，他的瞳孔中有愤怒的火焰在跳动，鼻孔也张大了。他的平滑柔软的皮肤呈现出完美的焦糖古铜色光泽，像是偷用了他妻子的面霜。我注意到他从来不看洛拉或者火柴人先生，只是十分勉强地维持着与我的眼神交流。我快速地扫视了一遍门厅里已然所剩无几的会员，他们清一色都是男性，也没有任何黑人、亚洲人或其他人种的面孔。从一扇侧门望出去，我注意到一名女性正孤身一人坐在泳池边的躺椅上。她身披一条毯子，戴着一顶宽檐软帽，正在阅读一本杂志。她一定是某位会员的妻子。洛拉永远不会被接纳为这里的会员。至于我，我怀疑我会因为越南血统而被拒之门外。我们身旁的一面墙上挂着大约二十张过去和现在会员的头像，都是男性。一个个悬空的脑袋下面有镌刻着他们各自姓名的黄铜铭牌，由于照片是按名字的字母顺序排列的，我很快就找到了马尔科姆·拉斯珀法官的照片。

"要怎么才能成为这个娼……乡村俱乐部的会员？"洛拉问道。不等弗拉克森法官回答，她就放肆地嗅起空气中的味道。

弗拉克森没有理睬洛拉，他转过头，但视线仍在我身上，好像我是袋垃圾般上下打量着我。"也许你们要去的是街尾那家苏萨克斯乡村俱乐部吧？"他的语气带着轻蔑，好像对他来说苏萨克斯就是给我这样的垃圾准备的，"有时候人们会把我们与苏萨克斯搞混。我们和他们可不一样。"我们身边仅剩的两名会员鼓起勇气往这边走近了一些，为了让他们听清楚，法官再一次大声强调道，"我们和苏萨克斯可是非常不一样的，不是吗，二位？"他的狂傲使得那两名会员又有了勇气走得更近一些，这番贬低其他乡村俱乐部的言论赢得了一阵哄堂大笑。"你们要找的一定是苏萨克斯。"弗拉克森脸上浮现出一抹冷酷且阴险的微笑。

"不是。"我模仿着我那位年轻老板丽莎·依兰德的平淡语调说道。

洛拉在弗拉克森身后徘徊着，嗅着空气中的味道，毫不掩饰自己的意图。

"你们现在必须离开。我不确定你们要找的是什么或者是谁，但你们现在必须马上离开。"弗拉克森在我耳边低声说道，他不想让身边的两名听众发现他的失态。这里的人并不都知道事情真相。

洛拉嗅着味道朝着敞开门的楼梯间走去。那扇门被打开应该是一个意外。弗拉克森看到那扇门开着时一脸惊讶，那种心里想着"该死"的表情被我完完全全地看在眼里。洛拉动作飞快，弗拉克森来不及阻止她。她下楼时从枪套里拔出了手枪，双手举着。"玫瑰上的翡翠。"洛拉低声念叨着。她指的是化妆品的牌子，空气中残留着粉底乳液的香味。听她这么一说，我也闻到了。

我推着火柴人先生逼他下楼，经过弗拉克森法官身边时，我低声说道："不管你对地下室里发生的事是否知情，我相信你不会报警的，对吗？"我又回头看了看那两个会员，"请你和你那些朋友不要下来，不然我就以吸食可卡因的罪名把你们这些人全都抓起来。懂了吗？"

会员们立马举起手向后退。"随您的便，长官。我们没有参与那些事儿。我没碰过毒品。"其中一个说道。

"你也一样。"我对弗拉克森说道。

弗拉克森点了点头表示同意，这说明他知道地下室里发生的事情。他不会希望有警察来到这里。他无法对那些不知情的俱乐部成员进行洗脑操控，也无法断定出警的警察是不是他们的人。我建议他不要报警这件事对他来说将是一次争取时间的机会，会让他以为自己有时间召集安保人员，这会拖慢他的行动。这个腐朽、富裕、疯狂的地方已经变得疏于防范，在这个沉静的秋日里，现场没有任何安保人员。外面的那两位司机就只是司机而已。我们过来的路上没有发现狙击手，角落里也没有隐藏着的打手。他们以为自己的俱乐部是金城汤池，没有一个未受邀请的人会擅自进入萨利奥的范围。法官一定会叫警卫过来，我们有时间，但是不多。没有过多犹豫，我们追寻着那"玫瑰上的翡翠"的气味而去。

洛拉和她的嗅觉立了大功。

楼梯间那用灰泥涂抹的墙壁上满是裂缝。我们一行人一个接一个往下走去。一个额外的累赘夹在我和洛拉中间。我把自己的枪也从枪套中取出，举在手中，随时准备着。

到了楼梯底部，洛拉继续嗅着空气中的香味。我们向左走，在一间黑暗的大厅中摸索着前进，最终来到了一个没有灯光的低矮区域。洛拉带领我们来到了一扇略微打开的灰色金属门前，门后是一条昏暗的长走廊，走廊末端装饰着一盏"嘶嘶"作响的霓虹灯，灯的造型是一对紫色的嘴唇。走廊两侧是一扇又一扇门，我们仿佛置身一间脏乱的酒店中。洛拉循着粉底味继续前进。路上我打开了几扇门查看里面的情况，每间房里情况都相同，房间里都只有一张床，墙上都有几面镜子。这条走廊是提供有偿性服务用的。不过目前我没有在这里看到任何男性客人。我怀疑这是一个只在夜间开放的场所，并且仅在特殊的时候使用。我如此猜测是因为我看到了那些已经过时好久的国庆日装饰品，歪歪扭扭的彩带仍旧悬挂在空中。现在已经是十月了。

我们已经快走到了走廊尽头，洛拉在一扇关着的门前停住脚步。这是一扇百叶门，门的框架依然完好，但中间的叶片却像鱼鳍一般破损。沉闷的呼吸声从板条的缝隙间传出。洛拉站在门框一侧，我在另一侧把火柴人先生牢牢地按在身旁。只要再加一点点力气，我就可以直接捏断他那骨瘦如柴的胳膊。

洛拉深吸一口气，再次确认瑰珀翠粉底气味的踪迹。那发霉般的气味越发浓郁起来，现在甚至连我也开始厌恶那个味道。我敢肯定玛丽安娜教堂那名假修女就在房间里，她一定是在我们开始追赶火柴人先生之后逃到了这里。因为我们去林恩区查看了第一个关押地点的情况，火柴人先生指路模糊不清也浪费了我们很多时间，假修女比我们更早到了萨利奥。门后传出的沉闷呼吸声，好像里面不止一个人。

洛拉一脚踹开门，她直接踢断了门上的几根叶片。

我们进入房间。

她就在那儿。假修女仍旧穿着那身修女服饰，但她的头巾已经不见了，面罩也摘掉了。她拿着一把枪，枪口对准了一个矮个女人。一台吊扇在她们头顶旋转着。

我们看向矮小女人的双脚。

她穿着人字拖，脚上满是烫伤。

洛拉盯着她。

女子回瞪她。

我无法确定她与假修女是不是一伙的，我不知道她们是在演一场戏试图骗过我们，还是那个矮个女人真的被抓了。

正如丽莎这些年中描述过的那样，维拉达个子不高，身材娇小，有着像蝙蝠一样满是肌肉的手臂。这是我和洛拉第一次亲眼见到她。在我们对玛丽安娜教堂进行监视的过程中，我们从未获得过维拉达的正面照片。尽管我们敢肯定监视教堂时看到过的那个隐藏在帽子、连帽衫和太阳镜下的矮个女人就是维拉达，尽管她常在教堂里来来去去，但我们一直没能拦截到她。在那段时间里，丽莎的警告总是浮现在我的脑海中："不要做任何令人起疑的事情，不要跟她说话。到了这一步不能有任何差池。"

"维拉达。"洛拉一边把枪对准假修女一边说道。

"丽莎在哪里？"我大声问道。

"我们现在已经抓住她了。滚开！"假修女大笑着回答道，把对准维拉达的枪又攥紧了一些。假修女的举动已经直接威胁到了丽莎的人身安全，我们需要维拉达在龙虾池之夜就位。难道假修女已经知道这些了？

"维拉达已经完了。"假修女说道。她顿了顿，对洛拉轻蔑地一笑。很显然，她刚才正打算向维拉达开枪。这一瞬间的停顿对她来说是致命的失误。洛拉从不犹豫。

洛拉向吊扇的杆子开了一枪，巨响在房间里炸开，受到惊吓的假修女扔掉手中的枪，并往后退了一步。洛拉猛冲向前，把维拉达拉到我们这边。吊扇令人心惊胆战地在空中晃荡了几秒钟，然后摔落在我们四人与另一边的假修女之间。

我用手捂住火柴人先生的嘴，不让他乱叫。洛拉冲到假修女旁边，迅速将其制服并将她的手腕用带子扎好。几根尼龙扎带从洛拉夹克的内袋里被掏了出来。洛拉开始给维拉达松绑。我挡在门口，拽着火柴人先生。我注意到维拉达手上的绳结很松，实在无法令人完全相信她与假修女不是在演戏，但我也不能确定。

"她刚到这儿。她担心我会毁了整个仪式。他们仍旧坚持要进行仪式，花的钱太多了。主教是个疯子，他并不在意什么风险。因为你们两个去玛丽安娜教堂找我，她吓坏了，她本来要杀了我的。她本来就不信任我。她今天本来不应该在教堂的。"维拉达有点儿语无伦次地说着。

"你他妈的为什么不在那儿？"洛拉问道。

"因为丽莎把事情全搞砸了！她在警察局强行上了那辆车，她进来得太早，每个人都吓坏了。事情都变得一团糟了，你们怎么还会去玛丽安娜教堂呢？我以为你们是聪明人，会知道不该去那儿。我必须待在这里平息事态，确保一切都顺利进行，因为他……"维拉达突然停了下来，因为火柴人先生扭动着逃走了。

我立即出击，第二次追赶这个浑蛋。我们跑过走廊，绕过地下室的诸多拐角，越过地下室的一口井，没追多久，火柴人先生就自己跌了一跤，我在高尔夫球场的一号洞旁抓住了他。见到这幅景象，身穿白衣的会员们全都吓呆了，纷纷向后散开。夜幕降临，已经到了球手们回家的时候，从球场往俱乐部走的人逐渐变多。

我从夹克口袋中掏出了一条尼龙扎带，想要再一次把火柴人先生绑起来。他趴在地上，我膝盖着地把全部重量压在他身上。这是一场苦战，因此我改用膝盖抵住他的脊椎，手肘抵住他的脖子。将他绑好之后，我将重心后移坐在自己的脚后跟上，依旧把身体的重量压在他的腿上，然后喘了会儿气。我注意到身边一辆车牌为数字"20"的高尔夫球车。上面有一名乘客。那是一名黑发男子，他背对着我。那名男子并没有像其他人一样好奇地向这边张望，他不想向我展露他的正脸。

我盯着高尔夫球车牌照上的数字。

高尔夫球车停了下来，司机转过头来看着我，但是那名黑色头发、身型如职业摔跤手般壮硕的乘客仍然没有转身。他们周围稀稀拉拉地伫立着一些身着白色衣服的人，那些人也停下来查看我们这边的情况，但似乎没有人感到惊慌、试图逃走或者大喊大叫。那些人全都表现得像什么事都没有发生一样，对我们这边发生的突发情况毫不惊讶，仿佛我只是一只恼人的鸟，意外地落在了他们的绿地上，他们只需要等待我再次起飞离开。我视力优异的眼睛捕捉到了较远处两个男人交谈的画面，我读出了他们的唇语："我们现在大概得找别的可卡因供应商了。"与此同时，那辆车牌号为"20"的高尔夫球车的司机咧着嘴笑起来。那一抹微笑带着邪恶，就像一名被人民唾弃的总统正在签署一项他明知道绝大多数公民都会反对的行政命令。那一抹微笑的主人仿佛在说："挣扎吧！抗议吧！你们随意，反正拥有一切权力的人是我。"那种笑容让人恨不得想要冲上去猛踢他的下巴，然后一拳打在他的下颌角上。

我一边对围过来的人群进行评估，一边稍稍放松了我的腿对火柴人先生的压制，他扭动着从我身下爬了出去。我突然感觉大部分户外景色都扭曲了，空气中充满了正在融化的阳光。麻雀们在空中拍打着翅膀，仿佛时间本身希望向前推进，但在一场角力中，风又把时间往后吹回了几分钟。一切都扭曲了，我的思想，我的感官，我感觉自己的身体也从原本坐着的地方偏移了。

我周围的大多数俱乐部会员都没有惊慌，我猜这是因为他们认为我只是抓住了一名普普通通的可卡因供应商，他们这些所谓"精英人士"仍然可以从其他任何地方购买到可卡因。几个男人甚至像那名高尔夫球车司机一样咧嘴笑了起来。我认出了旁边站着的一个男人，他是一名参议员候选人。这些人都手握权力，我现在所做的事情与他们简直格格不入。他们对我不屑一顾，高高在上地俯视着我。我只是一个微不足道的执法人员，与他们的世界毫无关系，因此，在他们眼中我只是一个低等生物。我穿着那批量生产的西装坐在火柴人先生腿上，他们看着我，仿佛我只是一只可悲的苍蝇。无论参加维伯里园林区事件的那些会员是谁，他们都将继续那邪恶的仪式，因为他们坚信自己不会被抓，也永远不会受到追责。那些观众已经形成了一张网，他们坚信自己身处一个秘密社团之中，能够掌控一切。我确信这些人当中就有着即将参加龙虾池仪式的观众，我能够从那名高尔夫球车司机看

我的方式中感觉到。我也知道，或者说能感觉到，高尔夫球车上那名
依然不回头看我的黑头发乘客就是主教。

　　洛拉从地下室出来。高尔夫球车司机注意到了她的出现，然后他
又转头看向我，向我眨了眨眼。他满脸的自鸣得意中露出了一抹更邪
恶的笑容，仿佛在说"你们尽管行动，没有人在乎"。愤怒在我心中
升腾，但愤怒也是徒劳，我感到一股深深的无力。我拖着我那已经抽
筋、"嘎吱"作响的腿站起来，向后退到洛拉身旁。我的视线没有离
开那名司机，没有眨眼。由于腿上没有了我施加的压力，火柴人先生
挣扎着站了起来。他也不挣开仍被绑在身后的双手，转身看了我一眼
后就开始向树林里逃跑。

　　"刘，你他妈在搞什么，赶紧把他抓回来！"洛拉吼道，没有一
丁点儿要自己去追的意思。她一定感觉到了。我并没有因为火柴人先
生的逃跑而警觉，她一定感觉到我沉浸在了思绪之中。她走过来站在
我身旁。

　　"因为我对维拉达说我不信任她，她让我把她绑在地下室的一根
管子上了。她还在等我们。假修女也一样，绑在管子上了。"她说道。

　　"放维拉达走吧。"我说道。

　　"你不是想要叫停这个计划吗？现在我们要让她帮我们找到丽莎，
然后我们就可以中止计划。事情已经失控了。"

　　"维拉达必须就位。不管我们要做什么都是一样。把假修女的嘴
堵上，把维拉达弄到别的地方去。我们得找到丽莎，计划必须停止。
不必审问火柴人先生也不必逮捕他们了。这都无所谓。他们终将获胜，
他们会继续进行那个仪式，今后会有更多的仪式。他们拥有一切权
力。看，即便他们没有，他也永远不会停止追杀丽莎。他会杀了她的。
你看。"

　　我看了最后一眼，将高尔夫球车上那名黑发乘客的脑袋深深烙在
自己的脑海中。

　　"我们得赶紧回地下室去，不然弗拉克森找到假修女就不好了，

她会告诉那个浑蛋她对维拉达有所怀疑。"

"这你不用担心。我已经把那个臭虫打昏了。"

"我刚想告诉你们主教就在这里，那个白痴就跑了。来，拿着这个。你们得马上带着她离开这里，这样她就不能和其他人说些什么了。"维拉达指着假修女说道，她把一包白粉塞到我手里。

"听着，这位小姐，如果你他妈是在玩儿我们，如果丽莎少了一根头发，我一定会亲自追捕你，然后把你这个小矮子削成木屑，你明白吗？我真的有一台木料粉碎机。"洛拉威胁着维拉达，"我非常认真。"

"好的好的，我知道了。你已经说过五百遍了。你们现在得走了。"维拉达回答道。

洛拉把仍在昏迷中的假修女扛起来，她那无力的双臂仍被绑着。我们沿着来时走过的那段楼梯向上走去。维拉达告诉我们，她打算去地下室尽头的一间办公室，关上门，戴上耳机假装正在做萨利奥的账，假装什么也没听到。

弗拉克森在楼梯顶部等着我们。我拿起那袋可卡因给他看，对他和他旁边那些听众说道："告诉你的会员们，毒品管制局知道我们如何发现这包白粉后不会开心。光天化日之下它就被放在那儿，两个可卡因卖家刚才就在你们的地盘上瞎转悠。一个跑了，但我们抓到了这个。她可是个臭名远扬的浑蛋。我们现在就要把她抓到局里。"

弗拉克森用一种略带满意同时又有些恼火的眼神俯视着我，仿佛我们俩在下棋，我将了他一军，却没有"将死"。

"不幸的是，我们这里确实有些会员有点儿小嗜好。相信我，长官，我会确保今后萨利奥不会再出现任何问题。来，我陪你们出去。"

在走向我们租来的车时，弗拉克森小心翼翼地让我们与其他人保持一定的距离。我原本很担心弗拉克森是不是在洛拉和我去外面追火柴人先生时无视我的警告去了地下室，他会不会看到了维拉达被绑起来的样子，虽然那段时间相当短，但我仍惴惴不安。当我们终于到达迷你面包车旁边时，我终于确认弗拉克森并没有这样做。

"你们得明白，我要保护我的俱乐部，确保汽车炸弹袭击之类的事情不会发生。你们知道的。"弗拉克森向我们解释道。我们迷你面包车的后备厢门大开，备用轮胎上面的盖子早已消失不见。洛拉的黑色行李箱大开着，她的衣服扔得到处都是。

我向弗拉克森走近一步，洛拉把昏迷的假修女往后座里推。"在监狱里拜访你一定会很有趣的，浑蛋。那里可没有美黑床，你进了监狱后一定会变成一只脏兮兮的鸡崽。"

弗拉克森法官一脸得意地笑了起来。"您一定过得很辛苦吧。生活得这么艰难。"他脸上挂着嘲讽式的同情说道，"祝您生活愉快。"

洛拉把修女安置好后坐进了副驾驶位，她冲着法官掸了掸肩上的灰。我上了车，也对着他掸了掸灰，然后猛地关上车门，飞快地倒车。

"达克尔，带我去你在洛厄尔市的住所。我们去把这个垃圾藏在那里，直到这整场闹剧一样的表演结束为止。"洛拉说道。

"好的，女士。"我扮演着优步司机的角色。驶到主干道上后，我看了一眼后视镜。我看见一辆东汉森警察局的 SUV。"躲起来，趴下。赶紧。"我催促着洛拉。

我们逐渐驶离东汉森的边界，那辆 SUV 也减速跟在我们车后。我敢肯定，开着这辆 SUV 的一定是卡斯蒂尔局长。也许吧。也很难说。

"达克尔在洛厄尔的住所不能用了，洛拉。换一个备用的。"

"那我们去马尼奥利亚。"

"我们在那里有另外的车？"

"一辆厉害的车，长官。"

"行。"

第十八章

猫和它的主人

　　我曾有过从昏迷中醒来的经历。第一次是在我十六岁的时候。那个囚禁我的残忍浑蛋曾带我去过一个采石场，他向我展示了一名被开膛破肚的少女。她全身浮肿，已被淹死，子宫被切了好几刀，尸体被绑住并被绳索拴在了水中。她被当作是某种可怖至极的战利品，或是一种警告，也许他做出这种人神共愤的恶行还有某些别的邪恶原因。那时我晕了过去，颓然倒在印第安纳州树林里冷冰冰的花岗岩上。现在我已是那个地方的主人。彼时我醒来之际，白色的波浪和闪烁着的灰色涌向我眼前，随后则有各种跳跃的色彩和不连贯的声音向我袭来。在那一片混乱中我曾有片刻重拾理智，然后又迅速溃败，只能借着眼前的黑色稍加喘息，随后又是一阵声音和色彩的冲击，这一次时间更长一些，然后又是一片可以用以恢复喘息的黑色，如此循环往复，直到我愿意醒来为止。十八年后的此时此地，我陷入了同样的循环，白色的波浪、闪烁的灰色，跳跃、奔腾的色彩朝我袭来，但是这一次，我感受到的是一阵乐声而非不连贯的噪声。我的头部因一阵金属乐声而有规律地振动着。

　　我感觉到自己的脸颊贴着某种冰冷的皮制品，感觉到一阵温暖的风从我身体上方吹来，像是沐浴在取暖器里吹出来的风中。当我试图移动脸颊，我感到它有点儿粘在了柔软的皮革上。我躺在某样东西上，它使我的身体变得柔软。我稍稍睁开眼睛。一阵模糊的图像侵入我的大脑，我看到一团褐色和蓝色交织在一起，看到一个男人的身形。他在唱歌，耳朵上戴着一副大小像汉堡包一样的耳机。我闭上眼睛。现在我能更加清楚地听到他的歌声，那节奏就像我健身时播放的说唱乐，曲风颇为现代。

我把眼睛睁大，现在我看到的那片棕色不再与蓝色穿插编织在一起了，我看到的棕色是护墙板，蓝色则是那个男人敞开着的牛仔布衬衫。他正坐在椅子上，戴着耳机，自顾自地说唱。男人的面前放着一块带有各种操纵杆、旋钮和按钮的黑色控制台，控制台后面是一面玻璃窗。我看到玻璃窗上像一朵黎明时的雏菊一般苏醒过来的自己，然后我坐了起来。我可以透过那扇玻璃窗看到一个站立式麦克风以及覆盖在墙壁上的凹凸不平的黑色泡沫。那是一间录音棚。

我身在录音棚之外，但在一间声音工作室之中，我没有被绑住。我不受束缚地坐着，揉了揉自己的后脑勺儿，摸到一个像鸡蛋一样大的肿包。我摸了摸脖子后方假发盘成的发髻，检查了一下发束的数量和强度。它们全部完好无损，我放心地长吐一口气。

我把手掌放在黑色皮革沙发的垫子上。这里没有窗户，我用我的真脚趾感觉到冰凉的水泥地面，因此我判断自己身处一间地下室中。检查了一下我右脚的脚趾，连接假肢用的磁环仍旧好好地套在那里，假脚趾也安然无恙。我再次长吐一口气。有人拿走了我的科迪斯帆布鞋，不过也可能是落在原来的地方了。我之前在哪儿？谷仓里？是的，在一间谷仓里。我是从谷仓地面上的洞掉到这间地下室的吗？

有人把我搬到这里，让我躺平，并将我摆在柔软的沙发上，甚至在我身上盖了一块羊毛毯，不过毯子在我动来动去的时候滑到了地面上。

除沙发所在的这块区域之外，地下室里的其他部分都铺有各种奇形怪状的红色、蓝色、黑色和紫色的毯子，就像能在宜家或孟加拉国市集上找到的那种手工编织地毯。这个有着冰凉的水泥地面、地上铺有各式异域地毯的地下空间一定是属于那个正在说唱、戴着耳机、穿着蓝衬衫的家伙的录音室，他一定是一名歌手。但到底发生了什么？我到底在哪儿？我的手臂之前是被绑住了，而现在我的手臂被松开了。

这里墙壁上的装饰非常男性化。墙上装着人造木材制成的护墙板，一个军绿色文件柜上方还贴着一张莉儿·金张开双腿蹲下姿势的海报。我的播放列表里面也有莉儿·金的歌。房间里的一众海报中，梅西·埃丽奥特、埃米纳姆、卡彭和身穿裘皮大衣的马克莫甚是显眼，那些海报都被钉在了墙板上，而非用胶带固定。我的播放列表中也有这些歌手的作品。当我仔细聆听"蓝色衬衫"在唱什么时，我意识到自己也喜欢他哼唱的旋律，甚至随着节奏甩动起头来。我不知道他和我现在身在何处，但却感觉到了一股平静而熟悉的暖意，这股暖意和我陪凡泰在家中读书或在室外玩儿双向飞碟时的心情相似，我脑海中原本燃烧着的复仇之火仿佛被和风吹熄了。也许我现在还没有完全清醒。我睁大眼睛努力将注意力集中在穿蓝色衬衫的男人身上，试图厘清思绪。

男人注意到我了，他摘下耳机。我嗅到空中有一丝大麻的气味。控制台后面支架的顶上放着一个拼字游戏的盒子，盒子斜靠在录音棚里的那扇玻璃窗上。支架上面还放着一个相框，里面写着一句名言："我们都背负着自己锻造的枷锁。——查尔斯·狄更斯。"相框旁边是一管玻璃水烟枪，再旁边则是一顶黑色针织滑雪帽。

我在谷仓里时，是不是看到过有个人在谷仓外查看里面的情况？是的，是的。我现在记起来了。

各种各样的用具和杂物被堆在支架下面，包括一个红袜队的摇头娃娃、一盒橙色的滴答牌清凉糖和一包彩虹糖，它们叫嚣着，随时可能挤到控制台的操纵杆和按钮上来。我感到一阵头晕，只想把那些糖果一股脑儿地倒进嘴里来提高血糖水平。支架上还有一本卷了边的笔记本，里面涂满了潦草的黑色字迹。我把目光转向蓝色衬衫的手指，上面有黑色墨水的污渍。他很像我的丈夫莱尼，他们的手指上都有书写时留下的污渍，这是他们的相同之处。莱尼，一名诗人；蓝色衬衫，一名歌手。

重新回到计划上来。

我总是对那些词作者、文学家和那些善于运用语言的大师有一种特别的情感，因为我本人并不擅长这种魔法。我意识到我心中对那个衬衫几乎全部敞开的歌手，那个将我松绑后轻轻地放在一张柔软沙发上的人升腾起一股特别的感情。从昏迷中醒来时我甚至感到了一丝喜悦，这份情绪并不是我有意识地开启的，他可能是我感到喜悦的原因之一，但事实不能是这样。我感到喜悦很可能是因为确认自己还活着后身体中产生了大量肾上腺素和内啡肽，也可能是因为空气中的大麻微粒，也许是因为我喜欢的那些音乐，又或者是因为那个男人微笑着看着我时的样子和他脸颊上的酒窝。也许就这些了。我将一切关闭。

现在可不能得斯德哥尔摩综合征。

"你是谁，我在哪里？"我的语气像是在命令他回答。我还不敢站起来，因为我说话时眼睛并不听大脑的指挥，它们快速眨动着，整个世界都是模糊的。我尽力让视线稳定住。

"哦耶，那个试图用被绑住的双手杀死那些浑蛋的愤怒女孩儿就在这儿。"男人调皮地说着，坐在他的椅子上对我咧嘴笑起来，顺手把耳机放在了控制台上。

"猫，猫。过来，过来。"他冲着房间的一角钩起一根手指，继续道，"过来，过来，过来，过来，猫，猫，猫。"他的节奏越来越快，就像一名拍卖师一般。

一团毛球从他手指指向的角落里跑出来，跳到了他的大腿上。他抚摩那只猫的下巴。我记起之前自己曾感觉到有一只黄眼睛的猫舔着我的鼻子。

"我在哪儿？"

"你现在很安全。"

"这是哪儿？"

"那些浑蛋往你头骨上砸了一下，你倒下了，他们离开了，我趁他们还没回来把你拖了进来。知道了吗？你现在很安全。"

"我在那里也很安全。局势都在我的控制之中。"

"你控制个屁！"男人一侧的眉毛和嘴角扬起。他站了起来，移到一台位于沙发旁边角落里的冰箱前面，从里面取出一个冰袋，然后递给我，"给你，冰敷下你的脑袋。"

我从他那里拿过冰袋压在脑袋上突出来的那团肿包上。

"几个月来，我一直在观察大石头宅子里的那些浑蛋。我看到那辆红色卡车一直在这里进进出出，我没法儿再忍受下去了。"

"你把事情搞砸了！我要回到那个地方。"

他坐在椅子上，眯着眼睛，假笑着看着我。"听着。我们就不要多说废话了，'恐怖少女'。那些报纸上就是这么称呼你的，对吧？我全都知道。我看到你背上文的名字了，刚才你的上衣卷了起来。那上面还文着你的血型和社保号码，对吧？很聪明的求生技巧。干得漂亮。我刚才上网搜索了你背上文的内容。我可什么都知道。丽莎·依兰德，一名学者。他们说，他们说过什么来着？对了，你有心理变态倾向。一开始我以为你可能是他们掳走的穷鬼女孩儿之一，但你不是，你在策划些什么东西。我们可以一起把他们干掉。"

我们？

他看到我背上文的其他东西了吗？一定没有。不然他一定会发表一番评论。他似乎很爱说话。

他还在说着什么。"你就是那个把抓你的人给电熟了的家伙。那是十八年前的事。猫很喜欢你干的事。对吧小猫咪，猫。"他说着把眼睛从我身上挪开，开始用鼻子蹭猫鼻子，试图诱骗它同意他说的话。那只猫当然会因为我杀死了一个该死的恶魔而尊重我，猫本身就是无情的杀手。"我一直看着他们。我看着那个八婆叫你'地下室贱人'，我在一棵树上看着她把一个女孩儿拖到那座石头宅子楼上的一间房间里，让她负责某个男人。我知道的，我都知道。这么说吧，我有着无法对这件事袖手旁观的理由。"他降低了音调，语气变得愤怒，"我想要摧毁他们。所以，不多说废话了。你和我，我们合作。"

"我已经有了一个团队。不用了。"

他"啧"了一声，然后咧开嘴笑道："这样说吧。我并不是在征求你的同意，我是在告知你。你和我，我们要合作。不要在讨论要不要合作上浪费这么多时间了。我们一定要合作，'恐怖少女'。"

"我昏过去多久了？"

"两个小时。"

还有机会让计划回到正轨上来。我试图站起来，但是身体依旧晃晃悠悠的，所以我再次坐下，调整思绪和呼吸。我再次环顾房间，墙壁坑坑洼洼的录音棚、音板、说唱歌手的海报、一个文件柜。我坐在沙发的边缘，身体前倾。我注意到文件柜后面藏着一件黑色物体。我将目光转向他。他正在观察我的目光落在何处。我将眼神移回到那件黑色物体上，然后又看看他。他的嘴唇紧闭，轻轻地吸了一口气。我又将目光投向黑色物体，视线依次扫过它的手柄、电池盒和钻头，然后回过头瞪着他。

"你无法袖手旁观？"我问道。

"是啊！"他回瞪着我，认真地说道。

"这把无线电钻就代表着你的'无法袖手旁观'吗？"

"什么无线电钻？"他不再微笑，直直盯着我。

我回瞪着他，没有回答。

男人笑了，点了点头。我不需要他亲口承认，这已经足够了，但无论如何他还是开口了："好吧，丽莎·依兰德。我确实无法袖手旁观，但我没有无线电钻。不过我确实知道电钻有许多其他待探索的用途。你对此有什么意见吗？"

"你有车吗？"

"你觉得呢？我有一辆棒极了的皮卡，它叫凯茜，车斗上还有篷。"

"你一个人住这儿吗？"

他的笑容瞬间消失了，没有回答。我等待着，他看着地面，小声说道："是的，我一个人住。"

"现在我们去开你的皮卡。我们有一些必须完成的事情，然后你回来，而我要回到那座石头宅子里。"

"你难道不想知道我的名字吗？"

我在脑海中可以叫你"蓝色衬衫"。

我凝视着前方。除了对爱娃、主教以及其他所有浑蛋的恨意，我关闭了其他所有感情。我不允许计划再有任何差池，不能像我允许自己打开杀人狂暴时一般再偏离原本的路线。一切重置。我的驱动器已然更新。当我的认知全部完成更新时，我意识到妈妈的死对我来说就是一枚核弹。我自她死亡起所经历的一切都像是在一团巨大核爆炸尘埃中的挣扎。我认识到，蓝色衬衫的这场干预行动是一次令人感到欣慰的调节，它将为抚平核爆炸的余波贡献重要的能量。我再次回到真正的重点上，再次看到了计划的可实现性。我将继续停留在这新的认知中。悲伤是最具破坏力的干扰因素，它会让人不得不花上许多时间低效地定义新的世界。而在无干扰情况下对新世界的定义是：妈妈已被谋杀，而我必须继续执行计划。

我仍然凝视着前方，男人还在说话。

"该死的心理变态倾向。好吧，知道了。就算你不问，我还是要说。我是乔西·奥利弗，乐意为您效劳。这位是猫。我是说，它的名字就叫'猫'。"

我对猫眨眨眼睛表示我知道了。"我们出发吧。"我说道，"你的手机在哪儿？"

"没有手机。"

"把你的手机给我。"

"没有手机。我不希望旁人打扰我，分散我的注意。一个月前我不小心把手机掉在浴缸里了，还没去店里买新的。我不想和任何人讲话，所以没有手机。"

这种低效的混乱就是我最大的敌人。

"但是我有台苹果电脑。发电子邮件行吗？"男人问道。

"他不会信任电子邮件。他需要听到我的声音。"

"你不能用网络电话吗？"

"他不会同意的。风险太大了。"

"'他'是谁？"

是刘。

"我们要开车去新罕布什尔州的曼彻斯特。"我回答道。

"好吧。计划要求什么我就做什么。来吧，站起来。既然你那么想去，那就赶快走吧。我们现在是一个团队了，我们要去曼彻斯特。反正我也得去上个月工作过的一家俱乐部领工资。"

我才不会去什么俱乐部。你并不是这个计划的一部分。我们要去取回我的光盘，然后回到维伯里。

乔西站了起来，没系扣子的蓝色衬衫随着他的动作滑到身体两侧，露出了更多肌肉发达的胸部。此外，他左臂上卷起的袖子也往上滑了一些，他的前臂上覆盖着一片印花般的海军蓝文身。我不喜欢印花，尤其是在瓷器上的印花，但由于乔西文身的图案似乎是一名在战场上挥舞长矛的女战士，而且他的橄榄色皮肤使其看起来很强大，我默许了他身上那印花的存在。他将他布满印花的手臂伸过来试图搀扶我起身，我突然想到我应该想一想我的丈夫莱尼才对。

我站了起来，从控制台上一把抓起乔西那袋已经打开的彩虹糖，然后将其一股脑儿倒入嘴中。他抬起头，微微点头，表示同意我的举动。我们凝望着彼此。他的眼睛像是一对闪亮的蓝宝石，瞳孔中闪烁着白色的微光。我想知道他是否在我眼中看到了同样的光彩。我们对视了整整三拍的时间。太久了。我打破了这份宁静。

"赶紧出发！"我催促道。乔西转身走向那扇厚厚的消音门。

"我的鞋子在哪里？"门打开时我向乔西问道，他已经走进了楼梯间。

乔西看看我的脚，露出了困惑的神情。"嗯……"

"在哪儿？"

"我把你抱过来时，鞋子一定是掉在树林里了。"

他咬住下唇，摇了摇头，没有把视线从我的脚上移开。他自言自语起来："脚，脚。"

我完全不明白他说的是什么意思，奶奶的教条也没有能适用于此刻这种情况的。他似乎很伤心，或者是正在缅怀些什么。大概是在缅怀某些关于脚的事情。

"你有可以借给我穿的运动鞋吗？我穿六码半。"我问道。我希望某些他曾经睡过的或者现在仍在睡的女人在他这个破屋子里留下了鞋子。

"实际上，我这儿确实有一些运动女鞋，尺码和你一样。也许是七码的，反正差不多。就在楼上。"他脑袋低垂着说道，语气中满是沮丧。乔西在楼梯上停住了，没有上楼，只是摇着头。

赶紧去给我拿鞋！

终于，他开始继续前进，我们踩着一段铺着地毯的楼梯爬上了楼，进入了乔西的客厅。我的右边是一间很小的厨房，水槽里有很多脏盘子。在我的左边，也就是我们前进的方向，客厅里放着一张我见过的最长的橙色沙发。我猜乔西是从跳蚤市场买来的。沙发对面的电视机被放在一个干净的宜家风电视柜里，柜子上的几个木头把手就像是在此殖民的一堆痘痘。客厅里还有一张红色和海军蓝色相间的人造东方风地毯，地毯角落里粘着一块脏兮兮的棕色污渍，我猜那是红酒渍。电视柜上摆着一些相框，里面是一对夫妻的照片。里面的人物与我无关。我并未注意查看照片的内容，引起我注意的是那些或金属材质或木质的相框以及那些有光泽的玻璃面板。它们是这间屋子里唯一没有沾上灰尘或油膜的物品。通过乔西的语气、提到鞋子时那莫名其妙的停顿和相框的清洁程度判断，乔西一定是失去了某个人。

无所谓。继续行动。去实验室取光盘。

乔西递给我一双紫色耐克跑鞋和一双白色平底船袜。

"这是我给妻子买的。她已经走了，她死了。她从来没有穿过。说是不合脚。"我弯下腰穿鞋时乔西说道。他仍在摇晃着脑袋想要挥去某些脑中的想法。

经过客厅时，我注意到橙色沙发左侧的窗户下方有一张小桌子。桌上放着一块拼字游戏的面板，上面散落着一些游戏道具字母拼出的单词，它们在那如化工厂管道般复杂的各种水平和垂直的线条中显得尤为突出。游戏似乎是玩到了一半，那些管子一般的线条上也覆盖着一层灰尘，小桌子像是被冻结在了永恒时空之中。

看到桌上的一个词，我不禁屏住了呼吸。那个单词是竖着排列的。

我转过身，冲到电视柜和那排闪亮的相框旁边。

她就在那里，她拥抱着乔西。

我又转身，回到拼字游戏板旁。

乔西在我身旁，他的眼珠转来转去。

"是谁拼了'维拉达'这个词？"我质问道。

"是我死去的妻子，卡拉。"他回答道，"她说'维拉达'在西班牙语里是'晚会'的意思。"

"她什么时候死的？"

乔西退后一步。然后又退了一步。他没有回答。

"她什么时候死的？！"我大声追问道。

"几个月前他们杀死了她，几个月前。"他指着窗外石宅的方向，"他们杀了她。"

乔西的妻子就是维拉达，他认为她已经死去了好几个月。她身上又多了一层神秘的面纱。一个月前我曾见过她。那时我只揭开了她的一层面纱。

第十九章

维拉达的最后来访

海洛因，化学名为"二醋吗啡"，化学式为 $C_{21}H_{23}NO_5$，是一种发明于十九世纪七十年代的药物，最初是为了对抗吗啡成瘾而被炮制出来的，但是极具讽刺意味的是，二醋吗啡最终成了一种比吗啡更易上瘾的毒品。除了使人衰弱的成瘾症状以外，海洛因的另一严重副作用是呼吸抑制。我永远不会允许我那完美健康的肺面临任何风险，因此我会保持最高等级的戒备，我不会允许那些浑蛋将任何一滴"毒液"注射进我的静脉。我也许可以控制大脑中的情绪开关，但是我却无法控制在体内泛滥的多巴胺。那种神经递质就像一个身强力壮的恶霸，它是人体产生的所有化学物质中行径最为恶劣的浑蛋。

这些关于海洛因的事实令我深感不安，因为在被带到龙虾池之前，我必须想出办法来应对它。此外，我需要搞清楚仪式举行的日期和地点，还要告知维拉达我在 S 市之行中验证的那些信息，我要当面告诉她，以便观察她的反应。

从五年前自 S 市归来后，这些事情一直萦绕在我的脑海中，我一直在等待维拉达的再次来访。时光匆匆，年复一年，她从未出现，而我开始越来越担心。她藏身于暗处的时间太久了，仪式的举行之日则日益逼近。在仪式举行前的最后一年里，在她再次出现之前，我一直保持着高度的警惕，在未采取足够预防措施的情况下，我从不冒险走出我的堡垒。为了应对我的总部被入侵的意外情况，我制订了上千项应急计划，采取了许多防止意外事件发生的措施。我甚至在总部饲养了一些有毒生物。但是事实证明，这些措施完全是不必要的。我活得过于多疑了，奶奶一定会说我是一只"惊弓之鸟"，因为我担心自己随时会被掳走。我让萨吉二十四小时不间断地守卫在凡泰身边，并注意我其他家人的动向。真是让我身心俱疲的一年。

接着，她突然出现了。一个月前，胆大包天的维拉达竟然无所顾忌地直接来到了15/33总部，按响了大门上的门铃。自她出现在我的博士学位论文庆祝活动上已经过去了九年，她就这样突然出现，若无其事地按着我的门铃，仿佛她只是一个与我交好的邻居，仿佛她是我生活的一部分，仿佛她是受邀前来的一般。

她一定暗中观察了一段时间，她一定知道那天刘和桑德拉不在公司，莱尼和凡泰也开车出门去过父子时光。她一定也算计好了，那天没有工作人员来实验室上班——毕竟那是一个周日。她甚至没有选择偷偷溜进来。如果她这么做，我一定会知道。我在总部周围设置了一圈传感器，想要偷偷溜进来的人一定会触发树上一千零四台摄像机中的几十台。我按下按钮给她开了门。当她开车驶过夹在果树和栎树中的车道，飞速向我靠近时，我从办公桌里取出一份文件。

维拉达把她租来的车停在通向厨房的红色门旁，我站在敞开的门口旁等候着。她下了车，我们两个没有打招呼，也没有浪费时间假意寒暄。我走进厨房，她跟着我进门。

我看着她在其中一张不锈钢岛台旁走来走去，她那蝙蝠般的手臂仍然纤细且肌肉发达，脚上仍然穿着人字拖。她几乎没有任何改变，只是老了九岁。相同的体重，相同的身材，相同的黑发和发型，不过头发略微稀疏了些，有了些许灰白。她额头上有着相同的雀斑，不过在那张四十岁左右的脸上，已经有了更深的皱纹。她那双依旧湛蓝的眼睛周围也多了些鱼尾纹。黑色蝴蝶文身仍然平整地伏在她手上，仍然是错误的。她的后兜里仍然放着一只打火机和一包香烟，但我没有允许她在我的地盘上吸烟。我绝对不会允许二手烟毒害凡泰，而且我已经拿到了她的 DNA。

"听说你去过 S 市了。"她说道。

她的语气里没有疑问，也不需要我对其表示确认或否认。我直直地站着，手放在餐刀抽屉旁边。那里面放着一组刚打磨过的专业刀具和我刚才从办公室拿来的那份文件。

"好吧。"她说道，"你杀死了他最重要的那名'骄傲'。他是这样称呼她的。现在他真的非常想要把你送进那个池子。你一定已经知道了吧？"我听出她的语气带着一种压抑的镇定，但她实际上只是故作镇定罢了。她的一根手指在岛台表面滑动着，我仍旧待在餐刀抽屉旁。

"他说我是一份礼物。"我说道。

"所以你真的和他说过话了？我没听说这个。他长什么样？"她问道，不再在我的厨房中四处徘徊，而是转过身来挑起眉毛看向我。她的肢体动作比她的话语整整慢了一拍，这表演简直糟透了。她的肢体语言告诉我她在撒谎，我没有作答。

"行吧。随你。你现在一定什么都知道了吧，对吗？他的'骄傲'有没有告诉你所有的事情？"

"她叫梅兰妮。"

维拉达挑起的眉毛抽动了一下。她把双手放在背后，然后抬头望向高高的天花板，开始在两个岛台间徘徊。她似乎是在进行某种评估，就像我的爸爸变成一名"亲爱的逝者"时，来到我们位于新罕布什尔州家中的那个房地产经纪人一样。她的眼神流连在厨房天蓝色的墙壁上，看着墙上挂起来的那些艺术品和凡泰的作业。她的眼神游移到海蓝色的橱柜上、珊瑚色的餐桌上还有我那只在蓝绿色地毯上趴着的胖猫上，然后点了点头表示首肯。"挺不错。"她说道，"餐饮从业者肯定想要这样的厨房。"她抬头用手指着吊扇说道，"那里就是十八年前他们囚禁你的地方吗？就在厨房的正上方？"

"龙虾池之夜是哪一天？"

维拉达把头低下，怒视着我。"她叫梅兰妮是吗？不叫'骄傲'？梅兰妮没有告诉你所有事情吗？你还需要我的帮助？"她眨着眼睛扮起纯真，语气里满是讽刺地说道。

"龙虾池之夜是哪一天？"

"当然是十月十三日了。"她似乎觉得我早已知道。她再次徘徊起来，这次朝着我的方向走来。我们之间隔着一张岛台。

"十月十三日。这是他的生日，对吗？"她惊讶地瑟缩了一下，差点儿向后摔倒，像是她身上系着一根绳子，而我突然猛地把绳子拽紧了一样。她脸上的自鸣得意消失了，我将了她一军。

"你已经知道了？"她的声音有一丝颤抖。我们都将手掌分别按在两张岛台上，瞪着对方。

"很明显。"其实并不明显。但是考虑到那些象征意义和仪式，考虑到主教曾说过我是一份"礼物"，我这样猜测是有依据的。从维拉达的表情和紧张得向后倾斜的身体可以看出，她原本并不想透露那天是主教生日这件事，因为如果我得到这条情报，我就能顺藤摸瓜探明他的身份以及他的过去。但事实上，我根本不需要知道他的生日。

我转身拉开了抽屉。

"那他妈的是什么？"她满是戒备地说道，沿着岛台迅速向门边移动，"刀？"

"这是一份文件。别跑！"

她在离门仅十英尺的地方停下，转过身面对我。我向她走去，踢掉了左脚上的懒人鞋。我在离她两英尺远的地方停下。透过门上的玻璃投射进来的阳光被分割成了好几条不同角度的光线，受到阳光照射的地砖上出现了一块块光斑。我们俩的脚就在那块光斑中，我低下头。

"你看到了吗？我的第二趾比拇指要长，剩下的脚趾则越来越短。"

"你到底想说什么？你可真他妈是个疯子。你好像一点儿都不害怕龙虾池。你去了Ｓ市，然后和……梅兰妮谈了话，你们到底说了些什么？你怎么还能冷静地讨论脚趾的事情？丽莎，你到底要搞什么？"

"为什么我和梅兰妮谈话的内容对你这么重要？"

"因为我们是一支团队啊，丽莎！如果我们要抓住他们，我必须确保我们掌握了同样的信息。"

"如果你这么担心，你为什么不早点儿来呢？我是五年前去的。"

她翻了个白眼，双臂交叉起来。"这不明摆着吗？听说你去了那里的时候，我紧张坏了。我为我们做了那么多工作，我为了我们，为了你和我才重新打入内部。主教有时候都会直接打电话给我。他打电话给我，咆哮着你去了 S 市的事情时，我真他妈吓坏了。我必须确保他们追踪不到我，确保他们不会查到我跟你会过面，他们不能知道我跟你的关系。我必须确保你没有把事情告知任何执法部门。放过我吧，原因还不明显吗？"

她的某些肢体动作仍暗示着她在说谎，但其中也有一些是真话。

"可你今天还是大摇大摆地来了。你应该知道我现在已经有了大概一千份你的照片和录像吧？那些东西就在这栋楼里。"

她哼了一声后大笑起来，"这些年里我面部的照片并没有帮助你弄清楚我是谁，不是吗？"她顿了顿，似乎在脑中与一些其他想法斗争着，"对吧？但现在这又有什么关系呢，丽莎？仪式就在一个月之后。他三周后就会来这里。告诉我，我有什么需要注意的东西？你在 S 市到底知道了些什么？你做了些什么？你都告诉谁了？"

"你只需要知道你该知道的。现在，看我的脚。你注意到我的第二趾比拇指长了吗？"

维拉达往门的方向退了一步。

"那我干脆离开吧。"她又往后退了一步。

"你不会走的。你想知道我了解到的事实，你还想知道我能不能把那个该死的仪式破坏掉。"

她愣了一下，停下了脚步。

"回答我的问题。"我向她伸出我的左脚。

"我注意到了。随你吧。它确实比较长。"她说道。

"那么，你能看出你的脚趾和我的有什么不同吗？"我指着她的脚说道。

"我的脚趾被灼伤了！"

"长度方面呢？"

"莫名其妙！"

"如果你能够在我问问题时好好回答，我们就可以早些结束谈话，你也可以早些离开。你现在完全是在浪费时间。"

"我的脚趾都是齐的，它们长度都相同。你满意了吗？神经病！"

"答对了。这意味着你有日耳曼血统。而我呢，我的基因显然是混杂的。我有金色的头发和蓝色的眼睛，如果你知道我的脚趾是遗传自生活在地中海、希腊和意大利的祖先，你可能会觉得很惊讶。你有着黑色的头发和蓝色的眼睛，以及长度基本统一的脚趾，再加上这个。"我把从抽屉里抽出来的文件交给她，"你有着百分之百的日耳曼血统。"

"这是什么？"她看着文件问道。

"你先读。"

我向后退到冰箱旁，打开门，取出我那用可回收玻璃瓶装着的矿泉水为自己补充水分，维拉达则背过身去阅读我给她的文件。

"你想让我给你解释解释文件的意思吗？"我问道。她仍然背对着我，几乎把头埋进了文件里，我看不清她的脸。"这是一篇你那有着日耳曼血统的兄弟，换句话说，是主教毛发样本的 DNA 分析报告，同时也是一篇你香烟滤嘴上唾液中的 DNA 与主教 DNA 的对比分析报告。你可以在结论中看到，两个样本的 DNA 是近亲关系。但是这份报告仅仅是一份证据。通过比较你和主教的脚趾及一些其他身体特征，我先前就已经猜到了你们有着血缘关系。"如果她当时没有那么激动，她可能会想到问我在哪里看到过主教的脚趾，"灼烧龙虾"录影带的存在就有可能会暴露。但情绪冲淡了她的理智，她的呼吸变得越来越沉重。维拉达突然崩溃了似的转头看我，脸上满是愤怒。她准备向我扑过来。

"别动，维拉达。如果你靠得太近，我就会扭断你的脖子。"我当着她的面打开了冰箱门，并将水瓶放了回去。

"你妈的，丽莎！"维拉达尖叫着冲向我，被她撞到的冰箱门猛地关上，装着调味品的瓶瓶罐罐发出一阵"哗啦、哗啦"的声音。她咬牙切齿地停在我面前，沉重的呼吸几乎扑在我脸上。我将头撇向一侧，斜着眼看她，评估着她紧咬的牙关、扭曲的脸庞和急促的呼吸。我眨了两下眼睛。

"你的举动很有意思。"我说道，"你真的对我发现主教是你的兄弟这件事那么惊讶吗？"

"没人想得到你能查到这一步，而且还真的追去了 S 市。我什么都没有告诉过你，没给你任何可以追查的信息。你不知道，也不应该知道。是的，我很惊讶。"

我环顾厨房，盘点着我拥有的这幢楼里所发生过的所有变化。

"你应该知道我经营的这个咨询公司是为执法部门服务的。我猜你其实一直都知道，我会查出来的。"

"你只是做些物理学和生物学研究而已，你他妈的又不是特工！我以为你只会从一些谣言和街头传闻中了解到龙虾池，我只想让你知道那些都市传说！你怎么还窥探起我的生活来了？你可真厉害啊！我以为你只是一名科学家而已。"

我是一名妈妈，同时也是一名艺术家。我还有其他身份，科学家只是我的职业罢了。

"我必须追查你，因为你是个骗子。"我回答道。

"那你还知道些什么？梅兰妮还告诉你什么了？"

"她还没来得及告诉我任何事情就跳楼自杀了。"

"狗屁！"

"你只会选择相信自己愿意相信的事情，就像你选择相信自己的感官知觉一样。这只是简单的心理学和生物学。"

"他妈的，我受够了。我不干了。你一个人干吧。我不会再留在他身边等那出戏了！"维拉达说着迅速扭过身子，再次朝门边走去。她那些无用的情绪波动让我感到疲惫。我早已预料到，一旦我剥下她的保护层并戳穿她的秘密，她就会像这样将自己的真面目整个暴露出来。我鲜少与一个和我没有感情联结的人进行这么长时间的对话，这也让我感到疲惫。我默默对自己说，我正在面对的是一面镜子中的自己，这才让我撑了过去。就像奶奶所说那般，"浩瀚的宇宙会为我们在人生之路上投下一面镜子"。我将维拉达当作映照我身影的一面镜子，一面功能失调的镜子。

"别扯淡了。你不会退出，你还不能退出。我有事要交给你来做。"我看着她双臂交叉在胸前屏住呼吸的样子说道，"你要控制一下自己的情绪，维拉达。如果不这样做，你的心智就不会发展。"

"我恨你。"

"我发现你在某件特定的事情上会很有用。回来。低头看看，你还看到了些什么？"

"我看到烧伤了的脚。他妈的。只有烧伤了的脚。"

"你没有明白这个问题。来，看这里。看看你伤疤的样子，你的皮肤组织皱褶、重叠并且开裂，里面的小块皮肤呈粉红色，有些边缘则硬化了。你有没有见过化学灼伤的皮肤是什么样的？"

她没有回答。她的眼睛睁大了。

"梅兰妮的皮肤不是这样。她像是被扔进了一桶红色染料里，皮肤某些地方有着不均匀的色素沉淀，有些地方又皱起来，有些斑块变黑、结痂，跟你的烧伤非常不一样。你的脚是被火烧伤的，不是漂白剂。你和你的兄弟一样都经历了那场大火。那场杀死你父母的大火。"

维拉达愣怔了一下，瞪圆了眼睛。"你根本不了解我。"她摇着头说道。

"我知道是你放的火。"这只是一个疯狂的假设，但我需要验证各种可能性，这样才能确定我可以在整个计划中给维拉达多少信任。我仔细评估着她身体的每一次抽搐、她所有的肢体语言、她的语气、她的措辞、她的眼神。所有这一切都是必需的，我必须把她对我说过的谎言和一个疯狂的假设一股脑儿甩到她面前。

维拉达移开了视线，再次转过身去背对着我。她什么也没说，只是将身体缩成一团，把手捂在脸上。我无法评估她的面部表情，但我听到了她那嘶哑的抽泣声。

"你不知道。你不知道。你什么都不知道。"她抽泣着说道。

"转过来。"我需要确定她是不是在演戏，"转过来。"

维拉达继续抽泣着，并在喘息的间隙说着一些不连贯的短句："……他们在工厂里发现了女孩儿……走私了……他从他们那里学到的。从他们那里……"

我不知该如何判断。这些话的一部分听起来似乎排练过，但另一部分又似乎是事实。她转过身，脸上满是泪痕，眼睛已然发红。她擦了擦脸，站起来，深吸了一口气，挣扎着向前迈步，仿佛在为吐露某些关键的实情做着准备。当她说出"我当时只有十岁。我必须烧了那个地方"时，我发现自己无法在这个紧要关头认定她最终吐露的那些辩解中到底有多少是谎言，又有多少是实话。因此，我决定只告诉维拉达一些必要之事。

"十月十三日龙虾池的举办地在哪里？"

"这意味着我们要继续这次行动。"

"你为了抓住你的兄弟等了这么久，只想将他和他那些有权有势的客户都关进监狱。我们必须继续，你知道的。别浪费时间了。地点？"

她咬咬牙，长吐一口气，小声说："马萨诸塞州维伯里园林区的一座石头大宅里。"

"几点？"

"傍晚，但我不知道具体什么时候。任何时候都有可能。"

"几点？"

"丽莎，我真的不知道。他说过会在他觉得'火势正好'的时候举行。没有人知道这到底什么意思。"

"好吧，在晚上。够了。"

她把手举起，同时翻了个白眼："是啊。够准确了。"

"那个龙虾池本身。它还是和以前一样？"

"是啊，它还是一如既往地疯狂。他已经疯了，丽莎。他沉迷于仪式般的循环往复，那已经成了他的传统。他已经着魔了。我必须毁掉他。"

我终于知道了日期和地点，我想我可以花一点儿时间向她提出控诉了，因为她的这些行为大大折损了我的执行能力。

"你明明早就知道地点在哪里，但你还是撒了谎。我很困惑为什么这些年间这么多女孩儿被掳走，你却什么都不做。"

"拜托。"

"在很多层面上，你确实是和主教一样的怪物，维拉达。所以，你的真名又是什么？"

"你可真他妈聪明。怎么，你没法根据梅兰妮告诉你的那些东西进行推理吗？你也可以早一些介入的。"

"我试着找过更多关于那场大火的信息，想顺着这条线找到你的真实姓名，揭露更多你们的秘密。但是，那场大火是发生在国外某处的，对吧？在哪里呢？又是发生在什么时候？三十年前？我可以找到的那些官方记录里什么都没有。我甚至不知道要查看哪个地区的资料。"除此之外，我还对维拉达隐瞒了一些事实。我在 S 市的司机没能为我提供进一步的帮助。他在将巴士上的女孩儿们安全送至我们选定的安全地点后就被派往一个秘密地点执行其他任务了。我们上一次进行加密通讯时，他只告诉我他被派往了"地壳的低处"，那之后我就再也没有与他取得联系。我没有丹的帮助，也不能让刘或洛拉参与进来。我已打定主意要坚持那个"去 S 市处理专利业务"的谎言，还和丹统一了口径，任何人问起我们都会给出相同的答案。经过那三天的监视生活，丹和我已经成了并肩作战的亲密战友。至于车上那些我不知道姓名的女孩儿，她们全都已经各自离开了。

"我不在乎。"

"事实是不会改变的。你明明知道，这么多年来却什么也没做。"

但我是不是可以更努力地探查下去呢？如果让刘和洛拉都参与进来，我是不是就可以更早地发现仪式的举办地点？

我停止自责，默默提醒自己应当被指责的只有维拉达。

"你这个变态。首先，我没有把这些东西告诉你是因为我以为你就是个蠢猪，我以为告诉你这些后你只会让各种联邦特工参与进来，以为你会早早儿地把他们的场子关掉。如果你真的这么干了，他们会联合执法部门中的那些内鬼把事情压下去。他们总是能够全身而退。你一定清楚我们必须把主教和他的客户全部抓起来，抓个现行。不这样的话根本没用！所有的行动都只会是一场空。我们必须这样做，我们别无选择，必须到最后一刻才能出击。我们需要得到让他们无可辩驳的证据。"

"你隐瞒了地点，你伤害了那么多的女孩儿。那是不可接受的。"

"为了能够永远结束这一切，那些女孩儿注定要成为牺牲品。"

"别人皮囊的死活并不是由你决定的。"

她摇了摇头，眉头皱了起来，向我投来一个困惑的眼神："皮囊？"

洛拉就是这么说的。

"随便吧。"她整理着自己的面部表情，使其重归平静，"好吧。"她顿了顿，然后补充道，"所以我们并没有达成一致。"

"的确没有。"

她闭上眼睛，摇了摇头，似乎陷入了沉思。片刻后她睁开眼睛，以一种顺从的语调说道："管他的。你会做好准备吗？"

"重要的是你要做好准备。"我对她眨了眨眼。我把愤怒的开关打开了一些。我对她的那些谎言感到愤怒，她的迟到让那些女孩儿遭受了长达数十年的折磨。看到她因为我的表情和指示而感到窘迫，我感到异常高兴。

"还有一点。他们是如何入手漂白剂的？"我问道。

她盯着我。

"从外面订购的吗？"

"怎么来的有什么关系？是订购的。"

"具体过程？"

她迟疑了，咬着下唇。我等待着。

"漂白剂是我负责订的，可以了吧？我负责所有的订购，也负责记账。那是我在组织里面最重要的工作。家族企业。你难道没查到这个吗，丽莎？他一离开那家孤儿院就得到了信托基金，钱全都归了他。我的父母就是两个浑蛋。后来他把我从我所在的孤儿院弄了出去，当时的我别无选择。"

我不在乎原因。我只关心与行动有关的事实。

"你已经订好到时要用的漂白剂了吗？"

"还没有。"

"如果你真的想把你的兄弟抓住，那就按我说的做。我会给你们发去足够的漂白剂，你要确保每一罐都被放在他们举行仪式的房间里。你要给他们这样的指示。如果你不这样做，我马上就会知道，然后我就会破坏任何你企图捏造的不在场证明。你会因此而付出血的代价，会因此入狱。你要记住，我了解的可比我告诉你的要多得多。你也见过我在法庭的誓言之下说谎。所以，你会就位准备处理我提供的漂白剂吗？"

她用力点点头，显然正在脑子里计算着些什么。她踮起步，一脸认真地说道："但是，他们只用特定的一个品牌。你不知道是什么牌子吧。"

布里利康。工业级。

"什么牌子的？"

"布里利康。工业级。"

"知道了。"

"必须是特定的容量的罐子。"

二十五升。

"多大容量的？"

"二十五升。"

"知道了。"

"你一共需要订购五十罐。"

"明白了。所以你会接收我提供的货物并确保将它们全部都被放在那个房间里，是吗？"

"是的，是的。"

"很好。"

"只有这些指示吗？"她再次焦虑不安起来。

"还有别的事。但是我想先确认一下某件事情。你的兄弟和他在美国的那些手下，他们都知道你在给我提供信息吗？"

"是的。他们之前并不知道，他们以为今天是我第一次与你进行接触。他们以为你根本不知道我与主教有关系。至于你是如何找到梅兰妮的，主教也完全没有头绪。我设法使他相信你去 S 市可能只是因为你疯了一般想要找到关于十八年前那件事的线索，我告诉他那也许是因为布拉德在监狱里说过些什么。无论怎样，他们以为我现在向你提供的只是联邦调查局正在追查的其他人口贩卖团伙的信息，而且你会和我约定好在十月十二日，也就是仪式的前一天，为了我提供的进一步情报去马萨诸塞州某个尚未确定的地点与我碰头。他们以为你会相信政府真的在追查这个组织，而且你不会让其他人参与进来。"

"你真的让他们相信了这些？"

"是的，我做到了。"她的语气坚定，肢体语言也没有任何能证明她说谎的迹象。她直直地看着前方，眼神也没有闪躲。"听着。你要记好，这是一个规模非常小的组织。我告诉过你，主教必须将其保持在这么小的规模，这样他才能够远程控制这里的一切，才能够让最有权有势的浑蛋们参与到这些疯狂的体验中。就像……"她迈出一步，转了一圈，似乎正准备给我上一课，"你知道的，所有的国家都想要从他们的对手身上收集可以威胁对方的情报，对吧？你觉得他们是怎样在神不知鬼不觉的情况下获得这些情报的？他们会动用那些小型监狱，像我父母和我兄弟经营的那种。他们会购买那些小型监狱里发生的任何猛料，或者像我们这样自己制作。就像个地下情报黑市，你明白吗？你想一想，他住在国外。美国这边有我帮忙——他是这么认为的，并且还有另外两个女人管理那间看起来并不起眼的非法妓院，在它的地下举办各种变态的体验活动。他们会录影，用来勒索那些人，将这些录影带卖给对其感兴趣的政府机构，卖给那些彼此竞争的政客，卖给那些可疑的咨询公司，等等。但是那里的规模很小，不会有任何隐藏的摄像头，也不会留下任何电子证据，那里只有我们的核心组织使用的仪器。他们必须保持这种状态，否则整个组织都会毁灭。在美国的只有三名警卫，当然，还有我和两个女性管理员。那两个女人中的一个是个特别矮小而且年纪很大的坏蛋，我的兄弟一直把她留在身边，因为她曾经为我们的父母做过同样的勾当。有几个蠢货做外围工作，负责打杂跑腿，但是他们对于组织是如何运作的一无所知。因此，要说服主教、那两个女人以及那些警卫并不是那么的困难。丽莎，也许你是你自己世界的主人，但我也是我自己世界的主人。"

"好吧，那么，你还有第二项任务。你必须确保那些该死的浑蛋不会试图往我的静脉里扎针。"我走向海蓝色的橱柜，橱柜底部的抽屉中放着好几个文件夹。我从其中抽出一个薄薄的马尼拉纸文件夹。"你就告诉他们这些病例是你从我的办公室偷走的。对他们说我对海洛因的成分过敏。你也可以不使用这些病历，随便编些理由，只要能确保没有任何针头会靠近我就行。清楚了吗？"

"这些病历是真的吗？"她问道，一把把文件夹从我手中夺走。

它们当然不是真的。我怎么可能告诉你我真正的弱点。

"当然是真的。这很重要。我会有过敏反应。"

"好吧。天哪。不用担心，我会好好处理的。"

"很好。"

我才是主人。

"你说什么？"

"我什么也没说。"

她退后了一步，声音带着一丝我从未听过的战栗说道："随你吧。我有时候会在波士顿玛丽安娜教堂上班。那是我的一个卧底身份。那一周，我每天九点到五点都会去玛丽安娜教堂，无一例外。让你的后援人员过来见我。我知道你有后援，除非你真的是个白痴神经病。不来与我联系是不会对他们的行动有任何好处的。他们需要我到维伯里园林区那边就位，不然他们就不会知道确切的抓捕时机。记住，你不能在身上携带任何金属或电子产品。不能有 GPS，什么都不能有，听懂了吗？记住，在那些观众进来之前，你的后援人员千万不能闯进去乱抓一通。时机非常关键。丽莎，千万别搞砸。让你的后援去玛丽安娜教堂找我，这样我就会知道你已经准备好要被抓进去了。知道了吗？成交？"

"成交。"她正在朝门边走去，我举起手，让她停下，"等等。为什么主教会称我为礼物？是来自谁的礼物？来自他姐妹的？"

"我永远都不会把你当作礼物送给任何人。他认为你是来自宇宙的礼物，也就是来自他本人的礼物。他认为自己是世间最杰出的存在，所以他自己给自己送礼物。他就他妈的是一个疯子。经过在 S 市发生的那些事，任何人都会把整件事叫停，但那只会让他变得更有勇气继续了。他甚至没有对任何付费观众提起过你去了 S 市的事情。他们知道后一定会退出。我们可以利用他的疯狂和贪婪来打败他。"

"那些观众都有谁？"

她笑了："那可是我的保障啊，丽莎。保证你会把整件事进行下去，并把他们当场抓获的保障。我不会把这些信息给你的。你会做好准备吗？"

我望着她的蓝色眼睛，思考着如果能够把她脸上的自鸣得意扯烂，我是不是会感到释然。但是我没有打开任何感情的开关，我选了更务实的选项。"我已经得到你的指示了，你走吧。"我说道。

她摇了摇头，转身走出厨房，驾车离去。

再见，维拉达。

谁会这么做？什么样的白痴犯罪分子才会信任他那双重间谍姐妹，让她给我提供情报，然后一直等到他重要仪式的前一天才来抓我？也许主教一直准备着另外一个可以扔进龙虾池的女孩儿，他抓不抓得到我都没有关系，因为我只是一份额外的奖励。一份礼物。来自他自己的，来自宇宙的，来自他的姐妹的，又或者……天知道来自哪里！我提醒自己，无论他与维拉达的疯狂意图到底是什么，都无所谓。重要的是，我被标记了，而且还有其他的女孩儿危在旦夕。那些牵扯其中的有钱男人必须被当场抓获，而我必须做好准备，解决这一切。

第二十章

爸爸的实验室

直到一年前，维拉达还一直住在那座石头豪宅对面的房子里，扮演着乔西妻子"卡拉"的角色，我发现自己很难接受这个事实。乔西对此一无所知。这可真是个好掩护。又一个假身份。维拉达，我鄙视你，但你那大胆的举动令我好奇。尽管乔西在不断向我抛出各种问题，但我没有与他进行任何交谈，只是不断给出左转、右转的指示。我简直不敢相信，这个唠叨的家伙居然他妈的没有手机。

他将两只手放在方向盘上，安全带系得牢牢的。我注意到了他上车时那些细微的动作。他检查并调整好皮卡的所有后视镜，倒车之前他确认了我是否也系好了安全带，甚至发动车子时还与皮卡讲话："你要保证我们的安全哦，凯茜！"他一边说一边拍了拍仪表盘，好像那是这辆皮卡的头一样。我欣赏他为降低风险所做的这些努力，甚至包括那些效率低下的迷信行为。乔西是一个充满着各种矛盾的人，一个难解的谜题。

他通过后视镜再三确认了路况，然后超过我们前面的那辆车，以这条路的最高限速匀速向前行驶。他扭头对我说道："如果你不告诉我，我会一直问的。为什么你看到我妻子的照片和'维拉达'这个词的时候一副吓坏了的样子？"

"我以为我认识她，但其实并不是这样。好好开车。"

"我才不信。"

"看路。"

"为什么，你不喜欢我的驾驶方式吗？"

"我很欣赏你的谨慎驾驶。"这是我真实的想法，因此我不明白他为什么要甩给我一个怪异的表情。

"天哪，谢谢了。"他摇摇头，视线回到路面上，然后用柔和的语气说道，"谢谢。我不想像我父母一样，最终葬身在一堆高速公路上的残骸中。"

"了解。在下一个出口下高速。"我望着前方。我们马上就要到达我爸爸的实验室了。

乔西重重地呼出一口气，但我没有转过头去查看他脸上出现了什么表情。

就是这儿了，我爸爸的实验室。这幢建筑位于新罕布什尔州曼彻斯特榆树街转角处，它沙褐色的外墙上窗户极少，两侧高大的建筑物的遮挡更让它显得不起眼。无论是建筑的外形、与旁边的人行道的距离、外墙那黄沙似的颜色还是它不上不下的高度，这些都是它为了在这里隐藏自己所采取的伪装。马路对面是新罕布什尔州会议中心酒店。我厌恶其名称中的"中心"一词，它多余且低效。我一直以来都只将其称为"那间酒店"。酒店正面挂起了横幅欢迎前来参加"秋季古董大会"的古董商们，横幅足有四英尺高。

乔西留在了他那辆皮卡中。他用丈夫对妻子说话的方式告诉我他会在车里等我，好像我是要去一家普通药店给凡泰买一些抗链球菌药，而不是即将进入拥有最尖端技术、有科学家在内研究微剂量辐射对癌症肿瘤效用的实验室。

为持有研究所需的放射性物质，爸爸这座不起眼的建筑根据美国能源部的规定采用了军事级的安保措施，在这里工作的那些博士也必须遵守规定。那些米粒大小的"辐射种子"必须每天人工计数并记录三次，除了检查时它们都被严密地锁在铅制容器中。激进的恐怖分子很可能会对这间实验室有所图谋,因此这里与电影《十一罗汉》[1]里的赌场一样设置了多层复杂无比的安全措施。不过我凭一己之力就渗透进了建筑内部并绕开了所有安全措施,我可不像乔治·克鲁尼那样需要其他十个团队成员。真是业余。

设施内采取了很多保护措施,因为那些物质随时可能会跑到操作人员的座椅下面,并让他们的臀部罹患癌症。我不想和那危险的东西有任何联系。我的目标是那两张最特别的光盘:一张是能发出强劲声波的肉色光盘,在所有我已经准备好的录音光盘中,它是最强力的一张;另一张则是信号发射盘,它可以用来给刘发送信息。我将这两张光盘存放在了我所知道的美国东海岸最高安全等级的地方,以确保其安全性,并计划在最后一刻来临时再将其取出。一年以前,我顺走了爸爸实验室合伙人——也就是五年前他在我公司总部面试的那个红发女人的门禁卡。我一直叫她吉娜·戴维斯。那个女人一直在休假中,因此对门禁卡的遗失毫不知情。自从看了《迷失Z城》[2],她就一直在南美洲的热带雨林中找寻着某些所谓的"失落之城",这是她的爱好。

我那"亲爱的逝者",我的爸爸现在正和她在一起。

我是这么认为的。

爸爸一定是听到我在外面刮擦着门,于是把门打开让我进去。他看到我时十分惊讶,我看到他的时候也是一样。他的眼睛里布满了血丝,看来他刚才一直在哭。他啜泣着将我揽入怀中:"哦,丽莎。你没事就好。警察在到处找你。丽莎,我无法相信你妈妈居然被枪杀了。她死了。天哪,丽莎。还有芭芭拉!"

他妈的。

[1]《十一罗汉》,2001年史蒂文·索德伯格执导的美国电影,乔治·克鲁尼等主演。
[2]《迷失Z城》,2016年詹姆斯·格雷执导的美国传记冒险电影,查理·汉纳姆等主演。根据美国作家大卫·格恩同名小说改编。

一年以前，爸爸向妈妈吐露了他与吉娜·戴维斯坠入爱河的事实。我尊重事实，我只能理解事实。如果有人像一年前妈妈告诉我的那样，让我把某个人看作一名"亲爱的逝者"，我很可能会接受字面上的指示。我不会为妈妈或者爸爸打开爱的开关——一旦这么做，我的行动就会受到限制。就连奶奶知晓他的所作所为时也曾建议我在一段时间里按妈妈要求的去做，以表示对妈妈的"忠诚和支持"。我已经一年没有和爸爸说过话了。

我移步到建筑物内，迅速关上那扇门，它在我们身后自动上了锁。

"吉娜·戴维斯在哪儿？"

"拜托，丽莎。你不能再这样叫她了。她叫……"

"她在哪儿？"

"她还在巴西。"

"那你为什么不在那里？"

他将双臂松开，开始绕着圈踱步。"丽莎，亲爱的，我很高兴你没事。"他双手做出祈祷的姿势，然后蹲下身，捂着脸哭泣道，"我的天哪，你的妈妈居然……他们说不定会把你也杀了。丽莎，我好想你。"

"爸，我们现在没有时间了。你为什么不在巴西？"

爸爸抽泣得更加激烈了。等啜泣声渐渐弱下来，我再次问道："你为什么不在巴西？"

他将脸埋在双手之中，嘟囔着一些我听不清的话语。他可能说了"你妈妈打来电话""你的绑架案"之类的话。

"什么？"我问道。

他抬头看着我，仍然蹲在地上。我往他那边靠近了一些，问道："爸，你刚才说什么？"

"我回家是因为她给我打了电话。她说她跟进了一条线报，那与你的绑架案有关。"

"所以你……"

"所以我就回来了。"

我们互相凝视。他站了起来。

"还有后续。"他说道。

我点了点头。

"跟我来。"他说着走进了三号实验室。这里就是我藏匿那两张关键光盘的地方。我略感忐忑，担心爸爸会发现它们的存在，担心我必须解释它们为什么会在这里，然后他就会试图叫停我的整个计划。

我们走向实验室一侧放着的一台电脑，我藏东西的那个柜子就在它正对面。

"妈妈的线报是哪里来的？"

"等等。"他一边打字一边说道。爸爸正试图在一团情绪之中变得坚强起来，他正将自己转化为钢铁之躯。我看到过他在工作时进行这种转变。他会情绪爆发，但同时他也能够立刻集中自己的注意力。我认为这是一种宝贵的品质。

"看这里。"他说。

屏幕上显示着一封转发自妈妈个人邮箱、而非工作邮箱的电子邮件。我注意到妈妈仍然没有改掉她的婚后姓氏。收到邮件的日期是三天前。

　　依兰德女士，你现在明白我所说关于拉斯珀法官的事是什么意思了吗？你现在理解为什么牙医要对他这样做了吗？拉斯珀去年在《波士顿环球报》的专栏里提到了他几年前写的那篇《埃萨克斯法律评论》。我猜他是不小心说漏了。当然了，没有人注意到那个线索。他们都以为我是文盲，是维拉达的游乐园里一个毫无用处的非法移民女人。《环球报》上的那篇文章也许能让你将各个点串联起来，同时也不会把我卷进去。我没有什么可依靠的，但是我的女孩儿们需要一个机会——我马上就不能照顾她们了。
这些人必须被当场抓获。拜托，请你曝光这一切。

维

我后退了一步。维拉达的游乐园？这符合我对她的了解。但这同
时也可能意味着她还在撒谎。写这封电子邮件的可能是任何人。可能
是维拉达本人，也可能是那间石头豪宅中的另外一名非法移民。

"拉斯珀法官在那篇评论文章里写了什么？"我问道。

"等一等，宝贝。"爸爸的眉头皱起，深呼吸几次，然后用袖子擦
了擦眼泪，"在这儿。"

我凑过去看向屏幕。

"看脚注 39。"

我翻到脚注 39。

[39] 人口贩卖罪犯访谈，受访人分别为印第安纳州的 B. 赖斯、
印第安纳州的 T. 考德威尔、田纳西州的 T. 伦费尔德和新墨西哥
州的 C. 海史密斯，记录分别保存在其个人档案中。

布拉德·赖斯，十八年前绑架案的总策划；T. 考德威尔，他们聘
用来接生的浑蛋医生，想要带走我的凡泰。这条十五年前的法律评论
文章中的脚注只有两行十号的小字，当时拉斯珀法官还只是一名新
任法官，文章脚注 1 里的个人履历表明他当时刚刚结束了私人执业律
师的生涯。脚注 39 已然说明了一切。

"三天前你妈妈给在巴西的我打电话时，给我读了这条脚注的内
容。她推测拉斯珀根本没有进行什么访谈。他是在检查那些犯人，以
确保他们没有泄露关于他们背后那个组织的消息。这是个完美的掩
护身份：一名进行访谈的法官。"

"妈妈的推测是正确的。他们为此杀了她。"

"哦，丽莎……"爸爸的表情再次因情感而扭曲了。

"我们现在必须去你的安全屋。我过来就是为了这个。我们要在安全屋里躲到危险过去。我们现在不能相信任何人，毕竟有法官为他们做事。"

如果我上次检查时他就已经更改了回来的时间并改签了航班，我一定已经把他像莱尼、凡泰和奶奶一样保护起来了。我需要打电话给刘向他汇报最新进展，需要光盘，需要赶快回到维伯里。

"警察正在来这里的路上，他们想问我一些问题。"他说道。

"你不能回答他们的任何问题。我们并不知道谁才是可以信任的。"

我在身处妈妈受害身亡的余震中时向爱娃提及了爸爸实验室所在的位置，因此，即便没有警察要来这里询问我的爸爸，即便所有警察都是清白的，那些中心环的守卫肯定也正在这块区域寻找我的踪影，随时准备突袭。

"赶紧，爸爸。去安全屋。马上。"

"丽莎，这太疯狂了。停下，赶紧停下！"

"不行。快点儿。难道你想和妈妈一个结局？"

"天啊，丽莎，你怎么能这么……"

我看着他，等着听他会用什么形容词。

"没关系，宝贝。你说的是对的。对不起，你说的是对的。我们在那里会很安全，我们可以打电话给我认识的一个律师。那是一个我们可以信任的人。如果这能够让你感到安全的话，那就走吧。"

"是的。"我说了谎。

我们来到那间我要求他在地下室安装的安全屋前。他先走了进去，把灯和空调打开，然后设定好温度。屋子角落中有不锈钢马桶，屋里的架子上放满了各种罐头食品和水瓶。为防我自己也被关在里面，冰箱里还有两盒士力架。我从外面关上了门，把他关在里面，并输入了我设置的那个密码。我将他锁在了里面，并禁用了内部电话。这是一个安全屋，同时也是一个囚笼，我曾计划在这里关押囚犯。讽刺的是，我本计划今晚说服我妈妈，让她和我一起来这里取我的光盘；我原本打算将她关在这间安全屋中。考虑到我可能会有什么三长两短，我在门上设置了特殊的计时器，门会在三天之后自动解锁。

我完全不知道爸爸有没有在里面拍门让我把他放出去。这间屋子是隔音的，我也没有在外侧安装任何监视器，因为它就是用来当应急安全屋的，在外侧看起来就是一堵墙而已。

我从三号实验室的各种仪器中间走过，在上了锁的柜子上刷了一下吉娜·戴维斯的卡。"啪"的一声。我将里面的两张光盘握在手中，将它们塞进我七牌牛仔裤的后兜里，确认我那件灰色 T 恤刚好能把凸起处盖住。我没有时间也不想冒险在这里给刘打电话。我必须在乔西说的俱乐部打。

我掩护着自己的头部匆匆跑回乔西的皮卡上，同时留心寻找着那些可能正在阴影中徘徊或者快速移动的打手。我按了按牛仔裤口袋中那两张扁平光盘，催促道："开车！快点儿！赶紧走！"我看了一眼脚上那双紫色耐克运动鞋。维拉达的运动鞋。乔西对于他和我一起行动的危险程度一无所知，对他那"死去"的妻子"卡拉"也一无所知。

当我认识到在我所知的情况与乔西所知的情况之间有着某种脱节时，我心里产生了一种奇异的感受。我并不喜欢乔西这种一无所知的状态。

俱乐部离这里大约三分钟路程，乔西说它就在河边的一座砖结构厂房里面。泡泡俱乐部只是一间娱乐场所，但我今晚会在这里向刘罗杰拨出通报近况的电话，这间俱乐部将会为我们提供掩护，确保我们不会引火上身。虽然我现在就被掳走也无所谓，但我需要确保乔西的安全。

以前我只需要管好自己皮囊的死活，那时事情真是容易多了。

在我们驱车前进时，我没有侦测到任何追踪我们的敌人，但是到了这里，我并不能百分之百确定榆树街上那些来来往往的车里都是不相干的人。

"拐几个急弯，乔西。开快点儿，多拐几个弯，绕路去俱乐部。抄几条小路走。这次你不需要小心驾驶。"我说道。

"了解。"他答道，"系好安全带。来吧，凯茜，你要保证我们安全到达。"

乔西满是紧实肌肉的手臂在打方向盘时弯曲起来，他的眼睛不断瞄着后视镜。我们直行时他会拍拍仪表盘，夸奖他的皮卡："乖孩子，乖孩子。"

第二十一章

泡泡俱乐部

现在播放：R3hab、Bassjackers 乐队《举起你的双手》

"走，走，走，走。"车子停在泡泡俱乐部后的一片阴影中时，我对乔西说道。八座长长的砖结构厂房沿着梅里马克河一字排开，泡泡俱乐部就在其中一座厂房底层的一角。这几座厂房已被改建为现代的饮食购物场所，泡泡俱乐部所在建筑底层的其他空间被餐厅和精品店占据着，上面的几层则被用作建筑师、室内设计师和律师的事务所。

在这个暖洋洋的秋夜，穿着 T 恤的男男女女们靠在泡泡俱乐部外面的砖墙上抽着烟，一些女孩儿光腿穿着短裙和露趾的鞋子。一阵阵吼叫声伴着重低音的声浪从有保镖守护的金属大门中溢出，可见里面那些俱乐部的主顾有多么喜爱今晚的头牌乐队"卡拉尔之子"。根据那山崩海啸般的狂热呼喊声判断，我一定可以在俱乐部里看到女人们撕裂自己身上的背心，向乐队的主唱秀出她们身体的光景。有人正在用扩音喇叭介绍着："这里是蒙克叔叔，让我们欢迎独一无二的卡彭！"

乔西绕过皮卡引擎盖走向我这边，向我扔了一副银色的飞行员墨镜，对我说道："戴上这个，把你的鱼尾纹盖住。你看上去比这个场子里的那些宝贝可整整老了有五十岁。"

"你跟我年纪差不多。"我回答道。我在车上拿了他的钱包并看了他的驾照。

"也许我只是想看看你戴上墨镜的样子。"乔西用一种平淡而与世无争的语调说道，我无法解读这种语调。也许他不知道该做出什么样的反应，不知该悲伤还是恐惧。也许他只是想说一些正确的话。也许他正在像我没有奶奶在脑中教导自己时那样挣扎着。

但这是一场战争。我需要一部电话。

我戴上了墨镜。

我们走进了一个令人烦躁的人类集中地。人群正在共享着他们的汗水和唾液，而我开始计算起真菌感染和患上单核细胞增多症的概率。我穿过了蹦蹦跳跳的人群，但仍然身处前厅之中。

"看来你已经把男孩儿们都收入囊中了。"乔西调笑道，语调依旧平淡。自从提起他妻子去世的事情，他就一直是这个语气，脸上也没有任何笑容。他那张有着酒窝的脸天生就适合笑容，就像那些他与妻子的照片中那样。

"哦耶，丽莎是个辣妹。"乔西又重复了一遍，对着第三个想要靠近我的男孩儿点了点头。

我不是那些地下室里的婊子。

我的飞行员墨镜将我窥探的眼神隐藏其下。我四处搜寻着可以顺走的手机。扫描完人群拥挤的舞池之后，我打消了从那些穿着紧身服装的女孩儿身上偷手机的念头。人群中大约百分之二十的人把手机装在后兜里，而这其中一半人的手机从他们的后兜里露出了头。

蒙克叔叔在舞台上大喊道："听着，所有人，乔西大师来了！他难道不想跳到台上给我来一曲说唱吗？！"

这是什么情况？

乔西脸上带着我第一次见到他时在他身上看到的一抹真诚微笑回应着那声召唤，这令我略感惊讶。我将自己沐浴在仇恨之中，杀死了这种轻度的情感。乔西穿过拥挤的人群跃上舞台。现在我只能靠自己了。

一阵"嗒、嗒、嗒"的声音传来，那是电子鼓发出的一阵急火般的重击和蜂鸟般的拍打声，接着是一阵仿佛来自大峡谷的号角声，然后三段即兴电吉他演奏伴着乔西手中原声吉他所弹出的音符传来。蒙克叔叔和乔西退到了舞台后面，口中哼唱着歌词押韵的二重唱，歌词的内容与一些阴谋论和没脑子的机械人类有关，比如"他们活得像绵羊一般"。除了和乔西的声音工作室里一样的大麻味，这里的空气中还有汗臭味。

我经常在我的练习室里听硬核说唱和嘻哈音乐，也会为了改变思维听一些古典乐。我很欣赏这种类型的音乐能让人产生的激情。因为我一直在听此类音乐时练习各种自卫动作，我的肌肉机械地抽搐起来。几个正在跳舞的人围住了我，不断地摩擦着我的皮肤。我抵抗着想要躲开他们的冲动，压下想到他们的汗水即将与我的混合时的那种局促不安，最终决定融入他们之中。刚进入泡泡俱乐部时我就像跳进食人鱼池的一只老年长颈鹿一般僵硬，但现在我已经化身一只食人鱼，这是一个食人鱼们互相爱抚的池塘。人们在欢呼。

我看到了眼前的猎物——某个明显想和蒙克叔叔亲近的褐发女郎。我从她那副试图引起他的注意力的献媚姿态看出她渴望着什么。她得到了她的奖励，蒙克叔叔此时停下了他的那些指向性极强的歌词，为了营造吊人胃口气氛短暂地顿了一拍，然后指着那个女人并抛了个媚眼，对她说道："接下来的歌献给我的小矮子，小短裤丹妮。"丹妮尖叫着抛回一个媚眼。这表示他们将会定下在今晚进行性行为的契约。我一把拿走她后兜里那晃来晃去的手机，朝前方的消防出口走去。那里的噪声似乎要小一些，我准备在那里打电话给刘罗杰。

我溜到消防逃生通道里，把乔西那该死的飞行员墨镜扔到了地上。眼镜砸在水泥地上，碎了。我需要能百分之百看清眼前东西的视力，至少也得达到人眼和枕神经递质能够达到的最高水平。我上方二十五英尺处是一卷消防水管，被挂在楼梯间竖井的砖墙之上，轮盘被用螺栓固定在接近天花板的一块砖上。水管的黄铜喷嘴可以靠一个铁钩摘下来，那个长长的铁钩被挂在水管旁边。泡泡俱乐部将软管固定在这么高的位置大概是因为不想让那群舞动的病毒对它做出任何愚蠢的举动；或许是因为消防通道所处的地方较低，而水源则处于更高的地方；又或者是因为防止水管被河流泛滥时的洪水淹没。毫无头绪，我不在乎，但某种直觉促使我去观察研究那放置得过高的水管，更具体地说，去观察它的一个附件：那根垂直悬挂在砖墙上的长长金属钩。

我在脑中感谢着没有锁上手机的小短裤丹妮。

我正准备给刘打电话，乔西突然冲进了我身边的一片寂静中。我没有注意到他已经不在唱歌。他冲过来，一下撞到了我，然后我失手把小短裤丹妮的手机扔到了地上。掉在地上的手机和被摔成数块的飞行员墨镜残骸在混凝土地面上，组成了一幅综合材料画作。

"当心！"乔西尖叫道。

两个黑衣人正在试图穿过人群，离我们越来越近了。是维伯里园林区的那两个口臭男，就是开着养鸡场卡车把我运到谷仓后将我的双手绑住的那两个男人：蠢货一号和二号。

我一把抓起水管钩，刚好及时将其穿过门把手。蠢货一号和二号在他们那侧一边拉扯门把手一边喊叫起来。铁钩的杆子在砖墙和金属门上发出的"丁零当啷"的响声、电子鼓那使地面振动起来的重击、在声音的蘑菇云中盛放着的人群的欢呼与喊叫组成了这个消防逃生通道中一个声音的旋涡。声音。电子的，美妙的，声音。一项装备。

"快跑！"我指着通向外面的安全门喊道，"我马上就来！"

乔西犹豫了。

"快！快走！"

他打开门，走上楼梯井，在外面等着我。我思考着我是否应该让他马上逃跑，然后让那两个蠢货把我带走。但是我再次往门的另一边看去时，我发现那两个蠢货正在往外走。不出意料的话，他们会刚好绕到乔西现在所在的位置。我必须确保乔西的安全，因此我立刻从安全门冲了出去。

"快跑！"我边跑边对乔西大喊道。

快，快，快，快，快，快，快，快！

乔西和我开始全速奔跑。

我们已经跑出了几个街区，并再次来到我爸爸的实验室附近。蠢货一号和二号这两颗热追踪导弹似乎已经落后了一定距离，但他们也前进了不少。我检查了一下后兜中的光盘，它们依旧好好地待在那里。

"那间会议酒店，你看，那里有扇打开的侧门。我们可以躲进去！"乔西喊道。

那间酒店。

我跟了上去。比起笨手笨脚地把爸爸实验室的门卡找出来，这样要快得多。再说，我也不会让那些蠢货接近我的家人。

这是一间典型的会议酒店。现在我们有两个选择：沿着一条走廊朝那些会议室所在之处走去；或者选择直走，经过一个拐角后在前台那里撞上追我们的蠢货。我们走向会议室的方向，走近后，我注意到所有会议室都被合并成了一个巨大的房间，一张又一张摆放古董的展台不可胜数，各种各样的东西层出不穷：彩绘置物柜、橱柜、数不尽的木椅、摆放着原始民间艺术品的玻璃盒、各式箱子、地毯和被子。因为有了这些东西，这里就像是奶奶那间堆满了她从跳蚤市场上搜集来的小玩意儿的阁楼。我们有了许许多多可能的藏身之处。

我想起了我们把车停在爸爸的实验室楼前时看到的广告横幅。秋季古董大会。再一次想到爸爸时，我不禁感到害怕。这两个蠢货能找到我正是因为我对爱娃说过我必须来曼彻斯特。

我听到蠢货二号闯入侧门的声音。我从这间大会议室探出头去，看到他正在走廊的尽头搜寻我们的踪迹。他手中握着一把枪，正在对着手腕说话，我推测，他一定是在和蠢货一号进行通讯。

我猜值夜班的酒店前台正在小睡，也许他所有的脑力都放在了往社交媒体上发自拍照这件事上。我既没有听到这里工作人员发出的动静，也没有感觉到这发霉的破地方里有任何工作人员存在。他们甚至没有想过要在无人看守的侧门安排一个保安。如果我要为我的古董在这里租一个展位，我会深深为其缺乏保护而感到担忧。

会议室中的光线十分昏暗，仅有一些在出口标志周围的橘红色小方块儿闪烁着。那世界末日一般的光线在展位上方渐渐过渡为柔和的灰色。

我推着乔西向前走。"藏起来。"我小声说道。

我们踮着脚尖走过一个个展位，我注意到了很多东西。很多的装备。我将几件可用的装备记录在了脑海中快速成型的特别临时逃生计划中。我和乔西躲在一个被涂成珊瑚红色的橱柜后面。一个学步儿童大小、头发稀疏的瓷娃娃正瞪着圆鼓鼓的眼睛在一张橡木高脚椅旁监视着我们，娃娃的瓷手下方有一把捕鲸刀，刀躺在高脚椅上的一个托盘里。娃娃的右手小指折断了。

凡泰是我拥有的第一个娃娃，他十分完美。我无须练习。

我们等待。

我们屏息。

我们等待。

蠢货二号撞开会议室的大门，蠢货一号紧随其后。

"丽莎，我们知道你在这里。"蠢货二号说道。

坏了。

"你无路可逃。时间到了。"蠢货二号继续道。

"乔西，"我小声说道，"穿过过道。藏到那儿去，快。"

乔西伏着身子轻手轻脚地穿过过道，他躲在了两个高大的橱柜之间。

我手执从娃娃那里拿来的捕鲸刀站在乔西对面的阴影中。即便其中一个蠢货来到我们俩所在的过道上，他们也会错过躲在阴影中的我们。他们最多只会看到我们中的一人，但会遭受另一人从侧面发起的攻击。那两个蠢货的第一反应不会是开枪，因为我代表着丰厚的赏金。如果他们把我杀了，他们在中心环的上级也会杀了他们。事实上，他们带枪这件事就已经蠢透了。随便他走哪条过道，不管他是找到我还是找到乔西，我们中的另外一个人都已经准备好随时一跃而起将我们的武器砸在他的后颈或侧颈上。我试图将自己的计划通过眼神传达给乔西。妈的，我得把多少人卷进这场磨难之中？

我再次考虑起主动露出马脚，然后让两个蠢货抓走我这件事，但首先我必须确保一介平民乔西安全逃脱。我不敢肯定他会在我一下子跳到过道中央时继续乖乖躲好。他只会把自己强行塞进我的生活之中。

蠢货一号从第一条过道搜索起来，离我们八条过道远；蠢货二号则从我们所在的过道开始搜索。他一路摸索着手边的物品向前搜索，将枪对准各个展位之间的阴影。他朝着一个木雕印第安人大喊，直到看清眼前的东西才停下。他继续前进。现在离我们只隔五个展位了。乔西仍伏着身子藏在两个高大橱柜之间。我握着捕鲸刀，随时准备着砍向这个蠢货的脖子。如果他试图伤害乔西，我会砍向他的后背。在很久很久之前，一个真正的铁匠用愤怒之火锻造了这把厚实的黑色利刃。

蠢货二号现在距离我们只有三个展位远了。蠢货一号仍然在第一条过道大叫着："丽莎，时间到了！别躲了！"他现在位于距离出口最远处，而出口就在我们这条走道的尽头。

蠢货二号挡住了我和乔西注视着彼此的视线。我注意到乔西正盯着他左侧橱柜柜脚旁的一个接线板。我看到他盯着一根插入接线板中的电线，寻找着电线的另一端，于是我也顺着那条电线看去。乔西那里视野更好，我在这边看不清电线具体的走向。我抬头朝电线延伸的方向看去，走道尽头处距离我们几个展位远的位置有几个可能连接着这根电线的电器：供应商展位中的灯、一台立体音箱、一个巨大的风扇和一个立式话筒。插在接线板上的还有另外一条电线。乔西的视线正沿着那条细细的棕色电线移动，顺着他左侧橱柜的侧面向上，一直到达几个麦克风处。它们被放在橱柜的其中一层搁板上，大约在成人胸部的高度。

乔西从躲藏处站了起来，但仍旧待在过道的那一边。感觉到乔西动作的蠢货二号把身体转向了乔西的方向，背对着我。接线板的指示灯现在已经变成了红色，这说明乔西在站起来之前打开了开关。风扇没有打开，立体音箱也没有，那些灯也没有。有可能其中某些东西需要按下单独的开关才会开启，但也有可能那根电线只和立式话筒连在一起。

我十分缓慢地站了起来，紧紧抓着我的捕鲸刀，看着乔西的脸。他用胳膊肘把麦克风拨到离他更近一点儿的位置。尽管他的嘴唇没有动，但我能听到他在用一种较高的音调说话，响亮的声音从过道尽头的音箱里传了出来。"我在这儿，我在这儿。"是乔西模仿出来的女声。

蠢货二号转向那一侧，很明显他十分困惑。乔西举起麦克风，重重地砸在了蠢货二号的太阳穴上，我们没有看到他如何跌倒在地。

我们逃跑了。

很快，我们跑出了酒店，没有回头。再次全力冲刺。就在我听到酒店的侧门发出"砰"的一声巨响，两个蠢货朝我们大喊起来时，我们已经跑进了一条没有灯光的小巷。我几乎可以完全确定他们并没有看到我们是朝哪个方向跑走的。但是无论如何我们还是继续保持全速前进。即使我们正在逃跑的途中，我也不得不承认，乔西那镇定自若且有勇有谋的举动引起了我极大的兴趣。他并没有使用周围那些装备更加简单粗暴地袭击蠢货二号，而且还使用了声音上的技巧。"你用了声音来转移他的注意力。你还会腹语。令人惊喜。"

乔西扭头看我。他的脚步毫不慌乱，也没有喘不过气："我能说什么呢，我可是一名歌手。我的嘴巴可灵巧了。"他可能还对我抛了个媚眼。

乔西只是我武器库中的一件工具。仅此而已。

"哈哈！"他往身后查看了一番后雀跃起来，我也是。我们身后没有人，没有蠢货在追赶我们。"是的，没错，给他们个教训。"我们继续向前狂奔时，乔西说道。我们已经跑出了很远，转了好几个弯，我看不到有任何人跟在后面；即便如此，我们依旧保持着最快速度。

乔西突然大喊起来："妈的！"我可以看出他体内肾上腺素水平正在飙升。他的表现和莱尼有时会表现出的那种举动十分相似，这对我很有吸引力。这种野性，这种无法控制、无法预测的愉悦与愤怒相撞时产生的情感飓风会让我脑中那可测量的化学激素水平上升。这就像自然之中的一场美丽灾难，像我另一重野性难驯的人格控制了这具身体。

"呼！"他放松地叹道。我们跑得飞快，心率已经快得接近极限了。

他十分自豪，我也对他刮目相看。我们继续跑着，他在我身后。到了我该把事实告诉他的时候了。我们为保命一起奔跑着，在这暖洋洋的秋夜中奔向河边的一片黑暗，乔西身上那种我可以看出却无法感受到的狂野激情在这黑夜中闪烁着，没有比这更好的时机了。我讨厌一切不确定性，更讨厌活在谎言中，我必须告诉他关于他人生的那个真相。就像维拉达为了我而在手上文的黑色蝴蝶本应是一只精致的月神蛾那般，这件事同样让我感到烦躁不已。

"你想要为你的妻子卡拉报仇是吗？"我说道，"所以一周前你用电钻钻穿了其中一个你认为是凶手的人的脸？"

"没错！他就是个衣冠禽兽！"他怒吼道。他能跟上我的脚步，但我并不像他那样喘着粗气。我转过头查看情况，以确保我们甩掉了那两个蠢货。我没看到他们中任何一人的踪迹。我停下奔跑的脚步，躲在了一棵大树的阴影之下。乔西又跑出了十步才发现我已经不在他身旁。他也放慢脚步，退了回来。我们旁边是两座砖结构公寓楼之间的一条小巷。我稍稍转身，这样他就必须站在小巷里面才能和我面对面。

"再退后一步，再到巷子里面一点儿。"我说道。

"为什么？"

"照做就行了。有件事我必须问你。"

"非得现在问？"

"是的，现在。到巷子里去。"

他走进小巷，站在树下，面朝着我的方向。

"在你和卡拉结婚之前，你们认识多久了？"

"一年。"

我朝右侧看了看，检查那两个蠢货有没有出现。我身边没有遮挡物，但我确实被遮蔽在这棵大树的阴影之下。乔西仍然面对着我，他又往巷子深处去了一些。

"再退一步。"

"丽莎，我们要赶紧离开。我们得回到凯茜那儿。"

"你们恋爱前你并没有见过你的妻子，是吗？她就是突然冒出来的吧？"

"对，我在那之前没见过她。你什么意思？"

"你们相遇的时候，是她先接近你的吗？"

乔西拍着自己的脑门，对我的问题感到十分困惑，但无论如何他似乎仍在思考这个问题。

我等待着。

"是的。那又怎么样？是她在书店先和我搭话的。"

"你当时已经拥有维伯里那座房子了吗？"

"那只是我继承来的。你想问什么？你什么意思？"

"你的妻子就是维拉达。她设计了自己的假死，她利用你伪装自己。我认为她之前为了搞清楚你知道多少而监视你，她想知道你对那间石宅里发生的事情到底关不关心，也许她只是想要一个巧妙的假身份，伪装成一名住在维伯里的新婚妻子。她在帮石宅里那些人经营那间'娱乐场所'。你被算计了，因为你有着一间完美的房子。"

乔西震惊地稍稍蹲下身，将手掌撑在巷子的砖墙上。

"你说什么？"他言语间满是愤怒，好像我才是算计他的那个人。

我很冷静，因为我只是陈述事实："一个月前我曾见过她。她骗了你，利用了你。她还没死。她是个骗子。"

"你以为你是谁？她已经死了。你怎么敢这样说？她已经死了。那个法医说死因是……"他瞪大了眼睛，像是要强调尸检报告中他未说出口的部分。

"各级法官都牵连其中。还有警察。你以为法医就不会被收买吗？法医只会说他们想让你知道的东西。这个局已经暗中进行了多年。他们可是玩这种把戏的行家。"

"如果是这样，那具尸体是谁的？"他停顿了一下，"等等，等等……"他的声音渐渐变轻。他对地面嘟囔着，以比我预期更快的速度接受了这一事实。可能此前他已经嗅到了一些可疑的细节。"那具尸体可以是任何一个女孩儿。"他对我说道，好像他是在说服我一般。他看着我，但也许他并不是真的在看我。

"可能是一个离家出走的女孩儿。可以是任何一个女孩儿。"我肯定道。

乔西自言自语着，重复着各种支离破碎的句子。我在脑海中把他的话拼凑起来，他在说："他们把卡拉的 T 恤和袖扣扔在了那个女孩儿的遗体上。他们骗了所有人。卡拉骗了我？"

乔西必须承认维拉达撒谎并欺骗了他的事实。我需要让他尽快接受这一事实。我需要他尽快离开。

"你见过她的家人吗？"

"她说她没有家人，说她是逃出来的。"

我没有说话。乔西看着地面。当他再次抬头看向我时，我察觉到右侧有一丝动静。在巷子深处的乔西看不到往我们的方向跑来的蠢货们。

"那边有什么？你看到什么了？"他的语气里带着愤怒。乔西撑着墙壁站起身，往巷口的方向走去。

"停下。"我命令道，"如果他们看见你，我会被你害死的。"我说了谎。他只会把他自己害死，但我深深地怀疑他现在对自己的死活并不太在意。我必须好好利用我在他身上感知到的那样东西——一种想要保护别人的情感。

"那里到底他妈的有什么？你看到了什么？"

"没什么。我们分头行动。你沿着巷子往前走，藏起来。我们继续待在一起很不安全。找个地方躲两天。快走！"

尽管他的身体藏在阴影里，但似乎我能看见乔西额头上跳动的青筋。我并不清楚他在表现什么情绪，或者他在想什么。

"快走！"我喊道。

他退了一步，然后又侧过身子向我摇了摇头。在沿着巷子离去前，他恨恨地说道："你可真他妈的是个骗子。卡拉不会骗我的。去他妈的。我不干了！不管你在打什么算盘，祝你一切顺利！"

看着乔西消失在黑暗之中，我从口袋里取出那两张光盘，然后踢掉了我右脚的鞋子。我将两张光碟背后的保护膜撕掉，露出有黏性的部分，将其粘到我的右脚底部，然后重新穿好了鞋。在确定乔西已经离开并且无迹可寻后，我从阴影中走了出来，往一栋砖结构公寓外的灯下走去。在那一池光线之下，我站直身子，举起双手，手掌向上，仿佛我正在呼唤着十字架前的人们向我行礼。"来抓我呀，贱人！我准备好被抓走了！"我大喊道。

两个蠢货向我跑来。蠢货一号从他的后兜里掏出扫描仪，在我身上扫来扫去，扫到我的右脚时，再次发出"哔哔"声。

"又是她那个脚趾。走吧！"蠢货二号说道。

我准备好被抓进去了。我现在正在被抓进去的路上。

第二十二章
训练罗莎

> 我们可以夺取他们
>
> 我们可以动摇他们
>
> 我们可以瓦解他们
>
> ——卡拉尔之子乐队《他们多么卑鄙》
>
> （合作演出：猴子屎乐队）

他们把石宅内一间没有窗户的长方形地下室称为"水疗室"。煤渣砖砌成的墙壁上残留着零星几块斑驳的象牙色墙漆。我坐在一张足疗椅上，罗莎坐在我旁边。我们对面是一张美甲台，但是上面没有任何工具，仅有一盒指甲油。角落中有一张折叠起来的按摩床，旁边还有两把折叠椅。这个矩形房间较长的一边挂着一幅蓝色的窗帘，窗帘后放着一沓纸巾。他们似乎已经提前将任何可能被我用作装备的物品都撤走了。

那两个蠢货把我拖回维伯里之后，我被关在一间只有一个睡袋的房间里。第一天晚上的剩余时间、昨天一整个白天以及昨天晚上，我都待在那里。他们把我丢进去时给了我一个水桶、一块面包和一罐水，还告诉我接下来没有人会管我。

今天早上，他们把我带出那个房间，把我丢进了这间"水疗室"，然后他们带来了罗莎。今天就是那个日子了。

他们也许是想让我和罗莎通过帮彼此涂指甲油"建立联系",但是我一直在训练她。

罗莎有自己的名字,她是个离家出走的少女。她就是在那辆红色卡车后斗上对我大叫的女孩儿。罗莎有着一头黑色的鬈发和一双撒满金色光斑的棕色眼睛。她坐在我旁边的一张足疗椅上,大口大口喘着气,我们的上一轮练习刚刚结束,她正在休息。我们已经训练了数个小时。罗莎可以是克里斯汀、艾米、玛西或者莫莉。罗莎也可以是多萝西。多萝西·M.萨鲁奇。罗莎也可以是梅兰妮、"小糖果"或者"水桶"。罗莎离家出走的原因并不重要,这里任何少女离家出走的原因都不重要。罗莎可以很高,也可以很矮、很正常或者很奇怪。罗莎可以是一个瘾君子,可以是一个骗子,可以无辜或者伤痕累累,也可以有以上所有特点。几乎所有罗莎的年龄都处在十三到十七岁之间,她们逃离不幸的童年,遭受了某些苦痛,情感上都受到了伤害。罗莎没有像我那样从自己的妈妈身上学到强烈的自尊。罗莎也可能只是一名额叶仍在发育的普通少女,只是犯了一个愚蠢的错误。

刚在街上被人带走时,罗莎会相信那个给她提供住所、床铺和食物的家伙所说的任何事情。罗莎想反抗,但她力不从心。她没有资源,没有支持,没有她本应拥有的东西,没有能够让她选择其他人生道路的童年。我们的罗莎可以是任何一个女孩儿。她们都有可能上钩,被人带走,被人投喂毒品,被殴打,受到威胁,最终失去人身自由。她只能继续过着地下生活,穿着短裙在各种街角或廉价汽车旅馆里出没,只为了让她的饲养人感到满意。那个带着枪的皮条客会在毒打她之后用甜言蜜语哄骗她,也许还会在她为自己服务后给她买一顿一个月只能吃上一次的牛排外卖当奖赏。

为了这一天的到来,我多年来与在全国各处被保护着的数十名人口贩卖受害者进行过面对面的谈话。每个人的故事虽然细节不同,但背景都是相似的,总是有着相同的情节。在殴打受害者后,施暴者往往会表现出一种恶毒的好意，循环往复。

通常情况下，皮条客会让罗莎对毒品上瘾，从而更好地控制她。一般人可能会叫她妓女。每个人应该都见过名叫罗莎的妓女。"罗莎们"无处不在。她在郊区某条公路边的商业区里，在一辆辆卡车之间，或是在露天啤酒屋角落的垃圾桶边。罗莎不会靠近那开着沃尔沃、穿着柔软的高档毛衣、嘴唇涂成粉红色的妈妈们。但罗莎可能也想过要靠近她。她可能也会想要和那些圆润的孩子一起缩在后座上，仿佛她也是其中之一。她也许会要求那名妈妈带她去治疗她的性病。人们可能会视她为一名蟑螂般的妓女，视她为瘟疫。妻子们可能会斥责她破坏了自己的婚姻，斥责她带来的疾病。她就像城市之中的枯萎疫症。有人会认为罗莎自己选择了这样的生活，她为了金钱和毒品而出卖了她的身体。他们错了。她是罗莎。她是一个活生生的女孩儿。

罗莎离家出走的原因并不重要。罗莎可能富有也可能贫穷，可能是移民也可能是美国人，可能有合法身份也可能没有，可能美丽也可能丑陋，也许她正在完美的面纱之下优雅地招摇着。没关系。那不重要。罗莎是个活生生的女孩儿。这个活生生的女孩儿本可以通过一种有益社会或者只是有益自身的方式被养大，从而踏上她自己的人生旅途。由于我不喜欢浪费资源，由于我仍然因我对多萝西的忠诚而遭受着苦难，由于我已经被梅兰妮控制，我必须挽救其他的女孩儿。梅兰妮那惨烈的死亡不能没有意义，我有着足够的动力来帮助罗莎们，我要为她们报仇。罗莎就是多萝西，罗莎就是梅兰妮。但罗莎不是我。我只是她们的一件武器。

我眼前这个有着一头乌黑鬈发和金棕色眼睛的罗莎是三天前被抓来的，也是三天前离家出走的。一个男人在商场里接近她并向她提出邀约，罗莎以为她被邀请加入的是一个正要前往洛杉矶的模特团。一个常见的骗局。罗莎单身的妈妈曾禁止她前往，并说这是极为愚蠢的行动，显然，罗莎违抗了她妈妈的命令。那天午夜过后，罗莎看见她那已然过度劳累的妈妈身边放着一个堆满了烟头的烟灰缸以及一瓶空了的朗姆酒，她意识到妈妈已在沙发上昏昏睡去，便趁此机会从家里溜了出去。天真的罗莎被骗了。她只有十六岁，还是处女。在主教的龙虾池演出中，她就是那名会被强奸的受害者。如果她能在那场变态仪式后活下来，他们还打算让她染上毒品，然后一遍又一遍地出卖她的肉体。

就算计划成功，今天我们所做的一切也不能改变整个世界的人口贩卖现状。但这会是一个开始，它能够撬动冰山的一角。一次只能铺一块砖。一次只能放置一枚拼图。一次只能捣毁一个人口贩卖组织。人类会继续前进，永远、永远、永远不会松懈。决不会。

现在，一个名字真真正正就叫罗莎的活生生的女孩儿正坐在我旁边的足疗椅上，坐在这间石宅的地下室中。昨天她被藏在附近的某间阁楼里，她不清楚具体在哪儿，但她认为很可能是一个高尔夫球场。在此之前的一晚，也就是他们把她拐走后，他们把她关在缅因州的另一个地下室里。罗莎原本以为她是要去那里见模特业务联系人。罗莎想回家。

这个房间中目前唯一的好消息是，我可以看到罗莎那双金棕色的眼睛中的斗志。她代表田径队参加过一百米和两百米的短跑比赛。她身体结实，有战斗力，大腿肌肉发达。我可以利用这些，但前提是她信任我。我必须让她自己选择。她不全力以赴对她和我都没有任何好处。如果过程中出了问题，我们中的一个就会死去，也许我们两个都会死去，又或者我们中的一个会死，而另一个会被泡在一池漂白剂中全身烫伤。

我会给罗莎放弃的机会。但我也信心满满地向她保证，如果她信任我，她将成为打倒他们的人之一。她会被赋予力量，她会捣毁这个组织。

"你准备好再来一次了吗？"我问道。

现在我们被锁在这个房间里已经九个小时了，我们没有被绑得动弹不得。蠢货二号正在地下室外侧的走廊里走来走去。我已经对罗莎做出了保证、讲明了利害也解释了情况。我教给她几个反抗的技巧以及一个关键的旋转动作，并多次让她在我身上进行练习。她现在已经有了自己的想法，她能够掌控自己的身体。这一次她没有哭。

"好的，我们再来一次。"她说道。

罗莎站着，不再像我们在这里的前两个小时那样摇晃或是哭泣。当时她哭着向我诉说了她的故事，就像梅兰妮一样。

"你知道你可以做到的，对不对，罗莎？"

她没有回答，只是斜眼看着我，然后甩了甩自己的脑袋。她的嘴角微微下垂，一副悲伤的样子。

"我不应该相信他们的。我真是个白痴，大白痴。我妈妈说得对。"她说道，"我的天哪，我会死掉的。"她的声音嘶哑了。

我们没有时间让她再经历一次情感波动了。

"罗莎，站起来。我们需要再次练习。"

她深吸一口气，更用力地点了点头。"好吧，好吧。我们赶紧练习。"她站了起来。

我用他们给我们的两条宽袖长袍之一将她的双手绑在身后。

"你信任我吗？"我问道。

她点点头表示肯定。

一缕黑色鬈发遮住了她右眼中闪烁的金色星光，而她的左眼却像一盏灯般在这个黑暗的贼窝中毫无顾忌地闪闪发亮，露出一股与生俱来的智慧与激烈的反抗愿望。智慧和不屈是罗莎最佳的两件装备，我们将会充分利用它们。

装备。到处都有装备，在人类的身体中，在重力之中，在太空中，在各种物体、感官、光线、视觉、声音、味觉、触觉之中。地下，地面上，风中，产生于机械运动之中。装备无处不在，遍布在地球每平方英寸的土壤之上、天空之中。到处都散布着装备。

多么凌乱而混沌的宇宙啊。美丽、嘈杂、安静。通透得能一眼望穿，阴霾又几乎蔽目。这个宇宙中的一切都能派上用场。

罗莎和我又练习了整整一个小时，她本想要继续，但我知道她身上已经很疼了，于是我解开了她的双手。

"你需要再休息一会儿。你做得很好。"

罗莎和我坐回足疗椅上。

"是时候选择你们的晚餐了。"一个粗哑的声音在水疗室的门口喊道。这句话一下就吸引了罗莎和我的注意力，它标志着游戏的开始。蠢货二号走了进来。

"主教说你们可以点任何你们想要的东西，而且必须吃掉。所以，你懂的，任何东西都行。你要什么？"他对我说道。

"一碗橘子。不要去皮。我要自己剥皮。"我说道，"如果去了皮我就不吃了。"

"行吧，随便你。"

"你呢？"他向罗莎问道。

"我也要一样的。"她说道。

第二十三章
最后的晚餐

　　两个小时之后，我和罗莎仍身处这间有着足疗椅的房间之中。一个四十五岁左右的女人走了进来，她有着深橄榄色的皮肤和一头蓬松的头发，她将那两把折好的折叠椅打开，并将它们放在美甲台的两侧。

　　"坐到这里来。"她命令道。我们照做了。女人有点儿驼背，我相信她正试图通过眼神向我传达些什么。头发挡住了她的脸，因此我很难分辨她的眼神，也很难分辨她是否有着一双绿色的眼睛。

　　爱娃拿着一碗橘子走了进来。她将它们用力丢在了美甲台中央，其中一只橘子弹出来滚到了地面上。今晚的爱娃身着一袭高领黑色连衣裙，脖子上缠绕着一圈可怕的白珍珠。妈妈常常奚落珍珠。她十分厌恶珍珠，我也厌恶珍珠。我的仇恨开关已经完全开启了。

　　"这些是你们要的水果。快点儿吃完。我还要给你们打白粉。"

　　爱娃拍了拍口袋里的针管。

　　"你不能给我们注射。我们俩都过敏。"我说道。

　　爱娃大笑："拜托。维拉达对我说过这事，我们都要笑死了。"

　　在我继续抗议前爱娃就已经走了出去，那个驼背的女人则在房间里停留了一会儿。这次我看清了她的眼神，仿佛她想对我说些什么。她确实有着一双和我的前保姆西尔玛一样的绿眼睛。

　　"多丽丝，快点儿！我们还有事情要做！"爱娃朝她咆哮着。

"嘿！"我对多丽丝说，"我需要一把勺子。我吃橘子的时候必须用它。"

"天啊！"爱娃说道。

我瞪着爱娃。

"行吧。多丽丝，给她把勺子。动作快点儿。"

当她们再次将门关上时，罗莎用颤抖的声音小声说道："我不想让她们给我注射白粉，那是什么东西？"

"是海洛因。我来搞定这个。你唯一的任务就是保持坚强，压制所有此类情绪。你必须专注于完成任务。就这样。明白了吗？"

"好的。"

"不，罗莎。光是'好的'可不够。你必须百分百确定。你必须得足够可靠。你别无选择。你明白的，是不是？无论他们说什么或做什么，你都不能动摇。你可以做到的。"

"我知道了。好的。"

"谁可以做到，罗莎？"

"我可以做到。"

"再说一遍。"

"我可以做到。"

"再来。"

"我可以做到！"

"这就对了。别忘了你可以把这些人全都踩在脚底下。"

多丽丝走了进来，递给我一把勺子。她俯身将勺子放在我们的橘子碗旁，然后小声说道："我本希望你的妈妈在得到我的消息后能够及时制止这一切。我曾在哥伦比亚参加过护士培训。"多丽丝把热得发烫的手放在我的肱二头肌上，紧紧地钳住我的手臂，随后马上放开了手并快步离开。

多丽丝离开并关上了门。我开始计算她话中的含义，同时试图用勺子将三只橘子的一部分皮给剥下来。多丽丝就是那个给妈妈发邮件的人。在维拉达游乐园里照顾女孩儿们的女人。多丽丝也许是个好人，但她是这场混乱的始作俑者，也许她还在不知情的情况下成了妈妈死去的原因。再也不能有任何混乱出现了。

我将手中的橘子们开肠破肚，把果肉挖出来递给罗莎吃。我只要橘子皮，上面不能残留任何黏糊、酸性、潮湿的东西。真希望我能有充足的时间让那几个橘子球变干。

我弯腰够自己的右脚，摘下连接假肢的环形磁铁，然后从我那根长长的假脚趾里面取出一片非常小却锋利无比的刀片，又从发髻中扯出三束粗壮的假金发，将它们分别割开。只有这种刀片才能快速切开这些发束的加固外层，并保证其中的粉末不会撒出去。现在，这几根发束就像那些胖嘟嘟的仙女棒糖果一样，一端敞开，里面满是粉末。我往那三个橘子中分别倒入了不同的粉末。

"你在做什么？"正吃着橘子肉的罗莎问道，"该死！桌子上那个指着我的东西是什么啊？！"罗莎一脸惊恐地跳起来，椅子被她顶得向后弹开。

"只是一根假脚趾而已。"

我将脚趾和脚趾环重新固定回脚上。

"你在学校上过化学课吗？"我问道。

"上过。"

我拿起其中一个橘子，说道："硼砂，会发出浅绿色火焰。"我拿起下一个，"氯化钠，会发出橙色火焰。"我拿起第三个，"氯化钾，会发出紫色火焰。"我放下第三个橘子。没有橘子滚动。我把他们给我的内裤和背心脱掉，赤裸着钻进我那件红色的宽袖长袍。

"听着，这些是我刚才所说的那些物质的高度浓缩物，纯度极高，是我为了这次行动特别准备的。如果你能看到我扔出它们时的场景，那对你来说会是一场非常棒的化学反应演示。"

罗莎睁大了眼睛，正尝试理解我说的话。"你要把它们扔到哪里？我不明白。"她问道。

"当然是扔到壁炉里。"

罗莎挠了挠头，她那深色的鬈发弹了弹。"听着，女士，我不清楚你在计划着些什么。但是你脑袋上装着的这些粉末还有你那根假脚趾都酷毙了！"

罗莎正在引诱我为她开启某种情感的开关，但我没有动摇。我再次问道："谁可以做到？"

"我可以做到！"

"完全正确。"

我将三只装满了化学药品的橘子藏在指甲油盒子里的同时，罗莎穿上了她那件长袍，然后又开始吃碗里的橘子。过了整整半小时，爱娃和多丽丝回来了。她们将门打开时，我注意到蠢货二号仍在外面守卫着，但现在他的胸前挂着一把 AR-15 步枪。

口臭男。

爱娃站在我左侧美甲台的另一头，她递给站在我右侧的多丽丝一根针管。我依旧坐着没动。

"多丽丝。"爱娃说道。

多丽丝一只手握住针管，我注意到她的另一只手中握着一团面巾。她将我的右臂朝自己那侧，也就是与爱娃所在位置相反的方向猛地一拉，并将宽袖卷到我的肱二头肌处。她没有给我任何时间反应，不然我完全可以在短短一秒之内抽出手臂然后制服她，粉碎这个邪恶的女人。多丽丝凝视着我的眼睛说道："你如果移动一毫米，这件事就无法成功。"当过我的保姆、后来又当了凡泰保姆的西尔玛有着和多丽丝同样的绿色眼睛、同样的橄榄色皮肤和同样严厉的西班牙口音。从前西尔玛用她那绿色的双眼凝视我时，我会被纯粹的信任感所催眠。此时我也被多丽丝催眠了。我相信这种最原始的感觉。我不会挪动身上任何一块肌肉，不会抖动分毫。

她将那块团起来的面巾放在我的手肘内侧，并将针头对准我的静脉处，然后推动针管。

我的嘴巴角抖了抖，但依旧没有移动多丽丝握住的那条手臂。她拿开针管，用力将自己的拇指按压在刚才针头戳着的地方，接着用那团面巾盖住刚才那个点。

"拿这块布在那里按几秒钟。"她说道。

我按照她的要求做了。

"我真希望你对我朋友的血管也可以一样轻柔。"我用一种充满仇恨的语气对多丽丝说道，"你这个该死的贱人。"我揉了揉自己的手臂。

"我可是专业的。"多丽丝回答道，"即使给你们这些肮脏的荡妇打针也是一样。"

多丽丝看向爱娃，然后大笑起来。爱娃一直四处张望着，我猜她大概是想弄清楚我有没有在房间里找到任何可以利用的武器。多丽丝的笑让她分了心，她和多丽丝一起大笑了起来。

多丽丝挪到罗莎旁边。我向罗莎点了点头，希望她能理解我的意思并按照我刚才那样做，不去挪动身上任何一个部位。罗莎对我眨了眨眼。

就在这一刻，突然一阵闪光出现在我脑中。我的耳膜一阵鼓噪，就像我脑中有一群蜜蜂。我坚定地打开了让我想要杀人的狂暴，然后微笑起来。

多丽丝像一名专业魔术师般将针头插入面巾中。

罗莎能做到。

我已经装配好了我的橘子们，我准备好了。

接着我将触发我那两张特制光盘。

表演时间到了。

第二十四章
仪　式

　　我走在一段石质地下室走廊中，正在前往龙虾池的路上。我身穿红色宽袖长袍，我那头金色长发、假发以及缠绕其中的东西都散开了。我在脑中以一种缓慢的节奏对我的步伐计着时，试图使自己的步伐与我脑中的那首音乐的节奏一致。五十美分（50 Cent）的《俱乐部之中》[1]（*In da Club*）。

　　一个沉默寡言的女人走在我身前为我带路，蠢货二号则拿着一把AR-15步枪抵着我的背。只有那些对徒手搏斗技巧完全没有信心的蠢猪才会使用这种武器来控制和恐吓别人。我前面那个女人的步伐轻柔得像一只果蝇，她不会加快或打乱我的步伐。她也是一名受害者，她也不想待在这里，我能从她那充满歉意的表情看出来。我脑海中的歌曲唱到了最激动人心的段落。我们拐了个弯，一段向上的石阶出现在我面前。它通向上面、上面、再上面，一直通向"顶端"。这些都与梅兰妮在笔记中所描述的别无二致。

　　我身穿红色长袍，三个橘子排成一列，被我藏在了长袍右边的袖子中，它们就是枪膛里的子弹。我的身体中燃烧着一团火焰，我就

[1]《俱乐部之中》（*In da Club*），美国饶舌歌手五十美分演唱的一首嘻哈歌曲，发行于 2003 年，收录于专辑 *Get Rich or Die Tryin'*。

是火焰的化身。我只希望刘和洛拉能够及时就位。我还在美甲房里时就已经触发了一张光盘，它已经不在我的脚底，而是像口香糖一样被粘在了美甲台底下。一周前，也就是在乔西的"牙医"之夜，我在这所宅邸周围设置了一圈声波发射装置，我可以通知刘启动那些装置的供电。

外面的光盘能够通过发出普通人类听不见的声波呼唤啮齿动物、蝙蝠及一些其他生物。我从爸爸实验室取来的第二张光盘更为强力，它现在正粘在我的后肩上。

我一路向上、向上、再向上，现在我到达了"顶端"，梅兰妮提到过的一个石质壁炉就在我旁边。有了。它位于我的右侧。唷，里边的火苗不小。

我用左手打了个响指并将头转向左侧，同时喊道："绿色！"我用这种魔术技巧分散了其他人的注意力，同时手臂一抖，第一个橘子滚到我的右手中。我快速而精准地将橘子弹到火焰之中，火焰"嘶嘶"作响。我放慢了脚步，向壁炉的方向望去。这就是科学的魅力，火焰突然变成了明亮的浅绿色。

"妈的，怎么回事？！"我身后的蠢货二号在大喊。

"你是怎么做到的？"

"不是我做的。你不是一直看着我吗？"

"他妈的，继续往前走！"他喝道，声音中充满了怀疑与困惑。看到下一个壁炉时他恐怕会中风吧。

许多女人站在周围着看我们。房子内部是典型的新英格兰地区的维多利亚风格，这里的木制地板已经十分老旧。

刘被我骗了。他现在应该已经按下了遥控，他以为那个遥控会发出告知我他已经就位、我可以进入龙虾池的信号。他以为那意味着他要等待二十二分钟，然后与洛拉一起进来逮捕那些被困在这里的观众。他对那些光盘一无所知。

好戏又开始了。我们正经过第二个带有壁炉的房间，正如梅兰妮笔记中所写的细节一样，壁炉里有另一团烈火。有了。我用与之前完全相同的方法快速弹出了第二个橘子，同时向左大喊："橙色！"

"真他妈的该死，你是个女巫！"蠢货二号惊叹道。

我前面的女人憋着笑，很有可能她看到了我手腕的动作。看她努力抑制笑容的样子，她显然是站在我这一边的。

蠢货二号用枪管戳着我的脊背，质问道："你他妈的干了什么？"

"什么都没做。"

"快走。继续前进！"他说道。

光盘发出的声波现在应该已经开始将附近的老鼠、鼹鼠和其他新英格兰地区的土中居民召唤了过来，同时也呼唤着蝙蝠。我希望那些老旧的阁楼是它们的栖身之地，我希望它们可以飞过、爬过、滑过墙壁或管道，最终穿过墙壁和地基来到我的身边。现在不能有任何差池。

我隐隐约约听到了一些抓挠墙壁的声音，它们可能已经来了。我们方才经过的房间中没有任何一个女人注意到这些。我们已经到达了第三个带有壁炉的房间。有了。房间里的女人们正在将那些宽宽的松木地板挪开，以便一会儿将我投入水池中。我确切地听到了有东西在墙壁上挠来挠去的声音。

一进房间，拿着 AR-15 的蠢货二号就望向了第三个壁炉，期待着能看到新的颜色。他的反应极为迅速，应该是受过训练，但他的心智就像一只小绵羊，或者应该说像巴甫洛夫的那条狗一样容易被操控。他停了下来，等待着，背对着我。我从他身后扔出了第三个橘子，同时蹲下身子，并将房门关上。他正看着变成紫色的火焰，于是我趁此机会将我的腿扫向蠢货二号，他膝盖弯曲了，我又接着用力踢向他的膝盖后侧，一下，两下。他倒在地上，我用手肘用力击打他的头顶，然后一把抓住了他那把愚蠢的枪，将它扔到地上。我扯下自己长袍上的系带，将其绕到他脖子上，把这个该死的家伙勒晕了过去。

我褪下长袍，把那个运输过来前我就用一个红点标记过的漂白剂罐子拉过来。我再次摘下假脚趾，取出刀片，切开罐子上的密封条。我放在里面的物品好好地待在罐子里面，我留在那些东西上的密封条也没被动过。我站在地板上往下看，看着地板下面的水池。

还是那样。和录影带中的那个垃圾东西一模一样。和梅兰妮描述的一样。有了。

我不需要为了拯救女孩儿们马上射杀所有那些白痴，我们可以等到最后那极限的一刻，将所有的观众一网打尽。我看向那些负责倒漂白剂的女人，只花了几秒钟就让她们都惊呆了。我轻声道："当他说倒漂白剂的时候。你们就倒漂白剂。什么都别说。不要打开那扇门。"

她们点头表示同意。

我已经拿到了罐子中的物品，于是直接跳进了水池中，双腿以正好的角度张开，着地时膝盖微微弯曲，与我之前练习时的情况一样。

"砰！"

维拉达按照我的要求接收这些罐子。记下了。她是那个让多丽丝换掉海洛因针的人吗？无法证实。

她就在房间里准备着录像机，那里只有她一人，和二十年前的情况一样。

维拉达已经就位。

她向我点头，我也回应地点了点头。我从罐子里取出了两小罐从家得宝[1]买来的制冷剂喷雾。这东西没什么出奇的。我双腿叉开站着，将喷雾的喷嘴对准前方两个用胶水粘合的角落。我在内侧可以看出这个陈旧且做工粗糙的自制水池早已破败不堪。我往两个角上同时喷洒制冷剂，灵巧地沿着缝隙从上洒到下，在一次又一次的练习中我早已熟悉了这种操作。制冷剂可以快速冷却环氧树脂，并且很快就会使之开裂和破碎。由于龙虾池上的这些特殊环氧树脂已经十分老旧，我感到制冷剂已经开始起作用了。我又喷了一遍，以确保万无一失。我将

---

[1] 美国家居建材用品零售商。

空了的喷雾罐向上抛，扔到了离我头顶五英尺的"顶端"。它们落在了上面。如果事情不顺利，我将考虑使用我的备用计划，利用跑酷技巧逃到上面然后离开。但是由于水池的尺寸特殊且内壁湿滑，水池顶部和上方房间的地板间又有着两英尺的空隙，无论我练习了多少次，我的备用计划都很难在第一次尝试时做到行动迅速。

维拉达的后兜里依旧放着那只打火机。有了。她将手中的小型录像机对准门的方向，然后朝那边点了点头。

门开了。

拿着一把 AR-15 步枪的蠢货一号跟在一列裸男后面走了进来。那些裸男脸上全都挂着微笑，其中几个人对着水池中的我指指点点。维拉达录下了这一切。我听到其中一个男人说道："哇，伙计们，我们为了这场秀等了多久啊！"另一个男人回答道："我都已经硬了。"

一个男人看向手持录像机的维拉达："我们真的需要录影吗？"

另一个男人说道："我们需要保证你不会把这事儿说出去。你报名的时候应该就已经知道会录像了，比尔。"

我们现在基本上已经把你们这些浑蛋都抓了现行，不过我还想要再继续深入一些，我想要百分百确凿的证据。

我现在最关心的是蠢货一号也带着步枪的事实。这是我从未听闻过的。事实上，梅兰妮明确说过，带这些男人进入房间的另一名护卫是不带枪的——因为他们就是一群只会"咯咯"笑的垃圾。我需要除去蠢货一号的武器。

我不再像还未进入龙虾池时如火焰般燃烧。现在的我已化身片片冰霜。

我能听到在墙壁中骚动着的啮齿类动物们发出的声音，因为它们都集中在地下室中靠近挂龙虾池的这一面墙边跑来跑去，我甚至能够透过玻璃感觉到它们的动作。这面墙的煤渣砖向后凹陷，造就了另一侧水疗室墙壁上的凸起。龙虾池所在房间中的煤渣砖上覆盖着薄薄的石片，我想被螺栓固定在煤砖墙上的水池框架也是被这些石片盖住的。

我确实听到了那些爪子刮擦墙壁的声音以及害虫们急切的喘息从框架的内部、石片的后方传来，它们因我那张光盘发出的声波而亢奋不已。为了满足那些啮齿类动物和土中居民们的喜好，我特意在制作录音时加入了代表交配和食物的声音，甚至还在其中编入了一些能吸引蝙蝠的声波。它们无法抗拒这些声波代表的东西：营养和性。

我并不指望会有特别多小动物聚集过来。我只想在水池所在的房间以及这座石宅的不同楼层中引起一些混乱罢了。然而此时我的头顶似乎已经有了足够多的混乱。这可是一间位于新英格兰地区的老房子，我无须感到惊讶。

那些恶心无比的裸体男正在笑着，他们被带到了床脚方向一面敞开镜子后面的小空间里——和梅兰妮笔记中描述的一模一样。有了。

我的垂下的头发遮挡住了我的面容，这能掩盖我的真实身份。我从发帘后边看着那些男人。环氧树脂上的制冷剂开始起泡了，它产生的烟雾是有毒的。我此前通过训练提高了我的肺活量，我能够屏住呼吸长达两分零十二秒钟。

那些男人很快就被送进了敞开镜子的后侧空间里。那里基本上就是一间壁橱，里面有五把木椅子，每人一把。爱娃穿着她那庄重的黑色裙子，戴着那串可怕的珍珠项链，带着相机跟在蠢货一号后面进入了壁橱中。她的相机和维拉达的那台录像机一样，都是用来勒索那些人的工具。

维拉达的录像机屏幕里是爱娃拍摄壁橱里那些男人的画面，她正在指挥每个男人说出各自的名字、他们今晚是如何到达这里的、他们付了多少钱以及付钱的账户。

全部完成后，爱娃说道："那么好的，我们都达成一致了？"

男人们微笑着点头。

维拉达走过去把镜子关上。"灼烧龙虾"录影带中看不到镜子一侧的三条木闩，维拉达将它们转了下来。那些男人被锁在了里面。

表演时间到了。

蠢货一号一个人走出了门外。房门保持着打开的状态，我们都等待着。

我已经迫不及待想要取出我编在头发里的一件物品了。嘀嗒嘀嗒。那一刻马上就要到了。

我保持着低头的姿势一动不动，聆听着主教渐近的脚步声，同时也听着墙壁中害虫们发出的声响。

观众们沉默着，他们的声音不会穿透镜子墙和水池壁。害虫们抓挠墙壁的声音越来越近，它们正向我靠近，疯狂地渴求着我背上那张强力光盘传出的声波。我听着自己响亮的心跳声。因为我正屏着呼吸，它节奏很慢，声音却很大。

已经过了两分零二十秒钟了，因此我用嘴巴快速换了一口气，然后继续屏住呼吸。

我让自己更加专注于我的主要装备，也就是声波。

我在1999年访问位于伊利诺伊州的费米实验室时得到了利用声波环吸引啮齿动物和蝙蝠的灵感。费米实验室有一个建造于地下的强子对撞机，物理学家用其旋转并粉碎中子和电子，从而研究它们的衰变和内核。著名的欧洲核子研究组织也拥有同样的东西。我将强子对撞机的原理与哈姆林的花衣魔笛手传说融合在了一起。花衣魔笛手是一个能用魔笛吸引老鼠的男人。关于魔笛手是否真的拯救了哈梅林镇并使其免于鼠疫，又或者他是否真的因为没有得到报酬而用魔笛诱拐了孩子们在历史上有着各式各样的争论。都市传说中总是包含着一定的真相，我怀疑引诱老鼠或孩子们背后的真相就是声音科学，而不是一支魔笛。我想到了在维伯里制作并放置围绕这间石宅的声波环，使我可以用其呼唤来自大自然的力量。

我看向正拿着那台老式录像机的维拉达。她点了点头。我点头示意，让她看那个拿着步枪的蠢货一号，希望她能解决这个麻烦。脚步声更近了一些。是时候了。我把那个被紧紧裹住的物品从我的假发束中解开。

第二十五章
龙虾池之中

现在播放：肖邦《升 C 小调夜曲》

五十美分的歌曲伴随我度过了前往龙虾池的路，现在我站到了池中，此时接管了背景音乐的正是那名音乐界的霸主：肖邦。《升 C 小调夜曲》在我的脑海中奏响，为我即将要跳出的舞步配乐。我仍保持着头发垂下挡住脸的状态，这样镜子后面的那些观众就看不到我的脸，他们不会认出我是谁。尤其现在我又解开了编发，并从里面掏出了面罩。这种厚实无比的巨大编发现已被证明具有以下几项关键作用：隐藏我的脸、藏匿化学药品以及夹带那个紧紧卷起来的尼龙面罩。面罩是我在 S 市找到的那个——原本属于主教的那个。

肖邦按下的每一个键在我心中都似一记刀割。锋利的刀刃缓慢地切割着，一下、两下、三下、四下，刀刀见血，仿佛这位钢琴家把爱意倾注到了谋杀上。一把血淋淋的刀子被举在心脏上方，只为了将其深深插入。这就是我脑中出现的声音，我脑中浮现的画面。我站在这龙虾池之中，一动不动，浑身赤裸，双臂双腿张开着，如达·芬奇所绘制的那副人体比例图一般。

我用这幅景象警告着那些被锁在镜子后面的观众，我没有丝毫抖动，稳稳当当地站着。这个手工制作的水箱边角的接缝处理得十分草率，水箱的下部角落中已经有了明显的缝隙。角落里那些方才被我喷洒了制冷剂的环氧树脂已经开始发出"嘶嘶"的声音，出现了裂缝。这就是一件垃圾。

这一段暂停与肖邦送上的那一段绝妙的间隔节奏出奇一致。在他那首最为致命的感性歌曲之中，时间被冻结在了第一和弦与第二和弦之间，就仿佛一名情人正在那焦急等待的女人嘴唇上方徘徊着，停留着。他要让她等待他那精准的一击与一刺。

维拉达稳了稳她手中的录像机。

一阵蝴蝶拍打翅膀般的颤动从肖邦的钢琴键上传来，预示着那勾人胃口的无限期待之情即将传递给我一股激动人心的能量。我用一只手的手指灵活地将主教的面罩展开。此前我已经多次利用这个面罩的复制品练习过这个动作，从梦中醒来时、从沉思中回神时、淋浴时、开车时，我的手指无时不在练习这个动作。展开这个面罩的动作对我来说就像是一次身体的抽动而已，它已经成了我的一部分。

房门即将打开时，我将面罩在脸上蒙好。我依然低着头。

房门"吱吱"作响。

我听到了沉重的脚步声。

"这。他妈的。是。什么！我的面罩！"主教喊叫起来。

我没有抬头。

"你。抬头。现在！"他猛地把门摔上。

我没有抬头。

"你马上。抬头。现在！"

我没有抬头。

"这。他妈的。是什么？这是。什么。恶心的玩笑吗？我的礼物。他妈的。是个恶心的笑话！你敢嘲笑我？讽刺我？"他向维拉达狂吼道。

"不！"维拉达大喊道。

我听到他的声音朝我这边喊道："你。脱掉。那个面罩。现在！"

我没有抬头。

"叫布莱恩到'顶端'去，让他帮着那些蠢货把她控制住！"维拉达对着主教大喊。

主教握着罗莎的手臂，他似乎随时可以捏断它们。主教转身走向门的方向，打开门，然后吩咐蠢货一号布莱恩去"顶端"给我点儿颜色看看。他猛地关上了房门，大叫道："漂白剂！"

漂白剂倾入，没过了我的脚踝。没什么大问题。我不会在这里面待很久，这只会造成一些浅度烧伤而已。

"停！"

我听到镜子后面的男人们欢呼起来。他们的叫喊声很大，说明他们为此兴奋不已。

现在我们可是彻彻底底抓到了你们的现行，废物们。接下来就是一些额外附赠的表演了。

房间里，罗莎的双手仍然被主教抓着。她大声喊嚷，尖叫着，哭泣着。

环氧树脂已经开裂了，胶水隆起的碎片逐渐脱离。

我第一次抬起了头，将视线对准罗莎的那双金棕色的眼睛，她也看向我。这是给罗莎的信号。她就像一条进攻的毒蛇般，狠狠踩向主教那脚趾长度基本一致的赤裸双脚，接着迅速蹲下滑出，就像我们练习过的那样，从主教手中挣脱了出来。

罗莎应该去当一名女演员。她现在已经不再哭泣了。

摆脱了主教的控制后，全身赤裸的罗莎落到地上，蹲下身子，做好了蛙跳的姿势，准备向前跳跃，朝主教的腿部发起攻击。她转过身后往前翻了个跟头，然后用一个柔术中的扫腿动作从下方将主教钩倒。

在罗莎施展魔法的同时，我抬腿将双脚抵在面前的玻璃上，背部向后用力，用力推着水池正面的面板。发力，放松。如此反复四次后，面板开始向前倾斜。它现在只是松松地挂在水箱上，但底部的部分环氧树脂仍将它固定在原位。罗莎侧身滚到墙边，一下子站起来，然后跑出了门。这一切只用了八秒钟。

我真希望主教及现场的那些观众也能够听到我脑海中播放的那首美妙的乐曲。主教走进房间时的脚步声、他那不明所以且疯狂的喊叫声以及被罗莎攻击后倒地的撞击声都与那首小夜曲的节奏步步相随，仿佛这些年间他一直在陪我演练这出戏。

我们俩可是舞伴啊，主教。你和我。我们两个。

那些曾经一度柔和的啮齿动物刮擦墙壁和拍打翅膀的声音穿透墙壁时，我脑海中的小夜曲也到了高潮之处。我已经将最为强劲的声波释放到了这个房间之中，玻璃面板掉落时，那张光盘已从我背后重获自由。透过墙壁中看不见的小洞流转着的声波吸引了各种发出"吱吱"声和挠抓声的生物，上方房间里的所有人都已经吓坏了，他们面对这一场啮齿动物的大乱斗不断尖叫着。有一些可爱的小生物进到了有水池的房间，它们一定也已经侵入了那座满是观众的围城，我已经听到了那间囚室中那些裸体男的尖叫声。

我跳出水池并落在床上，一只蝙蝠从水池的上方俯冲进来，我猜它应该是从阁楼中的橡子上飞下来的——那里的壁炉充斥着彩色鲜艳的愤怒之火。我将我的假脚趾和那个固定脚趾用的磁环放置于床垫的表面。稍后我会将它装回去。工业漂白剂之雨落在了躺在地板上的主教身上。

我未曾想过要像在电影《黑暗骑士》中召唤出上千只蝙蝠的蝙蝠侠般，让成群疯狂的老鼠和蝙蝠在此集聚。那是科幻，而这里发生的是真正的科学。我估计我用魔笛召唤了大约十二只蝙蝠，除此之外还有老鼠以及其他新英格兰地区的啮齿动物，可能有鼹鼠甚至可能还有花栗鼠。最多时我大约把十五种生物召唤到了这幢房子中，鉴于这栋房子已经十分老旧而且墙壁透风，它可能早就已经被这些啮齿动物入侵了。我并不需要上千只老鼠、蝙蝠、鼹鼠、花栗鼠或蝙蝠来达到我的目的，这幢房子里大部分都是女人，想引起混乱十分容易，甚至只需一只抽筋的老鼠。

我保持着着陆时的蹲在床上的动作。我长长的头发披在身后，落在床垫上。我把身体向前倾斜，腹部贴近膝盖，把我那已经历经了转变的整个后背完全露出来。只有维拉达和主教可以看见我的后背，那些观众则看不见。这一刻终于到来了。在这一刻，我要向全世界展现崭新的我自己，尤其是站在床和墙壁之间的录像师维拉达。她以为我这一刻的停顿是为了给她展示我的新身份，但这同时也是一种转移注意力的魔术技巧。我身体中的每一颗分子，我背上的每一根线条，我为它花费的每一秒钟，都是为了转移注意，转移视线。飞蛾和蝙蝠已经斗争了六千万年之久。她是一只蝙蝠，我是一只月神蛾。她被我的纵身一跃牢牢抓住了眼球，正因我背上的图案而感到神经紧张。她完全没有发现我已经用右手抓起了那把一直在床垫底下的屠刀。

我以前只是一只毛毛虫，是一只蛹或者幼虫。我在茧中生长着，附着在宿主身上。他们以为我让自己陷入了险境，只能等着被掠食者掠夺，成为一个自作自受的受害者。但事实上，我是一只欺骗了蝙蝠的月神蛾。在我那崭新、真实的身份之下，我的翅膀正在展开。我花了一秒钟的时间让自己的背部伸展开来，扩胸吸入更多空气以填补我的肺部——下一章节的开展需要足够的氧气。在吸入空气的量达到极限时，我背部那片文了身的皮肤也完全展开，露出了月神蛾那一根根精细的纤维。文身大师花了数周时间在我身上扎针，给我的月神蛾上色，从一侧的肩胛骨到另一侧的肩胛骨。月神蛾翅膀延伸到了我的侧腹，翅膀下方那奇特的双尾则沿着我的脊柱向下延伸，一直到我的尾骨上方。它是蓝绿色的，它有着圆形的黑色眼睛，它的翅膀和双尾有着美丽无比的紫红色勾边，它的触角是黑色的。它不像维拉达为投机取巧而文在手上的文身那样只是一只简单而愚蠢的黑色蝴蝶，我脊柱上的月神蛾就是我的个人声明。它就是力量本身。我的形态已经完全改变。

一只大型老鼠、一只小型家鼠和一只蝙蝠在水池房间中乱窜。蝙蝠一次又一次飞起又向下俯冲。我周围全是尖叫声，房间之中、镜子之后，慌乱的脚步声四起。主教正为恢复身体的平衡而挣扎着，他拼命摇着头，试图将脸部面罩上的漂白剂甩掉。很明显，他已经分心了，他正拼命试图消化发生在他眼前的事：房间里的生物、周围的尖叫声、从"顶端"传来的喧闹声；我落在了床上，手中握着床下的屠刀，背上还有一只巨大的飞蛾。我带来了混乱，我掌控着混乱。于我而言，这一切就是纯粹的秩序。

罗莎解脱了，自由了，消失了。我可以继续化身一件武器。

我双脚发力从床上弹起，膝盖弯曲以吸收动能并作为缓冲，同时右手紧握着那把屠刀。这用了一秒钟。

我的起跳吓到了维拉达。她大张着嘴巴，单脚弹跳着躲避那大老鼠与小老鼠的夹击。那些小动物现在无法逃出这个房间，它们被困在了声波环中，疯狂地渴求着伴侣和食物。蝙蝠在房中疯乱地飞舞，主教将其从脸上打落。他现在跪在了地上。镜子后面的男人们一直在大喊大叫，疯狂地在另一侧拍着镜子。

我用左手将维拉达转过来，从她的后兜里拿出打火机。

"将录像机对准那面镜子，不要乱动！"我对她喊道，同时一只手拿着打火机，另一只手拿着刀打了个滚，在床的另一侧着陆。我双脚着地，面对主教。

从龙虾池弹跳出来、展示我的文身、拿到床下屠刀和打火机的一系列动作总共花费了七秒钟。和我之前做过的三千四百八十八次练习一样。

罗莎最终按照我的吩咐行动了，并且用一记蛙跳、下蹲、前滚、扫腿破坏了主教的平衡，这对事情的发展极为有益。这是一个彩蛋。实际上我也准备好了在她失败时启用的备用计划，即从水池中弹出，拿出刀，然后刺向主教的头部，从而解救罗莎。

我滑步至电灯的开关旁。我把灯关掉，这样那些男人就看不到下一章节会发生的事情了。

我知道主教的准确位置，也知道他已经重新获得了身体的平衡，已经摆脱了蝙蝠的俯冲和缠绕。他巨大的身型几乎占满了整个房间，所以我要做的只有在门旁的电灯开关处等待。由于他无法控制自己，他在黑暗中向我扑过来，我一把抓住了他那该死的面罩，然后用维拉达的打火机将其点燃。面罩瞬间燃烧起来，他一下从原地弹开。我可以在黑暗中看到他的头部被火焰包裹住，面罩的织物正在熔化，与他的头发、头皮和浸透了面罩的漂白剂混合在一起。他像一头公牛一般在房间里乱撞，怒不可遏地试图将面罩摘下。

这只是你痛苦死亡的第一阶段而已，混蛋。

我打开了灯。

"看来他已经火祭了自己。"我说道。

我估计刘和洛拉会在大约五秒钟后到达战场，我已经听到了刘踹门闯进上层房间的声音和楼上那些女人尖叫着逃跑的声音。

我听到一声枪响，这意味着刘或者洛拉向蠢货一号布莱恩开枪了，他是唯一一名醒着的守卫。我没有听到 AR-15 的还击，因此我可以肯定这是致命的一枪。

布莱恩死了。

我走向那面镜子。主教正在我身后撞墙和床。

"拍一秒钟地面。"我向维拉达做出口型。

她将录像机对准了地面。我注意到，即便她兄弟的脸已经快要被烧掉了，她的身体也没有抽搐、抖动抑或拒绝我的命令。

除了脸上戴着的黑色面罩，我全身赤裸。我站在观众们的面前，双腿再次呈 A 字形分开。我的双臂伸展着，长长的金发从面罩底部露出。我现在站在他们面前，有达·芬奇那幅画中男人的两倍大。但我是一个女人。我是一只蛾。我拥有一切力量。他们什么也没有。

沉重的脚步声逐渐接近门口，自我落到床上还不到十五秒钟。正像我告诉过刘的，他所有的担忧都是不必要的。也许我可以在水池中等他们前来，但是这样我就无法对我的装备、我的技能以及我的表演进行现场测试了。如果我等着他们前来拯救我们，而他们又失败了该怎么办？他们在途中的任何地方都可能被拦下，并无法完全准时到达这里。如果因为我浪费了宝贵的时间而导致罗莎被强奸怎么办？不，我不能什么都不做，干等着刘和洛拉前来。

我跳回床上，重新装好我的脚趾，将最上层的床单包裹在自己身上，像穿了一件托加长袍[1]一般。着了火的主教挣扎着向我这侧扑来。维拉达继续对准镜子处拍摄。

刘闯进门向主教冲去，他用自己的西服外套扑灭了主教头上的火，然后用尼龙扎带将主教的手腕绑好。我向右扭头，看着刘和主教。刘看着我的长袍和面罩以及在我身旁举着录像机的维拉达，他还注意到了房间里的那几只老鼠和蝙蝠，看到了地面上的打火机以及我手中的屠刀。他回头看着我，眼中充满着恐惧，就像他十八年前第一次见到我的时候一样。当时我被困在一辆汽车里，身旁坐着已经昏迷的犯人，整辆车正要沉进采石场的水坑中。

我在他的眼中看出了接受。我骗了他并让他误以为整个计划就只是一个简单的抓捕陷阱，他已经能够接受这一现实了。

现在，该处理那些观众了。

洛拉朝着镜子的一角开了一枪，玻璃碎裂。

五个全身赤裸的观众都在里面。爱娃缩在后面的一个角落里，两只大型老鼠在壁橱里的木椅腿之间跑动。五个男人全部坐在各自的椅子上，浑身发抖。洛拉像个联邦特工一样举着枪站在他们面前，她头上戴着一台 Go Pro 相机，她也在录影。维拉达在她身后继续拍摄。爱娃的相机也在壁橱中，我们会好好回收利用它的。这些垃圾已经被抓了现行。

刘扎好主教的手腕后来到洛拉这边。主教正坐在一个角落里喘着粗气，他几乎已经昏倒。主教面罩的鼻洞和嘴洞附近的可燃尼龙已经被扯掉，他现在可以呼吸。他的一部分脸部及颈部皮肤已经与尼龙和

[1] 罗马式长袍。

头发融为了一体。疼痛让他变得虚弱无比，他像一个婴儿一样跌在角落里。他处于惊吓过度的休克之中，半昏半醒地发出阵阵低鸣。

很好。

现在，刘和洛拉正用枪对准着壁橱里的五名观众以及爱娃，镜子的碎片散落在房间和壁橱的地面上。观众们站在原地，在两把指着他们脑袋的枪的威吓下丝毫不敢轻举妄动。他们都站在椅子旁。

洛拉对着他们怒吼着，她吼出的每一个字都像在为观众做解说一般清晰无比，这正是她要做的事情，她要为这部我们共同制作的逮捕现场纪录片担任旁白。

"男生们！赶紧把手举起来！今天可是他妈的表演时间。向你们的粉——丝——们打个招呼！"椅子发出的碰撞声和男人们的喊叫声并不能阻止洛拉重复她的开场白。她把完全相同的句子说了三遍，像一名世界摔跤联盟的播音员一样把"粉丝们"这个词拖长，还模仿起了人群的欢呼声。她开始踱步，镜子的碎片在黑色靴子下面"嘎吱"作响，她将他们围困了起来，让他们听命于自己。

"下午好，豪威尔大使。别夹着腿了，赶紧把你的手举起来。举、到、空、中。上周你那场关于家庭价值的演讲可真棒啊。"洛拉向外吐着气，不住地发出"啧啧"声，"你觉得你的家里人会认为你在壁橱里手淫的同时看着另外一个男人强奸和谋杀女人这件事很有价值吗？那是不是就是你说的'家庭价值观'？我困惑极了。"我认为洛拉的话语是一种高水平的完美讽刺。她顿了顿，然后继续道："你好，候补参议员先生，我是不是应该叫你'本可以成为参议员的弗森霍夫先生'呢？我今天在高尔夫球场看见你了。你是在像一个被强奸的小女孩儿一样哭泣吗？还有弗拉克森法官，你就是个浑蛋。首席执行官亚当斯先生，你刚才帮角落里那个戴着面罩的东西开了高尔夫球车吧？我记得很清楚。还有，罗克福德中士。罗克福德中士，请不要再漏尿在自己身上了。"

"贱人！"弗拉克森法官喊道。我有些局促不安，一场腥风血雨仿佛即将爆发，恶毒的煽动者洛拉对抗着他们所有人。我猜即将出现在我眼前的是一连串直击太阳穴的回旋踢和鼻血四射的场面，也可能是她打爆每个人额头的声音。砰，砰，砰，砰，砰。每个人都死透。但真正发生的事情并不是这样。洛拉疯了似的笑了起来，狂妄、骄傲、兴奋、野性交织在一起。她停下来后大喊道："贱人，你居然敢对着我吠？你们都被逮捕了！你有权保持沉默……"

在洛拉和刘捆起那五个禽兽观众和爱娃的同时，我迅速移到了刘身后，一把掏出了他一直放在后兜里的车钥匙。我走到主教旁边，命令他站起来。他呜咽着，哀号着，呻吟着，但我并不关心。我推着他走出房间。

"我会把他押在外面！"我对刘大喊道。刘也许正在代替洛拉和被捕人员们进行着一番苦斗。

洛拉正在给测试机构打电话，现在我们已经有了可以阻止任何内鬼动手脚的录像，不给那些可能存在的内鬼任何扭转局势的可乘之机。

"机构的人会在十分钟内到达。我之前没有告诉他们具体位置，但是我提前在附近安排了好几个人！"她对我大喊道，"把他押到这里！"她指的是主教。

"好的，我会把他押在外面！"

"丽莎，你他妈的不准乱动！"洛拉冲我怒吼，但弗拉克森的攻击让她分了心。弗拉克森朝她的腰部踢了一脚。刘此时也陷入了与罗克福德中士的苦斗，后者的身高足有六英尺半。

"该死的，不！"洛拉对弗拉克森吼道。

我没有过多停留，他们不需要我的帮助。刘痛击了罗克福德的腹部，膝盖正抵着他的背。刘已经制伏了罗克福德，洛拉那边也很顺利。与洛拉这棵茂密的大树比起来，弗拉克森简直就像是刚从百合花中诞生的婴儿。

我和主教穿过地下走廊，没有人阻止我们。走廊尽头的门通向后院。后院位于两座山丘间仿佛被勺子挖过一般的碗状盆地底部。凡泰一定会喜欢在这里玩儿单板滑雪的。我披着我用床单做的托加长袍推着主教继续向前，并将那把屠刀抵在他的脊椎上。

"不许动，丽莎·依兰德！"声音从我的身侧传来。趁我转身查看之际，主教扭动身体，一头撞向我，然后逃进了树林中。他被绑住的双手无法支撑自己或保持平衡，但是他依然跑得飞快，转眼就消失在了黑暗的树林之中。

我转过身，我的视线因为刚才的撞击短暂地模糊了一阵。回过神后，我发现眼前的人正是卡斯蒂尔局长。穿着副局长外套的罗莎坐在停在石宅前门附近的巡逻车里。局长显然没有看到逃跑的主教，她满脸困惑，一直拿枪对着我。

该死的卡斯蒂尔。她将我抵在一棵树上，准备给我戴上手铐。刘早就说过我们可能会因为妨碍公务而被抓。该死！

轮胎碾过地面的"隆隆"声传来，警笛声四起。我转过身，眼前的画面仿佛正在用慢动作播放。好几辆全黑的车子向我们驶来，都是防弹车。

洛拉看着卡斯蒂尔："局长，我为我们之前撒的那些小谎言向你道歉，但这一切均已得到测试机构授权，他们已经到了。丽莎的行动都是经过我同意的，你现在可以放开她了。"

"她让主教跑了！"我冲着刘和洛拉大喊道。

第二十六章

前特工刘罗杰：解释

几秒钟前，我和洛拉从地下室进入了后院。等待测试机构的人前来的同时，我和洛拉已经用尼龙扎带把所有浑蛋都绑好并锁在了壁橱中。洛拉紧紧抓着维拉达。在她被带去审讯之前，我们并不打算放走她，她可能也会被逮捕。但现在我们眼前是什么情况？卡斯蒂尔局长正将丽莎抵在一棵树上，准备给她戴上手铐。我早跟洛拉说过我们会因为妨碍公务被抓起来。该死。

轮胎碾过地面的"隆隆"声传来，警笛声四起。我转过身，眼前的画面仿佛正在用慢动作播放。好几辆全黑的车子向我们驶来，都是防弹车。

洛拉看着卡斯蒂尔。

"局长，我为我们之前撒的那些小小谎言向你道歉，但这一切均已由测试机构授权，他们已经到了。丽莎的行动都是经过我授权的，你现在可以放开她了。"

"她让主教跑了！"丽莎对我们大喊道。

第二十七章

落　网

　　我站在这里，看着机构的特工们将所有的害虫都抓了起来。洛拉还在一边向卡斯蒂尔解释情况，我依然对她的搅局愤怒不已——我的杀人狂暴开关一定还开着。在卡斯蒂尔插手这件事之前，我本打算谎称主教逃走了，然后把他推到刘租来的那辆带有黑色防窥车窗的车子里。我知道他一定会把车停在这贼窝的前门。我会将主教击昏，趁刘和洛拉忙于处理测试机构的工作时，跟他们说我必须借刘租来的车去妈妈的家里拿些衣服，然后开车离开现场。但现在机构已经组建了一个搜索小组，正朝着主教逃走的方向前进。不过我现在也有点儿怀疑原本的计划能否奏效。我从刘那里顺来的车钥匙是一辆福特车的，并不属于他们之前租来的那辆车。

　　我发现乔西正站在树林的边缘，他就像一个好奇的邻居。他向我点点头，似乎在说他有消息要告诉我。

　　"丽莎，你他妈到底要去哪儿？"我正走向乔西，洛拉问道。

　　"我感觉那个家伙应该看到了些什么。我一个人过去吧。"

　　"等等。"洛拉想要拦住我，但卡斯蒂尔还在追着她问话。机构的特工们正在分组。

　　我跑向乔西。

　　"他在我的皮卡里。"他说道。

"东汉森，林肯路，公墓旁。今天晚上。"我飞快地说道。

洛拉过来了。"你看到什么了吗，伙计？"她问道。

"是的。我想我看到某个体形巨大的家伙朝后面的沼泽那里跑过去了。"

洛拉招呼几个特工去那个方向搜查。

"你就不能派一个特工带我到我妈妈的房子那儿去取些衣服吗？这太荒唐了。"我指指身上那条床单做成的长袍，"他们可以在路上向我问话。"

洛拉上上下下打量了我一番。"你看起来确实很诡异。哈尔！"她大喊道，"带丽莎去一趟东汉森。把皮卡德带上，在路上对她做个预审。然后让她睡一会儿。"

"谢谢你，洛拉。"我说道。

"知道了。"说完，洛拉小跑离开了。她在途中停下脚步，然后转过身，"嘿，伙计，我需要……"

乔西已经消失了。

我举起双手，表示自己并不清楚他去了哪儿。

洛拉盯着我看了一秒钟，她的怒火似乎马上要爆发，但随后一个特工将她拉开了。特工哈尔和皮卡德来到我面前，我们出发前往妈妈的住处。

在换完衣服并拿回自己的手机后，我会在和乔西带着主教开车出城的途中给刘发一条短信，告诉他我有些恐慌，因此我要开车回印第安纳州处理一些盘旋在我脑中的事。我并没有被捕。我是得到授权的代理。

从马萨诸塞州驱车前往印第安纳州的途中，我和乔西之间的紧张气氛有了一定程度的缓解，至少对我来说是这样。我们用我藏在妈妈家里的各种注射式镇静剂把主教撂倒了。行车途中，乔西告诉我他原本打算闯入石宅把我救出来，但后来他又觉得我一定已经有了周密的计划，因此他便作为后援在树上等待。

听到他这么说，我把喜悦的开关打开了一点儿。他愿意来救我，愿意相信我能够掌控事态，能够有足够的耐心保持这份信任，并主动当我的后援，这些都让我感到喜悦。他并不在意我想狠狠地伤害那些浑蛋的想法，这也让我万分喜悦。一路上他没有抱怨半句，只是像一个真正的伙伴般在旁协助。

莱尼完全不知道我在策划什么，也不知道这盘棋我已经在暗中下了十八年。

我决定在到达俄亥俄州前不告诉乔西有关维拉达的全部真相。他的反应大概谁都能猜到。我只是聆听着他的讲述，没有说话。我以为可以有片刻的安宁，但在开到印第安纳州哥伦布市时，乔西突然爆发了。这地方糟透了，我本打算经过这个路段时直接在车上睡过去的。我的手机没电了，而乔西的皮卡上也没有可用的充电口，乔西停下车，强迫我用路边的一台公用电话打给刘，并要求我问出维拉达现在的情况。

我翻了个白眼。

维拉达对我来说已经毫无用处，因此我希望乔西也不要再揪住不放。尽管她可能在我们的计划中做了一些贡献，但她仍然犯下了令人无法原谅的过错：第一，她实际上早已在二十年前就录下了第一场仪式，却没有帮助任何一个受害者；第二，她在那间经营买卖人口生意的魔窟里工作了二十年，却没有告诉我它在哪里，她让那些女孩儿遭受了非人的磨难；第三，她的缄口不言导致了妈妈被枪杀。最重要的是，我仍然不信任她。但是，如果我不打电话给刘并获取她的最新消息，乔西便不愿意继续上路。一想到自己可能要被迫继续留在哥伦布，我全身都开始起鸡皮疙瘩，身上像看到恶心的蜈蚣时那样发痒，因此我只得拨通了刘的电话。

刘报告说他们拘留了爱娃。由于我用妈妈的手机拍下了她在犯罪现场的照片，并且多名在"顶端"的女孩儿和"地下室贱人"提供了证词，爱娃与石头大宅有着千丝万缕的联系这件事无可辩驳，她将因无数的罪名受到指控这件事已经是板上钉钉。无所谓，这理所应当。妈妈被杀之仇我总有一天会向她讨回来，但不是今天。

至于维拉达，刘说给她定罪会十分困难。他说维拉达的事情是"一个错综复杂的结"。她声称自己扮演那样的角色、向我撒谎以及不承认自己是主教的姐妹都是迫不得已，因为除了要让她那可怕的兄弟和那些有权有势的观众落入陷阱，她同时还要保证我的人身安全，这让她别无他法。她坚称我被主教本人标记了，如果她没有插手并给我带来相关情报，或者没有在她兄弟身边操纵我被抓走的时机，我会在不知情的情况下被突然带走，我会被折磨，并很有可能最终会在龙虾池中丧生。此外，她还说如果测试机构不给她提供豁免权并保护她的人身安全，她将拒绝针对那些现场观众作证。

问到维拉达为何失踪并假死欺骗她的丈夫时，刘说他暂时不愿讨论这种细节问题，他现在很忙。

我看了看乔西，表示通话时间只剩一分钟了。

等着我给出最新消息的乔西在电话亭周围走来走去，这举动和莱尼在等我把凡泰交给他的时候一样。

我和刘通话期间，乔西已经听到了足够多我在电话这头说的话，他已经掌握了事情的重点。在几个小时的漫长行驶中，关于维拉达的问题始终占据着他的脑海。此时他掌握的新情况让他停止四处踱步，垂下了脑袋。不论出于主观意志以及事不关己的心态还是因为随波逐流，他的妻子确确实实当了许多年的人口贩子。

在用了几乎所有的通话时间来讨论爱娃和维拉达的事情之后，刘陷入了沉默，我听得出他想要针对我本人提一些问题。

"所以你为什么要这么快离开马萨诸塞回印第安纳去？"

"我需要一些时间思考，刘。我要在我自己的私人空间里想想我都经历了些什么。"

"那你为什么不坐飞机呢？"

"我说过了，我想一个人待一会儿。好好思考。"

"但你没有开你妈妈的车。"

"那些特工说我不能带走妈妈的任何东西。我租了一辆车。"

"哦……是吗？你没有和别人在一起？"

"谁会和我在一起？"

"不知道。这得你来告诉我，丽莎。"

"没人和我在一起，刘。"

"警犬追踪着主教的气息一直跑到了某条泥路中间，然后线索就断了。你和这件事有关系吗，丽莎？"

"就像我说过的那样，卡斯蒂尔把事情搞得一团糟，他那个时候就跑了。"

刘的喉咙里开始发出"咯咯"声，我听得出他的愤怒已经到了一定水平，估计他马上就要开始朝我大喊大叫并指责我没有正面回答问题了。我挂断了电话。

我了解刘，他不会去乱说。他会告诉那些特工主教"逃跑了"。刘不需要知晓更多。他不会来查明真相，或是来抓我。当然我最终将为他的"视而不见"付出某种代价。至于洛拉，她也是一样。

乔西和我回到了他的皮卡上。他不得不接受他的妻子并没有死去而且还是个骗子的沉重事实。哥伦布市令我作呕，我要求乔西加速离开这里。一个念头一直在我脑海中盘旋：也许我与维拉达之间的这场生死游戏尚未结束。不知是因为我思考着她的事情，还是因为哥伦布市上空那些厚重压抑的云层挤压着我的肺部，我最终真的吐在了副驾驶窗外。

第二十八章
新的泡泡俱乐部

哦，我是一名孤独的画家

我住在颜料盒里

我惧怕着罪恶

我向往着那些不曾害怕的人儿哪

——琼妮·米切尔，《关于你的点滴》

昨晚我画了一块门牌，并将其挂在了15/33总部三楼的水池练习房的房门上方。我用的材料是一块我十六岁时被囚禁的那个房间的地板，它也是我当年逃脱时使用的装备之一。门牌上写着我练习室的新名字：泡泡俱乐部。尽管我和乔西在那里只待了几分钟，尽管泡泡俱乐部里全是各种蹦跳着的人形病毒以及真菌感染源，尽管那种惊险的离开方式让我反感，但我仍旧感受到了一些喜悦之情。

我进入练习房。现在里面所有的墙壁都已经被桦树林占据了，两个水箱依然挂着墙上。我将我的泡泡俱乐部那扇沉重的钢门锁上。除了正待在水箱里的那名测试对象，今天没有其他人会来这里。我的大部分家人仍旧和萨吉躲在一起。我给待在曼彻斯特那间安全屋的爸爸打了个电话，把开门密码给了他，并让他低调行事。他可以在妈妈下葬后和吉娜·戴维斯回巴西。昨晚，我、乔西以及被注射了药品后晕在皮卡车斗里且双手被绑的主教就已经从马萨诸塞州的维伯里园林区驾车到达了印第安纳州。我要完成最后的实验和复仇，并通知萨吉把我的家人带回来。我爸爸正在策划妈妈的葬礼，为此我之后也要回到马萨诸塞州。乔西本打算在我忙着处理水池房里的测试对象时在外边等我然后送我回去，但我把他打发去了附近的酒店，准备今晚再叫他过来。我不能让他在这里晃来晃去，不能让他参与到即将发生的事情中。

忙，忙，忙。

我穿着一件露脐上衣和一条男款速干运动短裤，将所有的头发都紧紧地盘成一团。我马上就要出很多汗了。

我掏出手机，打开一份完美的锻炼用歌单。梅西·埃丽奥特、肖邦、歌剧《波希米亚人》、皮普保罗、卡拉尔之子、五十美分以及乔西·奥利弗，或许我应该叫他的艺名——乔西大师。我在不锈钢工作台上找到了我的蓝色耳机，它的颜色正好与画中那黄绿相间的树顶上方的蓝天相互呼应。我眨了眨眼，画中那只绿叶上的瓢虫正与巢中的红雀交谈着，好像它们是一对跨物种的爱人。我为我的耳朵、大脑和肌肉送上了甜美的盛宴：快节奏的重复旋律、电子鼓的鼓点以及乔西的柔声说唱共同组成了一句句神奇的咒语，我体内的内啡肽浓度急速上升。这就是声音的魔法。列表里的第一首歌就是乔西的。

我打开了杀人狂暴和愉悦的开关。我只需要这些情绪。我就是一颗莫洛托夫燃烧弹。

我检查了自己全身的二十条绑带的情况，全都没有脱落的迹象。这些绑带均与同一个电容器相连，可以收集机械动能。我抬头望向主教，他全身赤裸地待在我照着他的龙虾池所制作的升级版水箱里。主教全身也有二十条绑带，全都粘在了他身上可以弯曲伸展的关节处。他的电容器被绑在他的肚子上，绑在他背上的则是一枚威力强大但体积极小的炸弹。他的手臂可以弯曲，但是为了约束他的手臂并将其固定在水箱顶部的两个角落中，他的手腕已经被绑住。这样一来，他就无法使用手臂逃离水箱，也无法解除炸弹或者拿掉绑带。

　　我从不锈钢工作台上拿起遥控器，将它指向我身后两块装在墙上的数字显示屏。那两块看起来像是架在桦树枝上的屏幕都有着红色的数字"00"，它们是计数牌。游戏开始了。

　　"以下是。游戏的。规则。"我模仿着主教讲话的方式，以此嘲讽他，"如果我的电容器。比你的。存储了更高的电量。持续三秒钟。你就会爆炸。你要靠那二十条绑带。来发电。我也一起。运动。让电量上升。我会慢慢开始的。记住。你的电量。必须。高于我的。看显示屏。"

　　这是我的游戏，因此我没有告诉主教其中最为关键的三条游戏规则。一是他不知道我什么时候会开始舞动。我现在已经沉浸在了乔西的声音和歌曲之中，无法放慢自己的脚步。二是我有音乐的激励。振奋人心的音乐只在我的耳机中播放，只有我可以听见。我剥夺了他听见声音的权利，这会让他几乎残废。现在开始。

　　我按下播放键。乔西在这首歌的开头插入了一段钢琴独奏。实在是太完美了。就像肖邦在与埃米纳姆合作。随着那缓慢的节奏，我的身体也缓慢而温柔地摇摆起来。我的显示器上的数字升至了01。主教看到了我的数字上升，而他的还只有00，于是他连忙弯曲起膝盖。他的也上升到了01。我更快地摇摆着，数字上升到了02。主教看到后像一只闻到了奶酪气味的笨拙实验鼠一般开始更快速地弯曲膝盖，他的数字跃升至05。

　　"你开始。明白要领了。很好。我们接下来再快一点儿。"我提醒自己想一想多萝西、梅兰妮、妈妈以及其他所有人身上发生了什么，接着我提高了杀人狂暴和愉悦的程度。我咧嘴笑着并对他眨了眨眼。我的心脏之中充满了大量滚烫的血液，蝴蝶振翅卷起的风暴席卷了我的大脑。我感到自己几乎要起飞了，我的身体在这愉悦的感觉中是那么的轻盈。

　　我开始抖动肩膀，摇摆自己的身体，与歌曲变得更快的节奏融为一体。乔西在这段音乐中用了吉他和电子鼓伴奏，还添加了其他电音与自然声的混音。他的声音随后进入，这一切都顺畅极了。他说唱的速度越来越快，最终几乎达到一种癫狂的状态。我的显示屏上显示着数字18。主教尽其所能地运动自己的肌肉，疯狂地甩着脑袋。他的数字涨到了19。这首歌还没到高潮。

马上就要来了，就要来了，我的高潮似乎也即将来临。妈的，这感觉真棒。我屈膝下蹲，双腿向外张开，舞动着臀部，接着我的身体笔直地向上弹起，仿佛进行了一次反身翻腾跳水。我显示屏上的数字在两秒钟内猛增到了55。主教竭尽所能地甩动他那巨大的身躯，但是他没有任何音乐的激励。他的身形巨大，而所在之处却狭窄异常。主教的显示屏显示着数字42。他还有两秒钟的时间可以用来超越我，否则他就会原地爆炸。他是这么认为的。

主教不知道的第三条规则是：他其实并不需要将电容器读数保持在我之上。一旦主教的读数达到了53，他身上的炸弹就会马上爆炸。

我慢慢减速至原地慢跑的状态。我显示屏上的数字降到了25。

他也像一个白痴一样也放慢脚步。

"你不应该。停下。你要继续。玩这个游戏。你不想活了吗？"

真希望我可以将自己获得的愉悦装瓶出售。我在获得这种愉悦时通常会否认自己，因为根据奶奶的理论，谋杀是错误的。但是事实上我很享受，我真的很享受杀死一只该死的畜生时得到的快感。说实话，这种享受无关伸张正义、辩护抑或复仇。事实是，我厌恶混乱、病毒以及感染——我喜欢根除一切有害物质，以确保社会整体的健康。我仿佛一名犯罪消毒员，一种社会的抗生素。由于我愤怒和愉悦的开关开着，由于我独自身处这个封闭的房间之中，现在的我可以对自己百分百诚实。真正的事实是，我现在感受到的愉悦无可比拟。我的理智已经消散成了翻飞的蝴蝶和无形的氢气，我身上的器官变成了一颗颗光亮的圆球。

我再次舞动起肩膀，再一次让我的身体与音乐一同高歌猛进，仿佛我在以最快的速度跳着绳。主教不顾一切地甩动着身体。

　　"我可是给了你二十条绑带让你用来提升显示屏上的读数。二十条呢！你就不能把它们全部用上吗？我在这个游戏里给了你二十件礼物！你可真是不知感恩！"即使我仍在陶醉地舞动着，我说这些时却完全没有感到呼吸困难。主教已经开始大口大口地喘气了。我的显示屏读数又掉回了50。他的也是50。

　　主教是一个巨大的目标。由于他体形巨大，他的死亡和腐烂会比那些一般体形的人花上更多时间。他赤裸的巨大身躯在我的升级版水箱中。如果说中心环的水箱是一件拙劣的原型，那我的便是一台未来的、自动化的机器，一艘来自另一星球的探索飞船。我那未来水箱对面的墙上挂着中心环水箱复制品的残骸。自我上一次练习以来，它一直处于裂开的状态。

　　即便主教的手臂没有被绑住，他从我那用足足三英寸厚、有着三个夹层的玻璃制成的耐火防弹水箱中逃脱的概率也像从地狱逃生一般微乎其微。我已经检查了他所有的脚趾和手指，他可没有任何装载了伸缩金刚石刀片的假肢。除此之外，他的囚笼顶部有着钢制的栅栏，就像一间配备了自动上锁门闩的牢房，在我将他从上方的阁楼塞进去后，水箱就立刻自动上了锁。我还在水箱之上添加了隔音密封层，又替换了隔音密封层之上的地板。中心环更像是一所古色古香的民间刑讯艺术研究所。他们应该把他们的水箱放到那个在新罕布什尔州会议中心酒店举行的秋季古董大会上展示一番。

　　我已经将氧气输入水箱中供主教呼吸，我可不希望供氧不足成为他在这场游戏中失败的原因。

　　一旦他爆炸，这个混蛋、强奸犯、杀人犯那具死透了的尸体和血肉残渣就将被溶解于提纯过的氢氧化钠溶液中。我已经提前将那些溶液灌进了内置于水池中的管道之中。氢氧化钠？当然了。但是，中心环用的不是漂白剂吗？拜托。氢氧化钠可以溶解皮肤和肌肉，接着就是脏器和骨骼。它是管道清洁剂的主要成分之一——那东西连堵住管道的人体毛发都能溶解。

我会为整个溶解过程计时。这绝不是什么幼稚的龙虾池，这是一个神奇的水池。马上，主教就将荡然无存。他带给社会的疾病将被根除。他将不再存于世间。当然，在我把液化的主教冲走后，我也无法避免那些钙质和血红污秽的残留，但我已经为这个水箱设计了自我清洁的功能。

乔西是运用节奏和歌词的高手，我正随着无拘无束的节奏摆动着，我的全部注意力都集中在了乔西的说唱上。我和乔西是一对"柏拉图式的朋友"。奶奶曾经给我解释过男人和女人之间的这种关系，即使我身体中的动物性本能正在疯狂地要求我去交配，我也必须保持理智。"宝贝，不可以。你的确有时会发现一个男人对你很有吸引力，但你现在和莱尼在一起，他是你孩子的爸爸，对不对？所以，你需要和他成为'柏拉图式的朋友'，而不能随随便便地和一个你觉得有吸引力的人过分亲密。"奶奶对我说过这些。

在我和莱尼结婚之前，我曾经告诉她我想要和一个路过的男人做爱。我想我那个时候只有十八岁，那时我的体内充满了暴躁的荷尔蒙。

"但这是一种生理性的需求，奶奶。为什么不行？"

"亲爱的，我明白你的感受。我也会有这样的冲动。但这就是我们在一个文明社会中需要遵循的规则"。

这种生理上的性冲动并不是一种情感，所以我不能随意将其关闭。我必须采取其他措施来遵循奶奶的训诫。

经过几个八拍的节奏轰炸后，我已经汗如雨下。我的显示屏显示着52，主教也是52，仅差最后一个数字他就会爆炸。我加快动作，试图鼓励他蹲得更深、更努力，从而超越我。这真是一场精彩的比赛。一场他甚至都不知道真正规则的游戏。玩儿这游戏还有一个好处，我可以借此测试一下我这些绑带的性能。

"嘀嗒。"他的计数跳至了53，能量已经足够触发炸弹。

水箱中上演了一场盛大的爆炸，一切都变成了红色。因为水箱是隔音的，而且我还戴着耳机，我并没有听到爆炸的声音。整个过程就像一只虫子撞上了挡风玻璃，它一下子就化成了一摊血泥，但没有人会听见它生命的消逝。

你就是只虫子。

上午的计划如期完成。

我手中仍然握着遥控器。我按下一个按钮，氢氧化钠瀑布从上部两侧的舱口倾泻而下。我继续舞蹈着。

我马上就要永远地摆脱主教了。水箱里的东西会通过专用管道流到一间上了锁的隐藏地下室里，流到那些化学废品专用桶中，然后桶里的东西会经过三个月的处理，通过涓涓细流进入一段污水管道，直通属于我的化粪场。冬日将至，那些东西会融入下水道蒸汽散发的水汽中，在那之后，主教就消散到了大气之中。

再见了。

我的小小锻炼至此就结束了。我滑行到墙上的固定电话旁，打电话给萨吉让他放我的家人出来。我们将在马萨诸塞州碰头一起举行妈妈的葬礼。

我打算今天晚些时候处理完各种家庭和工作事宜后去玫瑰园作画。玫瑰园就是从前那个用于抛尸的采石场。我会将红色与粉红色混合，用手指勾勒出在一根真正的树枝上停着的一只真正的红雀的轮廓。它就栖息在采石场附近。一名来自缅因州的艺术家善于使用汽车牌照制作美丽的鸟巢，所以我给它也买了一个。我那位寂寞的焰羽朋友就住在这间牌照之家里，就像一名统治者般守护着我的玫瑰，盘旋在那玫瑰园底下的恐惧早已被疏浚。

安妮·蓝妮克丝唱过一首叫作《为何》的歌。我在歌的结尾听见她的一句轻声细语，也许是我听错了，但我相信曲终之际的和弦和那徘徊的曲调中隐藏着一句"你不知我心之恐惧"。也许实际上她说的是别的东西，但我愿意相信我听到了"恐惧"这个词。我以为那是人类可以说出的最真挚的话语。甚至比"水由两个氢原子和一个氧原子构成"的化学常识还要真实。没有人知道别人内心最深处真正的恐惧是什么。当我允许恐惧的开关打开时，没有人知道我最恐惧的是什么。我可以说我恐惧的是恶魔，但是这意味着我害怕我自己。我可以说我恐惧的是上帝并不存在，但这意味着我害怕我和其他所有人都是不存在的。我可以说我恐惧的是虚无，在我死后，我的一切能量都蒸发了，我将变得一无是处，没有目的；更糟的是，我将变为散发着恶臭的零能量、低效率且无用的废物，没有肉身，没有感官，但在地狱的最底层，我的意识依然存在。我会知道我的能量已经散尽，也知道自己无能为力，不能改变任何东西。但我该如何验证这样理论性的恐惧，又怎么使其合理化呢？也许我恐惧的是所有这些恐惧发生重合的可能性，恶魔存在、上帝无存、虚无、零能量，一个交叉路口将其凝聚成了某种有着具体形态的东西。但是现在，我还不想过于深究这些。我不会允许恐惧被打开。即便我只是想象着这个在恐惧的交叉路口产生的东西，可能也会有人发现这一点并在我最脆弱的时候前来进攻。我不愿让自己去想这个戈尔迪乌姆之结[1]般的问题，也不知道自己最终是不是能够走出来，当然也永远都不会告诉别人那个答案，让可以掌控我所有情感开关的控制器落入旁人之手。我已经知道了那个控制器是什么，只有一样东西可以让我在感知到所有情绪的同时失去将其关闭的能力，但我不会说出那是什么的。

　　随着氢氧化钠溶液流入，爆炸后产生的主教残渣在里面被慢慢溶解。我为妈妈暂停默哀了一会儿。我低着头，单膝跪地，把爱的开关打开了整整两秒钟，同时也和那与爱意如影随形的恐慌斗争着。在她去世后留下的能量体的环绕下，我向她低声说出了一句"我爱你"。

---

[1] Gordian knot，西方传说中的物品，传说中能解开这个结的人会成为亚细亚之王。

尾声

前特工刘罗杰：数月之后

洛拉通过神神秘秘的指令给了我一个神神秘秘的地址，让我开车带着桑德拉、丽莎、凡泰和奶奶一同前往那里。按洛拉的要求在萨凡纳的"奶奶豪宅"碰头后，现在我们都坐在丽莎给奶奶买的那辆防弹凯雷德车里，驱车前往距萨凡纳二十分钟车程的神秘地点。丽莎的丈夫莱尼没和我们一起。丽莎只向我透露了"他目前已经搬走了"这一条信息。我已经学会了不追问细节。

我们现在大概是要去参加洛拉的提前退休惊喜派对，但她似乎有些事情没有告诉我，这个地址我之前并不知道。但实际上我以前也不知道洛拉的任何私人地址，我们一直都只为了工作碰头。这个惊喜派对的事儿把我的计划都打乱了。我原本正急着要找洛拉和丽莎，我需要带她们到凯雷德车的后面，给她们看一下我今天早上发现的东西。我们还有一些未完的事宜需要处理，并且是与维拉达有关的危险事宜。

我那永远彬彬有礼的妻子桑德拉将前排的座位让给了奶奶。我看向奶奶。

"这到底是怎么回事？拜托，赶紧告诉我。"我悄悄对她说道。

"再等等，罗杰，你很快就会知道了，亲爱的。"她回答道。

我和洛拉都已经与奶奶相识多年。丽莎的奶奶全名米拉·依兰德，是一名女作家。她来过 15/33 总部很多次，也见过许多次我们熬夜加班的景象。我上晚班或是与从地下世界返回的洛拉交接的时候，奶奶往往会在凌晨两点去厨房里给我们中的一个或两个人做一些奶油曲奇、软糖还有热茶。因此，若干年前洛拉突然拜访奶奶并宣布她决定要在萨凡纳地区找一个她"自己的地方"后，我并没有感到地球即将毁灭般的震惊，只是感到些许惊讶。洛拉从来没有说过她找的房子具体在什么地方，也从来没有邀请我去过。我只听她说过一句话："我要在萨凡纳搞个自己的地方了，就在奶奶家附近。"除此以外，再无其他。

我们到达洛拉上周给我的地址并准备停车。当我的视线越过那道环绕着整幢房子的七英尺高雕刻围墙，看到一条写着"恭喜洛拉和雪莉！"的横幅时，我真正感到了地球即将毁灭般的震惊。

谁是雪莉？谁他妈是雪莉？

我猛地踩下刹车，一名身着黑西装戴着领结的绅士打手势示意我继续开，停到前面那群男仆的位置。一时间我忘记了那件本要立即和洛拉和丽莎说明的紧急事件。事情被我抛到了九霄云外。这个派对是干吗的？雪莉又是谁？

我下车将车钥匙随手丢给男仆，钥匙掉了，但我并没有弯腰去捡，我只是傻傻站着，大张着的嘴也迟迟无法合上。直到桑德拉轻轻推了我一下，我才记起要收敛自己的表情。我希望自己的举动没有冒犯到旁边任何人。

桑德拉刚拽着我穿过围墙的入口，我们就碰到了洛拉，她的手臂正和一个有着一头柔顺乌黑长发的女人的手臂锁在一起。我听到有人介绍了一下我们，然后介绍了这个和洛拉在一起的女人。她就是雪莉。雪莉正准备退休，她原本在当地一家医院当外科主任。我一时无法处理所有这些信息。

洛拉。

还有雪莉。

一位性感的女神，有着长长的黑色头发和紫罗兰色的双眼。修长的双腿，高挺的颧骨，她就像一名从漫画里走出来的女战神。

完美无瑕。

绝对的完美无瑕。

我的嘴是不是还张着？

"亲爱的，闭上你的嘴。"桑德拉在我耳边低声说道。

我叫什么名字来着？如果我忘了自己的名字，我要怎么跟这个性感尤物打招呼？等等，这条满是蕨类植物的环绕式门廊也是她装饰的？这地方就像奶奶家一样，我仿佛置身于《南方生活》杂志的封面照中。

洛拉住在这儿？她不住在一间空气有毒、房顶漏雨、装满生火用的垃圾桶里吗？怎么会这样呢？我眨了眨我的眼睛。

我一定是沉默太久了。"刘，这是雪莉。雪莉，刘。"洛拉不耐烦地说道，仿佛她在介绍无关紧要的过客。我注意到她们俩的手臂不再锁在一块儿了。

雪莉紧紧地拥抱了一下我，接着她向后退，和我保持着大约一臂的距离，然后从旁边服务生的托盘上端起一杯冰柠檬汁。她将手中那杯完美的清凉饮料递给我，我花了三秒钟一口气喝了下去。我已经出汗了。

"罗杰，真高兴终于见到了你。我已经想见你很多很多年了。但是你知道洛拉的脾气，她很担心我的安全和其他一切事情。她有点儿过于担心了。"雪莉朝洛拉挑了挑眉毛，"关于这个派对的事情她自然也和我争吵了一番，但我对她说，如果我们不办这个退休派对，如果我不能见一见曾经和她一起工作过的伙伴，我就不和她一起退休。"

丽莎的声音响起。我已经忘了她也在这儿，也忘了我的脚还踩在这片地球的土壤上。丽莎说："你们很棒。"她将自己那杯冰柠檬汁朝着雪莉的方向微微倾斜，向她表示着单纯而直白的尊重，但脸上没有丝毫笑容。

"你的专业方向是什么？"丽莎问道。

"神经外科，但有时只做一些普通外科手术，修补创伤。毕竟我们医院人手不够。资金不足。"

"所以你是一个脑外科医生？"丽莎说着又靠近了一些。

"是的，可以这么说。"雪莉一副随意轻松的样子，面带微笑。很明显她热爱行医。也许她还没有完全接受退休的现实。

丽莎继续研究着眼前的女人，评估着她。她没有为此感到震惊。她也没有思考关于一个人永远无法真正了解另一个人、关于仁慈的欺骗行为、关于破碎的信任和忠诚、关于被最亲密的朋友和搭档弄得一脑袋糨糊的问题。我不得不重新定义自己对她一切的了解，然而我还得在这场花园派对中表现得礼貌，表现得好像我最好的朋友、搭档和会为我出生入死的同事向我隐瞒了她生命中另一半的事是很正常的。

洛拉为什么就不能告诉我？

我并不气愤。我只是感到虚无，觉得她不够信任我。

我将视线投向院子中，试图找到某些可以支撑我的精神的东西，这样我才可能重拾文明人的态度，当一个仍旧可以正常行动的客人。视线落到一片开满野花的花园，那里是一群白色蜜蜂的家，蜂巢再后面是一排木栅栏，里面关着一匹我所见过最长、最瘦的骡子。我猜这匹骡子的年纪已经很大了，它的鬃毛里有一圈白色。它是一只年老的宠物。我估计它的主人很疼爱它，因为它的皮毛很光滑，那骨瘦如柴的脖子上还绕着一圈红色的丝带。

雪莉发现我在看那边，然后"咯咯"笑了起来。"我的小可爱被你发现咯！那是'火柴人先生'。我养它很久了。我很爱它。但是不管我们喂它什么，它还是一磅都胖不起来。"

接着我们周围的人开始针对火柴人先生提出各种问题，而这时一丝微笑慢慢爬上了我的嘴唇。

所以"火柴人先生"就是一匹长长瘦瘦的老骡子？我看向洛拉然后咧嘴一笑，现在我们之间又有了新的笑料。洛拉抿了抿她的嘴唇，然后朝着雪莉的方向摇了摇头，这明显说明她们在关于要给予火柴人先生多少爱这件事上有着分歧。很显然，根据她的肢体语言还有她给一名罪犯起了相同名字的事实判断，洛拉并不是很在乎这位火柴人先生。桑德拉和我也为一只宠物争吵过。她很宠爱它，而我只能忍耐。桑德拉的那只白色小绵羊"德克斯男孩儿"偷吃过太多火腿，我不想再对它展现任何风度。它放的屁会像农药一样荼毒整个房间，我们得通风整整半小时以摆脱那种恶臭。它身上总是会有臭鼬留下的臭气或是豪猪留下的棘刺等待我们处理。它似乎总是湿漉漉的，天知道它是去了池塘、水坑还是沼泽，又或者什么不为人知的隐蔽角落。即便如此，我还是喜欢在没有人看见时偷偷在桌子底下喂它，也喜欢它蜷缩在我身边——前提是它身上干净而且不放毒气。我了解洛拉，也了解我自己，我敢打赌洛拉肯定会在雪莉不注意的时候偷偷给这匹碍眼的骡子塞馅饼吃。我们可都是虚伪的行动派。

无所谓，还是把注意力收回到这正在萨凡纳上演的魔幻一幕中来吧。

丽莎到底在研究些什么？她为什么做出一副像要买下雪莉似的样子评估着她？妈的。桑德拉正和雪莉一起在花坛边闲逛，感谢上帝，因为我还在继续试图将血液遣返回我的大脑。

雪莉拨开了迷雾。她对我说道："罗杰，我要感谢你这些年来一直保护着洛拉的安全，在没有人理会她的时候照顾她。你是局里唯一一个会为她挺身而出的人，你给她了一个机会。如果没有你，她不会有现在的事业。"

雪莉的话一下子把我从走神的状态中拉了出来，现在我必须说些什么了。"也许你说得对，但我们面对的都是罪犯，雪莉。如果没有洛拉，我可能已经死在了某条阴沟里，无数的儿童和女性也无法逃离地狱。她是我们曾有过的最好的特工。能与她一起工作，我简直骄傲极了。"

雪莉开始抽泣，这名充满异国风情的完美南方美人用一块亚麻布手帕轻轻擦拭着她那紫罗兰色双眼中流出的眼泪："罗杰，洛拉很爱你。

她也许永远不会告诉你，但她绝对很爱你。在我们这栋房子里，洛拉只摆了一个人的照片。那张照片上不是她的家里人，也不是她大学里的朋友，照片上是你。那是一张她偷拍的模糊照片。"

丽莎的咳嗽声打破了这一感伤的时刻。"你是一名脑外科医生？"她的语调仿佛是在进一步确认这个早已被证实的事实。

"当然，是的。也许我该说'曾经是'。毕竟这是个退休派对。"

"你有没有在外面接过私活？"丽莎不是在开玩笑，雪莉听到她的问题后"咯咯"笑了起来，但丽莎完全没有礼貌地回一个笑容的意思。自从莱尼搬走，丽莎就变得格外缺少感情。

我转过身，赶紧在人群中寻找着奶奶，最终在一片地掷球场上找到了她和凡泰的身影。洛拉居然有一片地掷球场？

"奶奶，奶奶！"我呼唤着她，朝她挥舞着手臂让她过来帮忙。我朝丽莎的方向点了点头，这是我和奶奶之间的暗号，表示我需要她过来帮我支开丽莎。

奶奶来到了我们这边，她将自己的食指点在丽莎的脊柱上，并在她耳边低语了几句，将谈话重新引向了正常的方向。随着话题逐渐回归无伤大雅的谈笑上，大家开始讨论起派对厨师那屡获殊荣的菠菜馅饼，以及雪莉是如何调整土壤的 pH 值并将遍布整个门廊的蔓生长春花球养护得如此茂盛的。我的思绪回到了刚才担心的事情上来。紧急事件。我有事情需要告知我的团队成员。我感觉到洛拉的真实生活对我的冲击已经开始消退，在我潜意识的某处，我一定早已捕捉到了某些迹象。再说，她无论如何也不会和我谈论这件事，所以我选择一个人默默消化，忍气吞声，继续前进。洛拉将五个菠菜馅饼塞进了自己嘴里，她手上还有三个。

"我们三个人能不能谈谈？"趁着所有人的注意力都集中在雪莉的小侄女身上，我对洛拉说道。那个女孩儿是洛拉参议员姐姐的女儿，她正在走道的路面上即兴表演着爱尔兰踢踏舞。洛拉并没有反对我进行谈话的提议，她大概觉得我要找她谈谈雪莉的事情。我很久以前就已经学会了不要逼迫洛拉，她也知道我不会强迫她。多年的相处让我们心有灵犀，她马上就接受了我的提议，将我和丽莎带到了火柴人先生旁边一座满是藤蔓的花架旁。

"我们去奶奶的凯雷德后面可以吗？"我问道。

洛拉看着我，好像我是个疯子："刘，干吗搞得这么神神秘秘的？"

我给了她一副"你认真的吗"的表情，朝着雪莉所在的方向甩了甩手臂，暗示她的存在就是我举动神神秘秘的原因。

"好吧。你赢了。"洛拉叹了口气。这是洛拉说过的第一句也是唯一一句像是道歉的话，我把它当作是一种道歉。我不会记洛拉的仇，因为那简直毫无意义。

我转身走向凯雷德的后方。方才那四名男仆之一将车停在了两侧草坪的其中一侧，在洛拉家的林荫道旁边。幸运的是，这一侧草坪的后面全是森林，只要我们把后备厢门打开，就没有人可以看到我们了。我看得出来洛拉为什么选择这栋房子，它周围的空间非常宽阔。我发现周围的树木上装着几十个摄像头，我敢肯定它们都是洛拉自己装上的。

"你家不是有一圈电栅栏了吗？树林里也不是毫无防备。"我抬头望着那些摄像头说道。

"我当然有了，刘。这个地方全都在电栅栏的保护之下。你到底发现了什么该死的东西？趁那些不要脸吃白食的东西把我的馅饼吃光之前，赶紧说。"

"我们需要谈谈维拉达的事情。在你的退休申请生效之前，我们需要尽快查点儿东西。我知道，测试机构、联邦调查局，还有烟草火器与爆炸物管理局，这些执法部门都在调查各种指向中心环的线索。他们已经仔仔细细审问过维拉达了。但事情是这样的。"为了将洛拉和丽莎的视线引向我自己，确保她们的注意力全在这场谈话上，我顿了顿，"我记得那天晚上维拉达给弗拉克森法官递了一个眼神，他们对视了一秒，然后她将目光投向了丽莎。就像这样。"我将洛拉当作弗拉克森，在她们面前演示了一番。

"我希望你要说的不止这些，刘。"洛拉一脸怀疑地说道，她的五官已经扭成了一团。

"别急。听着，当时我并没有太在意这一幕，我以为那只是那场混乱的一部分而已，然后包括弗拉克森在内的浑蛋都被抓了，证据确凿，当场抓获，在镜头下被戴上了手铐。但是，狗娘养的，就在昨天，我接到了一个电话。"

我伸手拿起我放在这辆车后备厢里的公文包，从里面掏出一个文件夹。洛拉伸出手来要拿那个文件夹，于是我把它紧紧抱在自己的胸前。

"慢着。听我说完。我昨天接到了这个电话。你猜怎么着？在那些所有该死的畜生里，弗拉克森得到了条件最好的认罪协议。他会被无罪释放。完全无罪。而且，你们知道吗？他是那些人里面唯一一个可以取保候审的人。昨天，他签了认罪协议，然后他们就把他脚踝上的监视器摘了。"我打了个响指，"无罪释放。就这样。当然，维拉达也被无罪释放了，她让所有人相信了她只是一个俘虏。这个说法根本站不住脚，但因为她针对她的兄弟和其他人作了证，再加上她为丽莎提供过情报，对毁灭中心环有些贡献，现在机构会负责帮她处理罪名。所以，在我听到弗拉克森的事情后，我突然想起了维拉达的那个眼神，它在我脑中挥之不去。然后，我又想到了一些事情。那是发生在很久以前的一个瞬间，所以我没能够将其立马和我们第一次看到他的时候联系起来。那是比我们在萨利奥碰到他之前更久远的事。"

洛拉皱着眉头，沉默不语，只是安静地听着。丽莎紧盯着我的脸，跟随着我的目光。

我转身拿起我的公文包，拿出一张像素很低的黑白照片，那是我们三个人很多年前花了许多精力研究过的几十张照片中的一张。这一张被我们判定为"没有帮助"，我们当时没有在这张照片上花很多时间。

"你们看出我是什么意思了吗？"我问道。

洛拉把它拿了起来，自己挪到尾灯旁边阳光更为充足的地方。丽莎越过她的肩膀看着照片。

"这是那天在法庭上的照片。我针对医生作证的那次。这是在维拉达到停车场后找我谈话以后，我们从监控里截出的一幅画面。"丽莎说道。

"是的。你们看到我注意到的东西了吗？"

洛拉咬住她的下唇："该死的。你确定吗？"

"我相当确定。看看这些。"我将今早用奶奶的彩色打印机打出来的四张彩色照片分给他们，并一一解释起这几张照片的内容，"今天早上，我试着找了一些弗拉克森的照片。我找到了他在西北部上法学院时的照片，就是这些。还有他在迈尔斯索恩伯格当律所合伙人时候的，这些。迈尔斯索恩伯格距离印第安纳州法院只有几个小时的车程，一天就能来回。而且当时不需要登记就可以进入审判庭，当然，现在也不用。除了这张照片，我找不到弗拉克森那天在那里的证据。"

丽莎拿起那张合伙人时期的照片以及那张法院监控的截图，她把洛拉轻轻推开，自己站到了尾灯旁边阳光较好的位置，反复比对着它们。

在她查看的同时，我说："我们之前完全没有注意过这张监控图。"

丽莎打断了我："因为这张截图上只能看到维拉达的一条腿。但是，现在重要的是，她的腿旁边就是弗拉克森，而且他全身都在镜头里。那就是他。"

"还有其他的消息，我今天早上刚刚确认过。"我说道，"猜猜过去的一周维拉达住在哪里。顺便一提，她没有回去和那个她骗过的维伯里丈夫住在一起。"

丽莎发出了奇怪的"哼哼"声，然后摆出一副幸灾乐祸的笑容。我对她扬了扬眉毛。

"继续。"她的脸再一次变得面无表情，一片空白。

"好。"我斜眼看着她，说道，"猜猜她的公寓在哪儿？"

"不知道，刘。"洛拉眯起眼睛，我完全看不出她对我说的这些到底有什么想法。

"她住的公寓距离弗拉克森在坎布里奇的住处只有两个街区远。下面是我的推测。我认为维拉达精心策划了整件事，她的目的是摆脱她的兄弟和他那些最有权势的长期客户，主要是拉斯珀、罗克福德中士，还有那两个帮助管理的女人，就是那个修女和那个被丽莎称作'爱娃'的女人。维拉达很早以前就与弗拉克森勾结在一起，他们从一开始就对所有人隐瞒了自己的计划，而且瞒得密不透风。她唯一的机会就是那个诡异、恶心的龙虾池仪式，并且她相信自己能够操纵并利用她兄弟的疯狂。她赌对了。她的盟友和她那个更大计划的关键，一直都是弗拉克森。我从未接受她对所有人口买卖活动袖手旁观的这件事。这么多年里，她一直隐瞒着活动据点所在地的情报。她兄弟一直在 S 市，我知道她一定从这些活动中抽了不少钱。这么多女孩儿被虐待，被强奸，这是错误的。我确信她绝不无辜。我可以证明这一点。最明显的线索是，她的家庭信托机构说过，如果她的兄弟被监禁或者死亡，她就会成为唯一的受益人。我很担心你的安全，丽莎。现在弗拉克森已经不再被监禁在自己家中，他们会再等待一段时间，保持低调。他们至少会等到所有庭审结束，因为他们也会去出庭作证。但很不对劲儿。我能感觉到某些东西。"

"我知道维拉达很可能也掺了一脚。何况她还跟这个浑蛋弗拉克森勾结在一起。但你担心丽莎的安全就只是因为在我们抓住这些浑蛋的那天晚上维拉达看了他半秒钟？"洛拉问道。

"是的。就是这样。"我说道。

丽莎向我点头表示同意，她和我肩并肩站在一起，表示她希望洛拉也能与我们达成共识。洛拉一把拿走那张监控照片，侧身把它举起，在阳光下再度查看着。

"该死的，长官。"洛拉说道。听到她那认真的语气以及"长官"

一词，我知道我们站在了同一条战线上。

　　我和丽莎已经在草地上走了约有十分钟。远处的洛拉向我点了点头，表示在她们为这场退休派对准备的串烧歌单中我最喜欢的那首歌就要开始播放了，那些音色经过了完美调校的乐声从被伪装成巨石的扬声器中缓缓飘出。丽莎和我一句话都没有说过。我们两个背着手，步伐一致地走着。每当开始为新案件做计划，我们总是会这样做。我们会到外面一起走路，一起冥想。她说我待在她身边可以帮助她将一堆混乱的新事实梳理清楚。而至于我自己，我知道这种方法对我来说也同样有效。

　　雷·拉蒙塔格尼的那首《我心中的那个男人》萦绕在洛拉和雪莉遍布着蕨类植物和长满了青苔的树木的草坪上空。我开始哼歌，用只有我和丽莎才可以听到的音量轻轻地跟唱着。每次听见这首歌时我都会情不自禁地哼唱。

　　丽莎抬头看我。她既没有放慢自己原本大步前行的脚步，也没有挪动自己仍插在口袋里的双手。这是她研究东西时会露出的神情，她正在研究我眼睛旁和额头上的细小皱纹。

　　"你总是会大声唱这首歌。它能带给你什么情感？"

　　"真实。"我说道，"这些歌词给我的感觉就是真实。"

　　"你认为真实是一种情感吗？"

　　"我想是的。"

　　"那你认为信任也是一种情感吗？"

　　"大概吧。但你才是老板，丽莎。应该由你告诉我到底是不是。"

　　她望着前方，沉默了一会儿。我们并不信任彼此，因此，我们之间拥有的那种情感就是真实。我们能够真实地说出我们对彼此的不信任，因此，我们又最为相信彼此。

　　"信任是一种感官，就和视觉、嗅觉、听觉一样。"她用一种机械的、陈述事实的语调说道，"我从来都不信任维拉达。我们要把这件事追查到底。不管她在筹划组建一个什么样的组织，那都可能比她兄弟的那个更为恶劣。在这件事上，我相信自己的感觉，我也相信你。"

　　我们继续向前走着，我继续哼着歌。她观察着我面部的轻微抽搐和细小皱纹，仿佛我是动物园里的一只动物，而她是动物园管理员。一切都回到了原来的样子。

番外

乔西·奥利弗

乔西在自己的声音实验室里过了整整一天，制作着各种混音并思考着过去几个月他生活中的那种陌生感——他发现自己的婚姻是虚假的，他与丽莎·依兰德一同前往印第安纳州的旅途，以及那之后他们的交流。乔西变得有些焦躁，他需要去维伯里园林区周边走走。在渐临的夜色之中，在树林之中。乔西想，也许是时候原谅卡拉或者说维拉达了，不管她到底叫什么名字，是时候原谅她的欺骗了，这样他才能继续自己的生活，并重新感受与其他人之间的爱意。他的脑海中再次浮现出丽莎和她身上那怪异的距离感，但有时候他又能感觉到他们之间的那种亲密。是他会错意了吗？毕竟她已经结婚了。她现在还是有夫之妇吗？

乔西抽着上好的雪茄，和猫一起走着。跨过一些木头，他在那堆不属于卡拉的焦骨被发现的地方停下了脚步。那个女孩儿被乔西埋在卡拉的坟墓里，他还将一块木板钉在了一棵松树上，上面用蓝色油漆拼写着她的名字。该死的谎言。是时候做这件事了。他开始用刚才塞在后兜里的砂纸打磨卡拉的名字。他用力地磨着擦着，出了一身汗。他无法完全抹掉她的名字，但是至少现在她名字的大部分已经看不清了，蓝色油漆已经融入了松树之中。没有人能够查到那个被遗弃在这里、并且尸体也被烧毁的女孩儿到底叫什么名字——他们唯一能从余下那些活着的受害人那里了解到的只有她是一名贫穷的、未被登记的离家出走少女，因肺炎或其他严重伤害了她肺部的东西不治身亡。乔西用拼字游戏的字母在上面拼出了两个字：女孩。他在木板下面的空白处用一支锐意牌马克笔写上了一行字。

"世界上有人爱着你，女孩儿。我很抱歉。"

他为女孩儿献上了一束花。用垃圾绳捆好的花束里有十二朵枯萎的野花，它们是乔西装在他另一个后兜里带来的。这些花儿来自他和卡拉卧室窗户下面的花园。她曾经说将来他们的孩子会在周六早上站在花园里呼唤他们出去玩耍。花期已过，这些花已呈褐色，看起来就像是一堆杂草。

曾经有人告诉乔西这些并不是野花，它们是冬葱和罗勒。在他知道卡拉是个该死的骗子之前，如果有人试图告诉乔西他手里拿的并不是一束花，他会叫那个人滚开，他会说自己就是要给他的女人带一捧"漂亮的草"，这样在天堂里她才会知道他仍然想念着她。但是现在，乔西放下这束花时心里内疚不已。很抱歉给你带了一束杂草，女孩儿。下次我会带一些玫瑰来。

乔西上路了，准备走到维伯里园林区后面那些黑暗树林中相对较为明亮的地方去，他的手指不停地在裤子口袋里拨弄着一管胶水。用电钻钻进法官下颌时听到的那种"嗡嗡"声在他的脑海中挥之不去。他在声音实验室的那台电脑上折腾了一整天，试图将这种声音转化为一种节奏。他叠加了一些歌词，并用荡漾的吉他和弦来渲染高潮的氛围。乔西想找骨头贾姆的女友奇利亚来演唱女高音的部分，并在背景声中营造出一种哭泣的感觉。为了摆脱他脑中这股"嗡嗡嗡"的电钻旋律，他需要以一种诗歌的形式将其净化，就像他将他的妻子——不，是那个入土为安的女孩儿——埋葬在诗篇中那样。他在她那焦炭遗体上留下了一张写着诗词的纸。

乔西像蛇一般在松木之间穿梭着，猫像平时那样紧跟在他身边。

这该死的雪茄，真该死，我爱这雪茄。肥嘟嘟火烟枪在我嘴中，蚊子们离我的脸蛋都远远的。他弯下腰试图拍走那两只血吸虫。它们在乔西那刚好长及膝盖的黑色牛仔短裤上方、距他的靴子边缘几英寸的地方叮咬他那裸露的小腿。落叶和锈红色的松针铺满了这块地方，依然茂盛的树冠为地面铺上了一层阴影，一片油桶般的黑色在树林的正中央。该死，又有一句词了：漆黑似油桶，就在我弹奏的这片迷雾森林中。我可以用上这句。那么节奏呢？哒哒哒——哒——哒哒，对头，等转完这圈，我回到声音实验室就去试试。

"来吧，猫，赶紧走了。"

但是猫没有动，乔西侧耳聆听，他听到了远处露出地表的花岗岩层那边有脚步声。

可能是那些该死的小鬼又在那里吸大麻了。也许他们也会给我一根抽抽。

"猫，快去前面那里，用你无敌的可爱让他们投降。"

猫已经走到了乔西的前面，它几乎不会这样。它以前会自己跑向卡拉，能让猫离开乔西身边的只有卡拉一个人。

猫到达了露出地表的花岗岩岩层处，停在一个背对乔西的女人身侧。由于她站在一根巨大树枝的阴影下，乔西无法很好地分辨出她的头发是什么颜色，也看不到其他细节。

女人转过身，乔西不由得僵住了。

"乔西。"维拉达说道。

乔西血液里的愤怒一时间全部回来了。他以为自己已经放下了对她的那股愤怒，他以为把她的名字磨掉就意味着他已经把这份愤怒抛诸脑后。他可太蠢了，居然以为遗忘会很容易。乔西看到她时不禁想要大声叫喊。他有太多问题要问，有太多话想说。

"卡拉。"乔西的眼睛睁大了，"他们把你放出来了？你自由了？"

"我已经出来一段时间了，乔西。"

"你的信里说，你必须要待在某个不能说的秘密地点。证人保护计划。"

维拉达只是凝视着他，以此作为回答。

"哦，所以这他妈也是谎言是吗？"

"是的，乔西，那也是一个谎言。"维拉达以一种半讽刺半尴尬的方式摇起头。她那傲慢的举动加剧了乔西几个月来一直酝酿着的愤怒。他马上就要爆炸了。

"你怎么能这样？"乔西打了个响指。

"我怎么能怎样？"维拉达说道，回了一个响指。

"你可真行，卡拉。我都不想问你如何瞒了我这么久，还用一个假名和我结了婚。我们的婚姻已经无效了，我们不再是夫妻了，我已经把所有手续都办好了。"

"那么你到底想问我什么？我怎么能怎样？"维拉达直接略过了乔西刚才提到的作废假婚一事。

"我在问你，卡拉，维拉达，不管你叫什么，你怎么能在那些女孩儿被那些该死的禽兽折磨的几十年间袖手旁观？你怎么可以这样？你怎么可以任由某个女孩儿的尸体被烧掉，然后让我们相信那就是你？是你杀了她。"

"我没有杀她。警察早就排除了我的嫌疑，你明明知道的。是的，我抓住了那个机会，伪造了自己的死亡。这又怎样？来告我啊！"

"如果我可以的话，我会的。"

"是吗？"

"你怎么能这样？回答我的问题。你怎么能让那个垃圾堆在维伯里存在这么长时间？"

维拉达深吸了一口气，挺直自己的后背。

"听着。我必须得消失，让你以为我死了，这样你才不会被牵扯进这件破事中。当时那个房子里的事情开始变得越来越可怕了。随着我兄弟要回来举行他那个重要仪式的日子越来越近，另外几个女人也越来越注意你。乔西，我必须这样做，这样才能保护你。我必须从你眼前消失，我必须在他们的监视下生活在玛丽安娜教堂里，这样才能证明你对此一无所知，也不关心。他们相信了。他们没有来碰你。后来那个女孩儿就死在了宅子里，所以我就把衬衫和袖扣留在了那摊泥里，向他们证明对你来说我是真的死了，而且我什么也没告诉过你。我知道你不会让他们知道你其实有所怀疑的。你很聪明，不会那样做。我确实爱过你，乔西。那感情是真的。"

"别他妈的耍我，卡拉。你在书店里找到我只是因为我刚刚继承了维伯里的那所房子。因为我不肯卖掉，所以你就突然出现了。你就是为了控制我和我知道的事情。"

维拉达望着地面，摇了摇头。

"所以，当你觉得我什么狗屁都不知道的时候，你就抛弃了我。"乔西继续说道。

"你错了。当时他们已经开始怀疑你，他们也怀疑我是不是跟你说过些什么，所以我才离开，就像我刚才说的一样。我没法儿控制自己在梦中说的话，我们已经为所有这些事情吵过好几次了。我必须离开，我必须假死，这样你才不会被牵扯进来。我一直在旁边看着你，确保他们没有动你。我确实爱过你，乔西。我真的爱过。"她靠近他，试图握住他的手。

乔西撤回自己的手臂，向后退了一步。

"胡说！回答我的问题。你怎么可以这样？"

维拉达咬紧了牙关，握紧拳头，显然她正因为未能成功将乔西引入一场关于爱情的谈话而感到非常愤怒。乔西回忆起从前与她吵架的那些时候，当时他确实让她抓住机会引导和操纵了他。这一次，他拒绝掉入她的陷阱。他再次问道："你怎么可以这样？"他想激怒她，让她也感受自己感受过的恐惧。他绝不会像从前那样息事宁人。

"是不是你那个小伙伴丽莎把这些想法塞到你脑子里的？说我某种程度上也是一个折磨那些女孩儿多年的怪物？说我应该早点儿告诉她具体位置？"维拉达说着慢慢靠近乔西，她的语气充满了怨恨。

"她没说错。"

"这可真是太精彩了。丽莎告诉你我是个该死的大骗子，还向你倾诉了她是多么的害怕是吗？"

"你就是个骗子。而且我并不认为丽莎会害怕任何事情。"

"她一定有害怕的东西，乔西。"

"不可能。我敢肯定你在这件事情上错得离谱。我认为她可以完全避免恐惧。"

"她肯定有恐惧的事物，我敢打赌，那是一样很特别的东西。"维拉达说着，越过乔西的肩膀凝视着什么东西，仿佛正在构想着某些事情。

"这到底是什么意思？"

"没什么。"她扬起眉毛说道，"天哪！你可真多疑。什么情况？你是喜欢上她了吗？你想保护你的小女友？"

"她只是一个朋友。"

"对，当然只是'朋友'了。"

乔西不让自己做出回应。他并不想反驳她的讽刺，这让他自己也感到惊讶。他想起他曾经会直接否认卡拉任何疯狂的嫉妒猜想，他会跑向她，并把一百个小小的吻啄在她身上，直到她"咯咯"笑着不再生气。他举起双手，投降了："随便你怎么说，卡拉。不，维拉达。不管你叫什么吧。"

"再见了，乔西。"她从高处瞪着他。乔西没有畏缩，也没有回瞪她。他只是高高地举起双手，表示他已经无话可说。

维拉达转身，消失在树林的阴影之中，乔西并没有阻止她。看到她离开，乔西竟然备感宽慰，这让他感到惊讶。他对自己生出的另外两种感觉感到更为惊讶。乔西感到放松，并希望这是他最后一次见到维拉达，但同时他又感觉到一股随之而来的恐惧感，也许是出于保护的义务，他脑中不禁浮现出刚才那幅场景。维拉达对于丽莎·依兰德对某种特定事物有着恐惧这件事，似乎尤为执着。

❧ 后 记 ❧

　　这是一部娱乐大众的虚构作品，但在现实世界中，我们也不应轻视人口买卖这一严重的问题。我在此呼吁大家尽力为人口买卖的受害者们寻找当地的相关组织和安全居所，尽量询问并满足他们的需求。相信我，他们有自己的需求，而你可以帮助他们。

　　关于这本小说中所描述的科学方法，再次声明，这是一部虚构作品。我敢肯定，我一定已经将真正的科学误写成了某种扭曲的幻想。不过，我确实尝试过自行学习相关知识（我敢肯定我失败了），并接触了一些真正杰出的资源。我鼓励对声音科学感兴趣的人们阅读塞思·S.霍洛维茨博士所著的《宇宙的意识，听力如何塑造心灵》(*The Universal Sense*，*How Hearing Shapes the Mind*, by Seth S. Horowitz, PH.D.) 一书，我认为，即使对一名外行来说，这本书也称得上深入浅出，同时也非常引人入胜。至于机械动能供电这一部分（丽莎的绑带及电容器装置），我的灵感来自 2016 年《先进材料》(*Advanced Materials*) 期刊中的一篇文章（第 4283 至 4305 页），即由范凤茹博士、唐伟博士和王中林教授所著的《用于能量收集及自供电电子的柔性纳米发电机》(*Flexible Nanogenerators for Energy Harvesting and Self-Powered Electronics*, by Dr. Feng Ru Fan,

Dr. Wei Tang, and Prof. Zhong Lin Wang）一文。虽然我在该文章有理有据的阐释的基础上将自己的幻想融入了这部作品中，但在我眼中，这门真正的革命性科学应该成为有关可再生能源选择讨论的一部分。

感谢威廉姆·K.唐博士，我在第十三章中引用了他对科学方法论所做的出色总结，该总结可在奥克顿社区大学的网站上找到。网址为：http://www.oakton.edu/user/4/billtong/eas100/scientificmethod.htm。

感谢克里斯·霍尔姆（著有"收藏家三部曲"及迈克尔·亨德里克斯系列惊悚小说的获奖作家），感谢他抽出时间教导我用正确的词汇来描述在S市使用枪支的部分情节。我敢肯定我把他教我的东西给弄砸了，希望我没有太多差错。

感谢我的经纪人金伯莉·卡梅伦。看看我们现在的生活，金伯莉。我们到底是怎么完成这些事情的？这一切多么奇妙和令人敬畏——你让我感到就像是《绿宝石》一片中的琼·怀尔德，我是一名绝望的作家，但我有一名坚定不移地支持我的经纪人。爱你。感谢惠特尼·李（外国版权部）、玛丽·阿丽斯·基尔、安娜·科特尔（电影、文学代理）和我经纪团队的其余成员们，感谢你们对《被囚禁的女孩》系列一贯的支持。献上我无尽的亲吻与拥抱。

感谢西班牙EdicionesB出版社和企鹅兰登书屋团队为《被囚禁的女孩》系列（以及其出色的翻译和封面设计）提供的出色支持。阿兰扎祖·苏玛拉，感谢你为推动本系列的发行所做的一切努力以及你发来的那些暖人且鼓舞人心的消息。我真的很享受与你的合作。

致这本小说的试读者和私人编辑们（在创作期间这本书原名为《维伯里园林区》)，你们见证了这整个故事的脉络随着时间的推移所产生的巨大变化，如果没有你们那些严格的爱与出色的指导，我将无法实现这一切。老实说，贝丝·黄、妈妈，还有爸爸，感谢你们对我和我的工作特别是对本书的支持，对此我真的无以为报。大卫·科贝特，老兄，你很强硬，但是你的意见也都非常正确。我被你提出的那些编辑意见折磨得够呛，你就像一个最好的指导者那样教会了我许多，也让我能够正视我原本视而不见的地方，最终让我再次爱上了写作。谢谢你。

最后，致迈克和麦克斯，你们就是我的整个世界。麦克斯，你就是我最完美的凡泰吉奥。

END